CONTES DES CINQ CONTINENTS

CONTES DES CINQ CONTINENTS

TEXTE DE VLADIMÍR REIS
ILLUSTRATIONS
DE JAROSLAV ŠERÝCH
ADAPTATION FRANÇAISE
DE CLAIRE DEMANGE

GRÜND

Illustrations de Jaroslav Šerých
Texte original de Vladimír Reis
Adaptation française de Claire Demange
Arrangement graphique par Bohuslav Blažej

© 1988 Librairie Gründ pour l'adaptation française
ISBN: 2-7000-1152-X
Dépôt légal: septembre 1988
Imprimé par Polygrafia, Tchécoslovaquie
Edition originale 1986 par Artia, Prague
© 1986 Artia

1/01/39/53–01

Loi n° 49-956 du 16 juillet 1949 sur les publications destinées à la jeunesse.

TABLE

LES CHEMINS
DE LA VIE

C'était il y a bien longtemps, aux premiers temps de notre monde, à l'époque où le Père Atiuch vivait au ciel. Tout d'abord, il créa la terre, puis il créa des hommes en pierre. Mais ces hommes en pierre, qui étaient forts et solides, pensaient qu'ils n'avaient pas besoin du Père, et qu'ils pouvaient lui désobéir. Il en fut ainsi jusqu'au jour où le Père cria: «C'en est assez!» et envoya la pluie sur la terre. Il se mit à pleuvoir à flots, la pluie se déversait comme si elle sortait d'un réservoir intarissable. Le niveau de l'eau augmentait sans cesse; les arbres mouraient sous ce déluge. Un jour, les montagnes elles aussi furent submergées. Comme les hommes de pierre étaient grands et lourds, ils ne parvinrent pas à s'enfuir assez rapidement devant les flots, et tous périrent noyés. L'eau recouvrait la totalité du globe terrestre; la terre était à nouveau morte. La boue qui s'était formée se déposa sur le sol et enfouit les géants de pierre comme dans un tombeau.

Un jour, un petit canard qui nageait sur l'eau aperçut un moustique qui volait dans les airs. «D'où viens-tu?» lui demanda le canard. «Du grand large. Je vis sur l'écume de mer», lui répondit le moustique. «Et toi, comment vis-tu?» «Je plonge jusqu'au fond de la mer et je mange des algues vertes», dit le canard. «S'il te plaît, prends-moi sous ton aile, et plongeons ensemble, afin que je puisse voir enfin un peu de verdure!» lui demanda le moustique. Sous l'aile du canard, il faisait bien sec. Le canard plongea avec le moustique sous son aile, et nagea longtemps. A peine avaient-ils touché le fond de la mer que d'un seul coup, toute l'eau disparut. A nouveau, la terre était sèche, mais elle était toujours morte.

Quelque temps après, Atiuch créa un autre homme, semblable à l'homme d'aujourd'hui. La seule différence, c'est que cet homme était affreusement triste. Alors, Atiuch créa la femme et la donna à l'homme. Celui-ci, heureux, se mit à sourire. Puis, le Père appela l'éclair et lui donna l'ordre d'emporter l'homme et la femme sur la terre. L'éclair s'envola et appela les nuages. Les nuages emportèrent les créatures du Père et, avec précaution, les déposèrent sur la terre. Mais l'éclair était d'humeur facétieuse; il se transforma en foudre et tomba sur la terre. Comme la terre était encore aussi molle que de la boue, elle s'ouvrit sous la foudre et l'homme et la femme disparurent dans le gouffre. Au contact de la boue glissante, l'éclair poussa un rugissement de dégoût. Aujourd'hui encore, la foudre s'accompagne d'un bruit de tonnerre lorsqu'il tombe sur la terre.

En bas, sous la terre, les animaux et les hommes s'entassaient pêle-mêle. La taupe creusa un tunnel jusqu'à la surface, et la lumière pénétra par l'ouverture. La taupe en fut aveuglée, mais tous les autres se dirigèrent vers cette lumière, lentement certes, car il leur fallait tout d'abord apprendre à marcher. Ils avancèrent ainsi pendant trois jours. Le troisième jour, un petit garçon les rattrapa. Il portait un sac sur son dos et leur dit: «Je dormais au moment de votre départ, et lorsque je me suis réveillé, vous aviez disparu. Dans mon angoisse, j'ai appelé Père Atiuch à l'aide. Il m'a donné ce sac en me disant qu'il nous montrerait le chemin.» Alors tous se réjouirent et se remirent en marche. C'est ainsi que commença la longue route des hommes.

Ils arrivèrent au bord d'un profond ravin. Comme ils ne savaient pas comment le franchir, ils ouvrirent le sac, et un pic bleu s'en échappa à tire-d'aile. Il gratta la terre avec son bec, et celle-ci, en s'amoncelant dans le gouffre, forma bientôt un passage. Ils passèrent ainsi de l'autre côté du gouffre en marchant sur la digue de terre. Mais celle-ci s'effondra avant même qu'ils soient tous passés. Les derniers tombèrent dans le ravin et se transformèrent aussitôt en blaireaux, en serpents, et autres bêtes qui vivent sous terre.

Cependant, les autres continuèrent jusqu'à ce qu'ils arrivent à une forêt où les arbres et les buissons étaient si serrés qu'il était impossible d'y pénétrer. Le petit garçon ouvrit le sac; une chouette en sortit et se fraya un chemin à travers le bois. Ils s'engagèrent à sa suite. Seuls quelques vieilles femmes et quelques enfants restaient à la traîne. Lorsque les arbres et les buissons se refermèrent, aussi rapidement qu'ils s'étaient ouverts, les retardataires furent transformés en ours, en chats, en cerfs et autres animaux qui vivent dans les bois.

Mais les autres continuèrent jusqu'à ce qu'ils arrivent devant un grand fleuve· Le petit garçon ouvrit à nouveau le sac. Une grue cendrée s'en échappa. Elle vola jusqu'à la rive opposée du fleuve qui, aussitôt, fut à sec. Les hommes traversèrent le lit du fleuve, seuls quelques vieilles femmes et quelques enfants ne marchèrent pas assez vite. L'eau envahit à nouveau le lit du fleuve et les emporta. Ils se transformèrent en poissons, en crabes et autres animaux qui vivent dans l'eau.

Les hommes continuaient toujours à avancer, toujours plus loin, mais à mesure que le temps passait, ils n'arrêtaient pas de se disputer pour des choses insignifiantes. L'un prétendait être le tireur à l'arc le plus rapide, et s'il tirait vraiment plus vite que son voisin, il lui prenait ses flèches. Ils se volaient entre eux. Ils commencèrent même à se battre. Les animaux apeurés s'enfuirent au spectacle de ces batailles. C'est depuis ce temps qu'ils ne vivent plus avec les hommes. Le petit garçon se dépêcha d'ouvrir le sac d'où il sortit un pipeau et un épi de maïs. Il brandit le pipeau, et les combats cessèrent. Puis, il montra aux hommes l'épi et leur dit: «Voici notre mère Atina, c'est elle qui va nous nourrir.»

Ils se remirent en marche, une fois de plus. Ils arrivèrent aux montagnes bleues, et de l'autre côté, ils virent un pays magnifique. Alors tous s'écrièrent: «Voilà le pays où nous devions aller, c'est là que nous allons nous arrêter!» Le petit garçon brandit le sac et secoua la tête dans un geste de dénégation: «Il n'y a pas trace de vie dans ce pays. Atiuch et Atina m'ont dit: "Vous verrez une contrée vivante, et alors seulement vous vous y installerez."» Mais certains n'en firent qu'à leur tête et s'arrêtèrent là. D'autres ne parlaient déjà plus la langue du jeune agrçon, et ne le comprenaient plus, eux aussi prirent une autre route. Les seuls à avoir continué avec le jeune garçon sont devenus les hommes.

Ceux-là franchirent les montagnes bleues et continuèrent à marcher jusqu'à ce qu'ils arrivent devant un grand fleuve fourmillant d'êtres vivants, au milieu d'une contrée où la vie était partout présente. Ils comprirent que c'était l'endroit dont leur avaient parlé le Père et la Mère. Le jeune garçon leur dit qu'ils devaient se séparer en trois tribus. Alors, il sépara l'épi de maïs en trois morceaux et en donna un à chaque tribu. Du sac s'échappèrent des graines de haricot et une bourse en cuir de buffle pleine de tabac. Ce fut là, le long du fleuve, qu'ils semèrent pour la première fois les graines qu'Atiuch leur avait données. Puis, une hirondelle s'envola dans le ciel pour apporter aux hommes le feu du soleil. Mais elle se brûla les ailes, Alors, les oiseaux s'envolèrent tous et apportèrent le feu aux hommes.

Les hommes vivaient heureux sur le rivage du fleuve, qu'ils appelèrent Missouri. Le jeune garçon riait et disait: «Nous avons vu une contrée vivante, et nous nous y sommes installés, nous ne nous sommes pas trompés.»

La longue route était finie.

LE CHEMIN
VERS LE CIEL

Le monde était encore à ses débuts, un peu comme s'il venait juste de sortir du berceau. Il avait beaucoup de forces, mais il ne savait pas quoi en faire, si bien que tout n'allait pas tout à fait pour le mieux. Les enfants des hommes eux aussi étaient pleins de forces et de vie, et il leur arrivait parfois de se mêler de ce qui ne les regardait pas.

Un jour, deux jeunes gens, deux frères de la tribu des Guarayos s'en allèrent tirer à l'arc. L'aîné tendit l'arc de toutes ses forces, et la flèche transperça l'air jusqu'à la voûte des cieux, où elle resta plantée. «Voilà!» dit avec fierté le frère aîné en toisant son jeune frère. Alors le cadet tira lui aussi une flèche, qui monta comme un oiseau jusqu'au ciel et se planta à côté de celle de son frère aîné. Il y avait maintenant deux flèches plantées l'une à côté de l'autre dans la voûte des cieux, et sur la terre, deux jeunes garçons étaient debout l'un à côté de l'autre. «Voilà!» dit le jeune frère en regardant fièrement son frère aîné. Celui-ci fit la grimace, visa à nouveau, et tira une deuxième flèche avec une telle habileté qu'elle transperca l'extrémité libre de la première et y resta accrochée. Alors le cadet visa à son tour, et sa flèche elle aussi resta accrochée dans la première. Il y avait maintenant deux fois deux flèches plantées l'une à côté de l'autre dans la voûte des cieux. Et en bas, sur la terre, deux jeunes garçons guarayos souriaient d'un air fier.

Tous deux se mirent à tirer sans interruption de telle sorte que la dernière flèche reste accrochée dans la précédente. Au bout de quelques temps, il y avait deux chaînes de flèches qui tombaient du ciel, toutes deux de la même longueur – elles commençaient au ciel et s'arrêtaient un peu au-dessus du sol. Et les deux frères s'en servirent comme de deux cordes pour grimper jusqu'au ciel.

Une fois arrivés, ils s'assirent et regardèrent en bas. Ils virent beaucoup de choses qu'ils avaient déjà vues lorsqu'ils étaient sur terre, mais maintenant, ces choses leur semblaient toutes petites. C'était amusant. Et ils virent aussi beaucoup de choses qu'ils n'avaient pas vues lorsqu'ils étaient en bas. Et cela les amusait encore plus.

Ils virent aussi des jeunes Bororos et lancèrent une petite pierre au millieu du groupe. Les Bororos se retournèrent, mais ils ne virent personne. Ils reçurent une autre pierre sur la tête. «Qui donc nous lance des pierres?» s'exclamèrent les jeunes Bororos. Ils entendirent alors quelqu'un rire de très loin, très haut dans le ciel. Ils levèrent la tête et virent les deux frères assis dans le ciel. «Vous ne perdez rien pour attendre!» crièrent-ils d'un ton menaçant. «Il faut d'abord nous attraper!» dirent les deux frères en riant. «Attendez un peu, cela ne va pas tarder!» crièrent les jeunes Bororos en colère.

Mais la colère rend aveugle, comme tout le monde le sait. Celui qui se met en colère perd la tête et ne prend pas de bonnes décisions. Les Bororos commencèrent à se disputer. «Il faut grimper!» criaient les uns. «Et comment?» répondaient les autres. «Il faut tresser une longue corde!» conseillaient certains. «Il faut tout d'abord prendre suffisamment de nourriture pour un aussi long voyage!» affirmaient les autres.

Ils parcouraient le village en tous sens, dans le désordre et la confusion. Le village était désert, car les hommes étaient partis à la chasse, et les femmes travaillaient dans les champs. Les jeunes Bororos s'emparaient des galettes que les vieilles femmes venaient juste de cuire. Les autres libéraient les perroquets que leurs pères avaient attachés devant leurs cases, afin de les dresser. D'autres encore coupaient de longues lianes. Puis, ils mirent une extrémité de chaque liane dans le bec des perroquets, afin que ceux-ci emportent les lianes haut dans le ciel et qu'ils puissent grimper à l'autre extrémité. Mais les perroquets libérés s'envolaient dans toutes les directions en poussant des cris de joie, comme des fleurs multicolores emportées par le vent. Les jeunes hommes continuaient à rassembler de la nourriture à travers le village. Dans leur précipitation, ils brisaient les récipients et piétinaient les filets qu'on avait étendus devant les huttes pour les faire sécher. Finalement, ils prirent les fruits que leurs mères avaient cueillis, puis ils rassemblèrent toutes les lianes que les perroquets avaient jetées et les tressèrent en une longue corde. Ils attachèrent une extrémité de cette corde à un arbre, mirent l'autre extrémité dans le bec d'un colibri et lui ordonnèrent: «Emporte cette corde dans le ciel et attache-la, là-haut, à un arbre. Mais attache-la bien, il faut qu'elle tienne!» Et lorsque le colibri eut terminé, ils commençèrent à grimper dans le ciel l'un après l'autre le long de la liane.

Entre-temps, les hommes et les femmes du village étaient rentrés. Lorsqu'ils virent le village totalement pillé, ils s'inquiétèrent du sort de leurs enfants. «Où sont nos fils, qui les a emportés?» se lamentaient-ils, car ils pensaient que le village avait été dévasté par des voleurs. Ils crièrent et appelèrent, jusqu'à ce qu'ils découvrent la liane. Ils levèrent alors la tête et virent leurs enfants, juste au moment où ceux-ci arrivaient dans les nuages. Ils se mirent en colère et les menacèrent, mais les jeunes Bororos grimpaient toujours plus vite. « Rentrez immédiatement!» criaient les parents. «Vous allez tomber!» Et comme les jeunes garçons refusaient de les écouter, les hommes et les femmes de la tribu grimpèrent à leur poursuite. Mais les garçons grimpaient encore plus vite par peur d'une punition.

Pendant ce temps, les deux frères guarayos, dans leur repère aérien, contemplaient avec attention la scène qui se jouait plus bas, l'air fasciné. L'aîné, le plus fort, sidéré, ouvrit la bouche et devint tout rouge de colère. Le plus jeune, le plus faible, commença à avoir peur et devint blanc comme un mort. Comme il ne savait pas quoi faire, il souffla de toutes ses forces en direction des jeunes Bororos, afin de les chasser du ciel. Mais il n'y arriva pas.

Peu de temps après, le ciel était plein de petits Bororos. Quand le dernier fut arrivé, il délia rapidement la liane de l'arbre, si bien qu'elle retomba sur la terre, et, avec elle, les hommes et les femmes de la tribu. Ils tombèrent au milieu des arbres et des arbustes, et leurs fils essayèrent en vain de voir ce qu'il était advenu d'eux.

Ils ne pouvaient plus retourner en bas, et ils restèrent donc là-haut. Leurs yeux brillaient dans le ciel sombre, et depuis, ces points brillants portent le nom d'étoiles.

Les frères guarayos furent obligés eux aussi de rester dans le ciel. En effet, lorsque les hommes et les femmes bororos retombèrent avec la liane sur la terre, le choc fut tellement grand que non seulement la terre, mais aussi le ciel tremblèrent, et toutes les flèches tombèrent. C'est ainsi qu'ils restèrent dans le ciel. Le frère aîné, au visage enflammé par la colère, brille aujourd'hui encore dans le ciel. C'est le Soleil. Le plus jeune, celui qui avait eu peur, continue à souffler sur la terre, et nous l'avons appelé le Vent.

LE CHEMIN
DU PRINTEMPS

C'était il y a bien longtemps, en ce temps où le monde venait juste d'être créé, à l'époque où la vie était seulement sur le point d'éclore et où l'ordre des choses n'était pas encore fixé. Les monts Altaï se dressaient majestueusement dans le ciel, dans un silence infini. Au firmament, le soleil éclatant brillait sur les monts Altaï recouverts de neige et de glace. Petit à petit, la neige et la glace commencèrent à fondre, et l'eau, aussi claire que le cristal, se mit à couler. L'eau jaillissait d'innombrables sources, chantait dans les cascades, grondait dans les gorges encaissées et se fracassait contre les roches escarpées. Alors, le vent du nord se leva et emporta avec lui le chant du dégel très loin dans le sud. Là-bas, il y avait des oiseaux, et, lorsqu'ils entendirent la musique du dégel apportée par le vent, ils se turent. «Qu'est-ce qui chante ainsi, qu'est-ce qui résonne ainsi, qu'est-ce que ce bruit qui ne cesse ni le jour ni la nuit?» se demandaient les oiseaux.

L'aigle royal s'éleva haut dans les airs et annonça à tous les oiseaux qu'ils devaient s'en aller au nord s'ils voulaient le savoir. Mais les petits oiseaux avaient peur de l'inconnu. Ni les grives, ni les bergeronnettes, ni les moineaux n'osèrent partir, pas plus que la sage chouette, l'oie grise ni la grue cendrée. Même le faucon, pourtant intrépide, refusa de partir. Seule la petite mésange s'envola, en promettant de revenir dès qu'elle aurait appris quelque chose.

Elle vola au-delà de la mer, des montagnes et des vallées et de la steppe lointaine. Ses forces faiblissaient de plus en plus, elle volait de plus en plus lentement, de plus en plus bas, et le froid faillit geler son petit ventre. A ce moment-là, les monts Altaï se dressèrent devant elle, embrasés par la lumière rouge du soleil levant. «Mieux vaut brûler que geler», se dit la mésange en repliant ses ailes et en se laissant tomber sur le sol. Elle se posa sur un buisson et fut grisée par la beauté de la nature environnante. Elle put ensuite reprendre des forces, car les branches étaient couvertes de baies rouges, de graines croquantes et de fruits multicolores. Des scarabées et toutes sortes d'insectes se promenaient dans l'herbe chaude de soleil aux senteurs de résine. La mésange, sautillant, pénétrait toujours plus profondément dans la forêt et oublia le reste du monde, ainsi que sa promesse, bien évidemment.

D'un seul coup, le ciel fut obscurci par un immense nuage d'oiseaux. L'aigle royal volait à sa tête et la mésange entendit de loin son cri de colère: «Où est le messager qui a failli à son devoir, où est-il, celui qui n'est pas revenu pour avertir les oiseaux du riche festin qui les attendait ici?»

La petite mésange, prenant conscience de sa faute, resta un instant sans voix, paralysée par la peur. Mais peu après, on entendit tinter sa voix claire: «Dil hel, printemps, arrive! Dil hel, printemps, arrive! Mon Dieu, ne m'entends-tu pas?» Puis, elle se tourna vers les oiseaux et leur expliqua: «Je passe mon temps à appeler le printemps, mais jusqu'à présent, il ne m'a pas entendue. Et voilà que votre chant l'a fait arriver!» Les oiseaux, soulagés et joyeux, se mirent à chanter. La neige et la glace continuaient à fondre, les arbres se réveillaient de leur long sommeil hivernal et bourgeonnaient.

Chaque année, le printemps revient ainsi. Il est précédé par la mésange qui chante «Dil hel, printemps, arrive!» pour se faire pardonner. Puis ce sont les autres oiseaux qui se mettent ensuite à chanter. Ensuite, les animaux de la forêt saluent le printemps. Enfin, l'homme à son tour se met à chanter un chant joyeux.

COMMENT LA BOUCHE, LE BRAS ET LA JAMBE S'EN ALLAIENT PROMENER

Il y a bien, bien longtemps, alors que le monde était encore loin d'être terminé, la bouche, le bras et la jambe s'en allèrent un jour promener ensemble. Ils se promenaient gentiment l'un à côté de l'autre; en effet, à cette époque, cela leur était possible, car ils étaient tous trois indépendants les uns des autres. Ils mar-

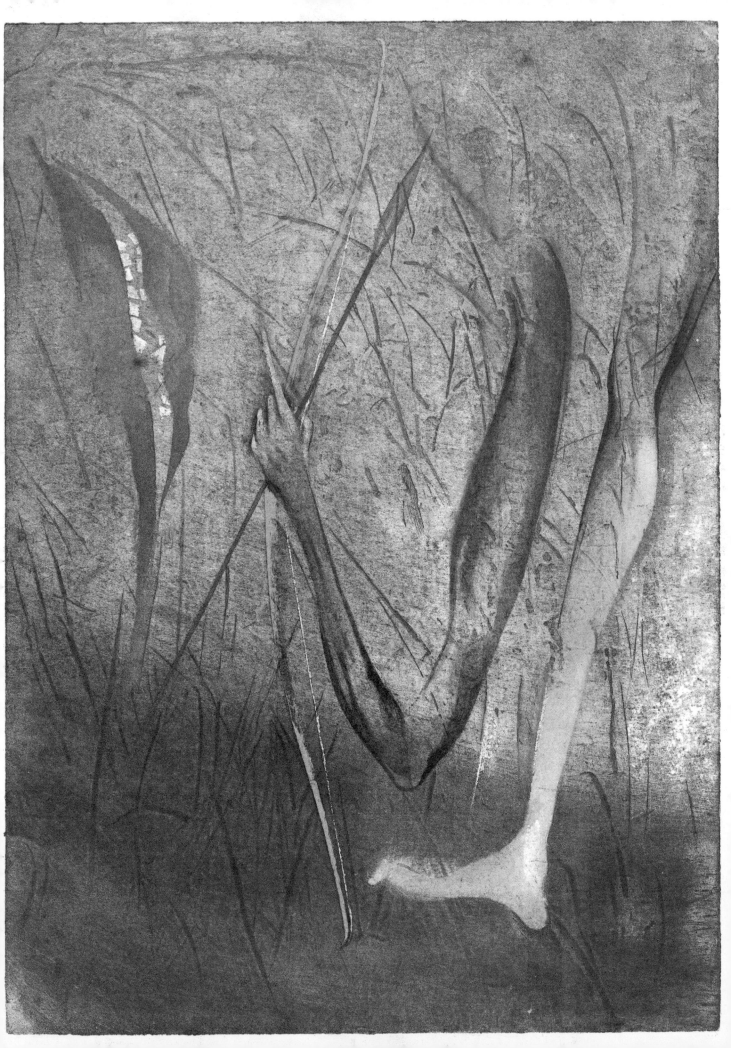

chèrent longtemps, jusqu'à ce qu'ils arrivent près d'un marais. Le marais avait mauvaise réputation dans la région, et ils préférèrent faire un détour. On disait en effet que quiconque s'aventurait à proximité de ce marais disparaissait à jamais.

C'est pourquoi le marais était plein de poissons. Et quels poissons! Il se trouva que la bouche, apercevant un poisson de choix, se sentit de l'appétit. Malheureusement, elle avait oublié d'emmener son arc et ses flèches. Elle demanda alors au bras: «Prête-moi ton arc et tes flèches». Le bras les lui prêta. La bouche tendit l'arc, la flèche partit – mais elle n'atteignit pas le poisson, et disparut dans les profondeurs du marais. Le bras entra alors dans une colère folle et se répandit en récriminations: «Je veux qu'on me rende ma flèche, je n'en veux pas d'autre! C'est mon droit, et tu vas plonger dans le marais afin de me la rapporter.» «Je t'en supplie», lui dit la bouche, «ne m'impose pas une telle épreuve, tu veux donc ma mort?» Mais le bras resta inébranlable. Il finit néanmoins par se laisser convaincre de rentrer d'abord au village. Là-bas, tous les amis de la bouche tentèrent de faire revenir le bras sur sa décision, et lui proposèrent une nouvelle flèche ou tout autre présent qu'il exigerait. Mais rien n'y fit, le bras insistait pour qu'on lui rende sa flèche. La jambe, qui en avait assez de ces histoires, s'en alla.

Ils retournèrent ainsi au marais. La bouche plongea dans l'eau, toujours plus profondément, mais elle ne trouva pas la flèche. Elle explora tout le fond du marais, et arriva dans un village où habitaient les esprits des eaux. Ils avaient l'air terrible. L'un deux barra le passage à la bouche et la rabroua: «Que cherches-tu ici? Ne sais-tu donc pas que quiconque s'aventure ici est perdu?» La bouche, tremblante de peur, bredouilla en claquant des dents: «Je cherche une flèche, je ne peux pas m'en aller avant de l'avoir trouvée.» Lorsque l'esprit des eaux vit la bouche aussi terrifiée, il eut pitié d'elle et lui dit d'un air aimable: «Allons, ce n'est pas pour cela que je vais t'avaler», et il était sincère. «Va dans la hutte là-bas, tu y trouveras la flèche. Et profite de l'occasion pour choisir un jouet qui te plaît.» La bouche trouva la flèche et vit quelques lunes qui traînaient dans la hutte. En ce temps-là, la lune ne brillait pas encore dans le ciel. La bouche prit une lune, remercia le monstre et s'en alla aussi prestement qu'une anguille.

Lorsque la bouche arriva au rivage, il faisait déjà nuit. Elle s'aperçut alors que son jouet brillait d'une manière extraordinaire. Il répandait une lumière dorée comme le miel et lui montrait le chemin. La bouche était folle de joie, car elle avait le plus joli flambeau qui existât au monde. Le lendemain, elle rendit la flèche au bras et lui fit remarquer d'un air narquois: «Si tu croyais ne plus me revoir, tu vois que tu t'es bien trompé. Et attends seulement de voir le cadeau que j'ai reçu! Tu vas faire une de ces têtes!»

Quand tous se furent rangés en cercle pour le ballet nocturne, la bouche leur montra son précieux flambeau et le posa au centre du cercle. La lune répandait sa lumière dorée comme le miel et éclairait les danseurs, qui d'ailleurs ne dansaient pas, mais contemplaient avec stupeur le jouet rayonnant. Tout à coup, le bras se précipita à l'intérieur du cercle pour prendre la lune. La lune sursauta de frayeur et sauta sur le toit d'une hutte. La bouche cria: «Laisse mon jouet en paix, sinon il va s'envoler!»

Mais le bras se lança à la poursuite de la lune et monta sur le toit pour l'attraper. La lune s'envola alors plus haut, toujours plus haut, jusqu'au ciel. Ses rayons dorés illuminaient l'obscurité, si bien qu'on pouvait voir malgré la nuit. Tous s'écrièrent d'un air surpris: «Oh!» et, depuis ce jour là, on peut voir la lune briller, chaque nuit, dans le ciel.

La bouche et tous ses amis exigèrent alors que le bras leur rende le jouet qui, finalement, leur appartenait. Le bras les suppplia et les implora, leur offrit n'importe quel autre objet en échange, mais ce fut en vain. Les vieux du village tranchèrent le débat: le bras fut condamné à devenir l'esclave de la bouche. Et il en est ainsi aujourd'hui encore. Le bras récolte le blé, cueille les fruits, chasse le gibier et pêche les poissons, dans le seul but que la bouche ait assez à manger. Et la jambe marche encore et toujours. Elle va même parfois dans des endroits où l'homme ne voulait même pas aller.

LA ROUTE
DES FLEURS

La montagne était encore loin. Ils marchaient dans une contrée aride, dans un désert de roches rouges et de dunes à perte de vue. La terre brûlait leurs pieds. Ils cheminaient sur d'immenses plateaux, le long de pentes couvertes d'éboulis, ils longeaient des fleuves à sec, ils croisaient des arbres aux branches dénudées; toutes les feuilles et les fleurs étaient mortes. Ils traversaient la steppe aride, foulaient l'herbe brûlée. La terre était pelée, desséchée.

Ils arrivèrent enfin au pied d'une montagne dont les versants rocheux et abrupts se dressaient jusqu'au ciel. Ils s'arrêtèrent un moment et cherchèrent un sentier pour gravir la montagne. Mais il leur fallut en faire tout le tour avant de trouver des marches étroites taillées dans le roc qui formaient une sorte d'escalier. Ils grimpèrent ces marches pendant un jour, deux jours, trois jours, sans trève ni repos. Mais le sommet de la montagne restait toujours aussi éloigné. Le quatrième jour, ils découvrirent une grotte dans la paroi rocheuse, une grotte où murmurait une source. Ils burent de son eau, aussi claire que le cristal, et ils se sentirent aussitôt des forces nouvelles. Ils grimpèrent encore un jour, puis un deuxième et un troisième jour, et finirent par atteindre le sommet. Là se trouvaient des pierres disposées en cercle. Ils pénétrèrent dans l'un de ces cercles, et aussitôt, ils entendirent le messager du grand Baiame, le Père de toute création, leur demander: «Qui êtes-vous?» «Nous sommes des sorciers. Les hommes de nos tribus regrettent qu'il n'y ait plus de fleurs chez nous. Ils nous ont envoyés pour demander au grand Baiame de leur rendre les fleurs», répondirent-ils.

Ils se sentirent alors soulevés dans les airs par les esprits et, pénétrant dans le ciel, ils arrivèrent à Bullima, l'enclos céleste de la Beauté. Là, d'innombrables fleurs s'épanouissaient en rangées multicolores, comme autant d'arcs-en-ciel juxtaposés. Et ces fleurs ne se fanaient jamais, elles ne perdaient jamais leur parfum. Les sorciers restèrent un long moment silencieux, et leurs yeux se remplirent de larmes. «O grand Baiame, Père de toute création! Depuis que tu as quitté la terre pour toujours, les fleurs sont mortes!» s'écria un sorcier. «Elles

ne sont pas mortes, elles sont ici», répondit le messager céleste. «Emportez-les sur la terre et donnez-les aux hommes de vos tribus. Que plus jamais la terre ne soit aride et nue!»

Les sorciers se jetèrent à genoux et rendirent grâce au grand Baiame. Puis ils cueillirent des fleurs, beaucoup de fleurs, et retournèrent jusqu'à la porte des cieux. Là, les esprits portèrent les sorciers, les bras chargés de fleurs, jusqu'au sommet de la montagne, et les déposèrent à l'intérieur du cercle de pierre. Les sorciers descendirent l'échelle de pierre. A nouveau, ils partirent à travers les contrées arides, les hauts-plateaux stériles. Ils longèrent le lit des fleuves à sec, les éboulis de roches. A nouveau, ils traversèrent la steppe aride; la terre brûlante leur grillait les pieds, mais ils portaient avec eux les fleurs aux mille senteurs et ils restaient insensibles à la douleur. Et ils jetaient des fleurs autour d'eux tout au long de leur route. Certaines tombaient sur les branches des arbres, d'autres sur les plateaux désertiques, d'autres sur les pentes couvertes d'éboulis, ou encore dans les buissons desséchés. Et aussitôt, elles s'épanouissaient et se mettaient à embaumer. Aujourd'hui encore, elles fleurissent la terre et nous jouissons de leur parfum.

Les hommes accouraient tout le long de la route des sorciers, leurs yeux s'emplissaient de la splendeur colorée des fleurs, et ils s'enivraient de leur parfum. Les sorciers répétaient comme une litanie le message de Baiame: les fleurs ne mourraient plus jamais et chaque saison nouvelle aurait sa floraison, apportée par le vent. Le vent d'est apporte plus de fleurs que tous les autres vents. Il fait fleurir chaque arbre et chaque buisson, l'herbe devient un tapis de fleurs, dru et lustré comme la fourrure de l'opossum. Le vent d'est apporte d'abord la pluie, puis il apporte les fleurs, le réveil de la terre, le chant des oiseaux et le bourdonnement des abeilles.

Depuis ce temps-là, le vent d'est vient des montagnes et arrose la terre gelée d'une pluie chaude. L'herbe verdit comme un écrin autour des fleurs dont l'éclat joyeux illumine la nature. Aujourd'hui encore, nous profitons du spectacle de l'herbe fraîche et des fleurs multicolores comme en ce temps où Baiame, le Père de toute créature, marchait sur la terre.

COMMENT LES CHIENS RAPPORTÈRENT LE FEU

Je vais vous raconter l'histoire qui est arrivée aux chiens. Voilà comment ça s'est passé: quand la terre fut achevée, alors que Dieu prenait un peu de repos, son frère Anangama voulut se faire cuire un repas. Mais il n'avait pas de feu. Il appela autour de lui pour qu'on lui vienne en aide. Tout près de là se trouvaient deux chiens, qui venaient juste d'être créés. Il leur dit: «Courez vite me chercher du feu!» Et les chiens s'en allèrent en courant. Et, comme ils couraient, ils virent sur leur chemin une banane qui traînait par terre. L'un des chiens dit à l'autre «Va devant, je me charge de remettre cette banane à sa place.» En moins de temps qu'il n'en faut pour le dire, il avala la banane, car en ce temps-là déjà, les chiens aimaient les friandises.

Ils rentrèrent ensemble. Le chien obéissant ramenait dans sa gueule le feu et le chien désobéissant, dans son ventre, une banane. Le chien obéissant raconta tout à Anangama, et Anangama dit: «A partir d'aujourd'hui, il y aura deux sortes de chiens. Les chiens sauvages vivront dans le désert et n'auront pas le droit de manger d'aliments cuits. Les chiens domestiques, eux, vivront avec l'homme, et l'homme s'occupera d'eux.»

Depuis ce temps, il en est ainsi. Et ceux qui connaissent les chiens savent que dès qu'on allume un feu le chien domestique s'approche et se couche devant. Un peu comme s'il voulait dire: «Je l'ai bien mérité!»

LES CHEMINS
DE LA TERRE

Dans la steppe lointaine, il y a bien longtemps, se trouvait une hutte. Et dans cette hutte vivaient un frère et sa sœur. Le frère était un joli garçon, avec de longs cheveux bouclés; il avait la faveur de toutes les jeunes filles. Il s'appelait Wagatsharaibu, et sa sœur s'appelait Mweru. Le frère partait souvent rendre visite à ses amis, et la sœur restait seule à la maison. Un jour, elle lui dit: «Ne me laisse pas si souvent seule à la maison. Cette nuit, j'ai entendu trois hommes marcher autour de la hutte, ils étaient armés de lances et de haches de guerre. J'ai peur d'être enlevée.» Wagatsharaibu se moqua d'elle et cela ne l'empêcha pas de repartir le lendemain. Mais lorsqu'il rentra, la hutte était vide. Il entendit dans le lointain sa sœur crier au secours. Alors il se mit à sangloter et à se lamenter: «Ah, qui va me couper les cheveux maintenant? Ah, qui me peignera les cheveux désormais? Nous sommes tout seuls et nous n'avons pas de voisins.» Puis, il se ressaisit, se précipita dehors et, se frayant un chemin à travers les hautes herbes aussi grandes que lui, il partit à la recherche de sa sœur. Il entendait toujours ses cris dans le lointain, mais il n'arrivait pas à la rattraper. Finalement, il dut ralentir le pas, tellement il avait faim et soif. Mais il allait toujours plus loin, demandant à tous ceux qu'il rencontrait s'ils n'avaient pas vu sa sœur.

Au bout d'un mois, il avait tellement faim qu'il enleva son grand chapeau de cuir et qu'il en avala une bouchée. Puis il se remit en route. Un mois passa encore; il avait depuis longtemps mangé tout son chapeau, et ce fut le tour de son costume. Il se remit en route, cela faisait longtemps qu'il ne savait plus depuis combien de temps il marchait. Il avait mangé tout son costume, et ne trouvait nulle trace de sa sœur.

Un jour, il arriva devant une grande propriété. Il entra dans la maison. Une femme était justement en train de cuire le repas de midi. Il lui demanda quelque chose à manger, et le femme lui tendit une écuelle fumante. Il resta la nuit, et le lendemain matin, il accompagna le jeune fils de la femme dans les champs afin de chasser les oiseaux, car le blé était déjà presque mûr. Il ramassait des cailloux qu'il lançait sur les oiseaux pour les chasser. Et, à chaque fois qu'il lançait une pierre, il disait: «Vole, envole-toi, petit caillou, comme Mweru qui s'en est allée et n'est jamais revenue.» Le fils de la maison rapporta cette phrase à sa mère, le soir. Celle-ci n'y attacha aucune importance, ni ce jour-là, ni le lendemain. Le troisième jour, cependant, la femme les accompagna dans les champs, afin d'en avoir le cœur net. Elle demanda alors à l'étranger ce que signifiait cette phrase. Wagatsharaibu lui raconta que trois hommes avaient enlevé sa sœur, et qu'il la cherchait depuis des années sans en trouver nulle trace.

Alors la femme le regarda intensément dans les yeux et s'écria: «Mais c'est moi, Mweru!» Et elle se mit à pleurer amèrement. Puis elle le regarda à nouveau et lui dit: «Es-tu vraiment mon frère? Je ne te reconnais pas, tellement tu es amaigri et mal soigné.» Elle lui passa la main dans les cheveux. «Et tes cheveux sont tout emmêlés, alors que ceux de mon frère étaient splendides et bouclés. Mais attends un peu, je vais m'occuper de cela et je vais te donner des vêtements, et nous verrons bien si tu es mon frère!»

Elle alla voir son mari, lui demanda quatre moutons, deux chèvres blanches et une noire. Wagatsharaibu mangea la viande des moutons et redevint grand et fort. Sa sœur lui lava les cheveux et les démêla, et ils redevinrent brillants et bouclés comme autrefois. Avec le cuir des chèvres, elle lui fit un costume. Elle lui mit dans la main la lance que son mari portait autrefois lorsqu'il l'avait enlevée, elle lui entoura le cou et les poignets de bracelets de fer et alors, elle prononça ces mots: «Oui, maintenant je vois bien que tu es mon frère.»

Son mari lui aussi fut séduit par son beau-frère et lui donna encore plus de chèvres, de moutons et de bœufs qu'il ne lui en devait réellement en échange de sa sœur. Il lui construisit une hutte tout à côté de la sienne. Wagatsharaibu vécut heureux là-bas avec sa nouvelle famille, et ne rentra jamais chez lui.

L'ARBRE QUI MARCHAIT

«Si je veux arriver au petit matin au marché de la ville, il faut que je parte pendant la nuit», se dit un jour un paysan.

Et il se mit en route. C'était l'automne, il faisait froid et brumeux, la lune s'était cachée derrière les nuages, et notre petit paysan devait faire diablement attention au chemin pour ne pas se perdre. Il avait l'impression que quelqu'un marchait à côté de lui. Certes, il n'entendait aucun pas, mais de temps en temps, il entendait un rire, un petit rire sec, semblable au grincement des branches. Il avait maintenant envie de rentrer chez lui, mais un vrai paysan du Kent ne s'en laisse pas imposer si vite. Et il continua courageusement sa route.

Les nuages étaient de plus en plus épais, le vent soufflait de plus en plus fort, il commençait à pleuvoir, et le paysan se demanda où il pourrait trouver un abri. Comme il connaissait l'endroit, il savait qu'il se trouvait maintenant près d'une clôture, mais lorsqu'il essaya, à tâtons, de l'enjamber, il lui sembla que ce n'était pas une clôture, mais que c'était un arbre, un arbre dont les branches, au-dessus de lui, étaient secouées par la tempête. Il en avait les cheveux qui se dressaient sur la tête, tellement il avait peur, mais, comme c'était un vrai paysan du Kent, il continua à avancer dans les ténèbres.

Il marcha encore pendant cinq kilomètres environ. Il était frigorifié et aussi raide qu'un bâton de glace, et en plus de cela trempé jusqu'aux os. Ses forces l'abandonnaient, il tomba, se cacha la tête sous son manteau. Il sentit alors la chaleur d'une main posée sur son épaule, mais cela pouvait tout aussi bien être une branche, car cette main avait une odeur de pomme. «Je ne sais pas quelles sont tes intentions», dit l'arbre (car c'était bel et bien un arbre qui l'avait accompagné pendant tout ce temps), «mais pour ma part, je suis tellement trempé et frigorifié que je préfère rentrer à la maison, et me mettre au sec derrière les fagots.»

L'arbre fit demi-tour et s'en alla à toute vitesse, tandis que l'homme restait allongé, aussi raide qu'un morceau de bois.

Que vous le croyiez ou non, c'est bien comme cela que ça s'est passé. Si vous venez un jour dans le Kent et que vous vous perdez la nuit dans la lande, vous pourrez vous rendre compte par vous-mêmes de toutes les choses étranges qui s'y passent: les racines deviennent des doigts qui cherchent à vous agripper les pieds, qui vous griffent, qui vous pincent et qui déchirent vos vêtements. Le brouillard se met en pelote, il vous enrobe et vous emmène là où il veut, comme s'il vous tenait en laisse. Le silence nocturne aboie à vos trousses comme le chien, hulule comme le chat-huant, bêle comme la chèvre. L'obscurité darde sur vous ses yeux sombres pleins de menace – et tout cela vous chasse et vous presse, jusqu'à ce que vous tombiez et que vous vous cachiez la tête sous votre manteau, comme le paysan.

Si bien qu'un arbre qui se promènerait à côté de vous dans la nuit, ce serait encore le moindre mal qui puisse vous arriver...

LE FEU
FOLLET

Il était une fois un village, et tout autour de ce village, une forêt ténébreuse et immense, et des clairières, des clairières vertes, humides, mystérieuses, noyées de brouillard et sillonnées de sentiers trompeurs, qui se dérobent tout à coup sous vos pas et vous précipitent dans un marécage. Celui qui n'est pas de ce village, celui qui ne connaît pas cette région ferait mieux de l'éviter, car il pourrait rencontrer des feux follets, et alors, que Dieu lui vienne en aide!

C'est ce qui arriva un jour à Vojta, un jeune berger de ce village. Le fermier pour lequel il travaillait avait un frère dans le village voisin, et le garçon de ferme de ce frère était tombé malade. C'est pourquoi le fermier dit un soir à Vojta: «Ecoute, il faudrait que tu ailles là-bas demain pour les aider un peu à battre le grain!» Vojta, «Vojta l'imbécile», comme tout le monde l'appelait, était un rude gaillard. Ce qu'il avait en trop-plein de forces lui manquait en esprit, mais il avait bon cœur et rendait toujours service lorsqu'on lui demandait. C'est pourquoi il répondit aussitôt: «Mais bien sûr, mon maître. Et pour ne pas avoir à me lever trop tôt demain matin, je vais partir à l'instant même. Je dormirai là-bas et, comme cela, je pourrai commencer à travailler de bon matin.» Il replia son fléau afin de le porter plus aisément, le mit sur son épaule et partit dans la nuit.

A vrai dire, il ne se sentait pas très rassuré. La veille, à l'auberge, il avait entendu un homme raconter qu'il avait rencontré un feu follet et en faire la description. De loin, on avait l'impression que de petites flammes dansaient sur l'herbe, ou encore que des lanternes clignotaient. Mais si on s'approchait, le feu follet ressemblait à un petit enfant fait de brume, complètement transparent, qui tient dans sa main un balai enflammé. Et on racontait que si on l'irritait, il vous emmenait dans les marais.

Vojta jetait des coups d'œil prudents autour de lui. On était en novembre, et, à cette période de l'année, le brouillard recouvre les prés d'une épaisse blancheur, comme si la terre se couvrait d'un duvet glacial. Et partout, c'est le silence, un silence qui donne le frisson. Les étoiles se cachent derrière les nuages, et le chemin obscur n'est même pas éclairé par la lune.

«Et pourtant, un feu follet, cela doit bien aider les hommes de temps en temps», pensa Vojta. «C'est comme ce cordonnier dont un feu follet éclairait la maison, la nuit, afin qu'il puisse encore travailler: il était si pauvre, qu'il ne pouvait même pas s'acheter de bougies, même si c'était un homme bon et juste, et, par-dessus le marché, un bon artisan. Il n'avait pas de chance, voilà tout. Jusqu'au jour où il se prit d'amitié pour un feu follet. A partir de ce moment-là, il n'arrêta pas d'avoir de la chance, et il se construisit même une nouvelle hutte…»

Vojta enfonça sa casquette plus bas sur ses yeux et marcha encore plus vite. Il avait déjà traversé la plus grande partie de la clairière, il était presque arrivé au chemin creux.

«Tout va bien», murmura-t-il doucement. «Il ne s'est rien passé.» Mais qui rit vendredi dimanche pleurera. Alors qu'il regardait devant lui dans l'obscurité, il vit quelque chose qui clignotait, à l'orée du bois, là où se terminait la clairière. «Ce doit être une lanterne», dit-il en crachant pour se donner du courage. Mais qui donc pouvait se promener avec une lanterne, dans le bois, la nuit? Certainement pas le garde-forestier, et encore moins un braconnier. «Ah, ces sacrés feux follets!» s'écria Vojta, effrayé. Voilà une chose qu'il n'aurait jamais dû dire. Une petite flamme vacilla juste sous ses pieds. «Pas de jurons! Pas d'insultes!» dit une petite voix fluette. «Va-t'en!» maugréa Vojta. «Non seulement tu veux m'écarter de mon chemin, mais en plus, voilà que tu me donnes des ordres!» Et il poursuivit la petite flamme, afin de l'écraser d'un coup de talon. Ah! mon Dieu, il y avait maintenant trois feux follets qui dansaient autour de lui!

Vojta commença à courir, à courir à en perdre le souffle. Le fléau qu'il portait sur son dos l'encombrait. Dans l'obscurité, il ne voyait même pas le bout de son nez, il trébuchait sur le chemin, et les feux follets le suivaient et virevoltaient entre ses pieds. Tout à coup, il reçut un coup dans le dos, boum, et encore un, et un troisième; à chaque pas, il recevait un coup.

«Je ne vais pas m'en sortir vivant; il faut que je quitte le chemin», pensa-t-il. Mais où aller, quand on ne voit pas à un mètre devant soi? Les noisetiers qui bordaient le chemin lui fouettaient le visage. Tout à coup, il n'y eut plus de noisetiers. Vojta courut à travers la forêt, se cogna contre les arbres, puis il décida de s'orienter vers la seule lumière qu'il pouvait distinguer dans l'obscurité. La lumière sauta alors par-dessus un arbre, mais Vojta buta contre cet arbre, tomba et se fit une énorme bosse. Il en vit trente-six chandelles. Puis, au lieu de voir des

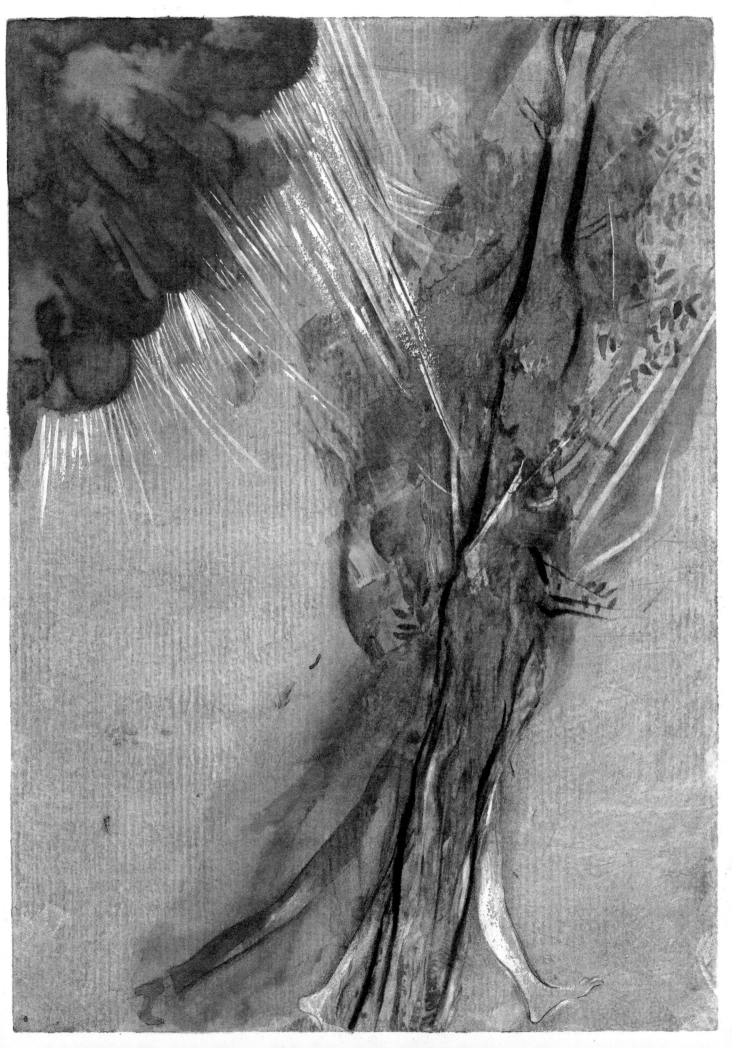

chandelles, il crut voir un chien, un chien aux yeux de flammes, qui courait à côté de lui sans aboyer, et qui crachait du feu. C'était à cause de cela que sa joue gauche le brûlait tellement! Vojta se ressaisit et continua à courir en direction de la lumière. Il lui semblait que la forêt n'en finissait pas, un esprit de la forêt lui avait certainement jeté une racine magique entre les pieds, et maintenant,

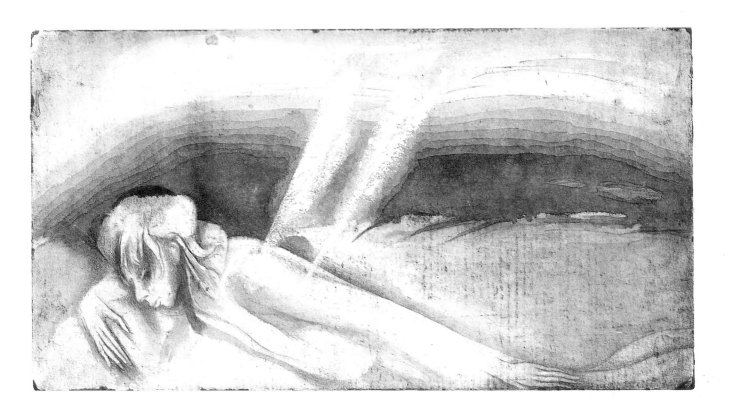

il courait en rond, et la lumière lui bleuissait le dos. Il tomba encore une fois, se releva et courut comme un fou après la lumière.

Mais qu'est-ce qu'il sentait monter le long de ses jambes, tellement froid et avec ce bruit de clapotis?

Non, il ne se trompait pas, c'était bien l'étang, et l'eau, affreusement froide, rendit ses esprits à Vojta, qui grimpa sur le remblai et s'affala, épuisé. La lune fit son apparition juste à ce moment entre les nuages, et Vojta vit alors près de lui un champignon gigantesque qui avait une bouche, des yeux, et qui lui faisait des clins d'œil.

Tout le monde rit aux larmes le lendemain lorsque Vojta raconta son aventure. Les autres pensaient qu'il s'était égaré, et que, dans sa course éperdue, le fléau s'était déplié et était entré en action. Mais Vojta savait mieux que personne ce qui s'était passé. Finalement, c'était à lui que tout cela était arrivé: les feux follets lui avaient joué un mauvais tour car il leur avait donné un coup de pied au lieu de leur souhaiter le bonjour. Et personne au monde n'aurait pu le décider à partir une nouvelle fois, la nuit, à travers les clairières.

Il était une fois un homme qui avait deux fils. Lorsque cet homme mourut, Kim Killyong, son fils aîné, se chargea de tous les frais de la cérémonie funéraire – l'enterrement, les réceptions, les prêtres, les moines et les prophètes, le repas pour toute la famille et les amis. Après avoir payé tout cela, il n'avait plus d'argent, et dut se contenter d'une vieille hutte à moitié effondrée à l'écart du village. Le plus jeune frère, au contraire, n'avait aucun souci et surtout aucune dépense. Il avait gardé toutes les richesses et la maison de son défunt père. Il continuait à inviter des gens chez lui tous les jours et vivait dans le faste, mais son frère misérable lui faisait honte, il ne l'invitait jamais, et tout au plus, se moquait de lui.

Kadong, le fils de Killyong, avait douze ans. Il aidait ses parents autant qu'il le pouvait. Un jour, il alla chercher du bois dans la forêt. Il montait avec peine le chemin escarpé et pierreux qui serpentait au flanc de la montagne jusqu'à la crête, où un très vieux sapin étendait ses branches à moitié desséchées. Tout le monde dans le pays savait que c'était là qu'habitaient les nains de la montagne. Le jeune garçon ramassa une pierre et la jeta sur le tas qui s'était formé à la longue, car tous les passants jetaient une pierre à cet endroit. En même temps qu'il jetait sa pierre, il pria l'esprit des montagnes de lui venir en aide. Il vit alors sa hache s'échapper de son étui et flotter devant lui. En même temps, il entendit une petite voix: «Suis-moi dans la forêt!» Il regarda autour de lui, mais il ne vit nulle part âme qui vive. Seule la hache, légèrement brillante, flottait devant lui.

C'était une route difficile: il fallait sauter par-dessus les racines et traverser d'épais buissons, marcher sur des coussins de mousse humide dans lesquels il s'enfonçait jusqu'aux genoux, et aussitôt après, traverser de sombres éboulis de rochers, et ensuite à nouveau marcher dans la forêt en escaladant péniblement d'énormes arbres déracinés, arbres géants couchés par terre. Ses mains et ses pieds étaient en sang, ses vêtements déchirés, et pourtant il continuait, il continuait toujours, il suivait la hache scintillante, et rendait grâce en son for intérieur à l'esprit des montagnes. Alors qu'il était presque à bout de forces, la hache resta accrochée à un magnifique buisson de ginseng, et perdit son éclat. Kadong s'agenouilla et de ses mains nues, il déterra avec respect la précieuse racine. C'était un travail pénible, mais il finit par y arriver et serra la racine dans sa main: elle était jaune d'or et brillait dans l'obscurité. Sa forme se modifiait peu à peu, un peu comme si la vie passait de la main du jeune garçon dans la racine, et elle prit la forme d'un petit homme au visage, aux pieds et aux mains minuscules. Le petit homme se mit à grandir sous les yeux de Kadong et lui sourit. «Ton cœur est bon, car tu n'es pas venu ici pour ton plaisir, mais pour aider tes parents. Tout ce que tu souhaites sera exaucé si tu frappes ici le sol avec cette branche», dit-il en cassant la branche d'un buisson et en la tendant au garçon. «Allez! Essaie!»

«O esprit des montagnes, fais en sorte que mes parents n'aient plus jamais à souffrir de la faim!» dit alors Kadong. Il vit aussitôt apparaître devant lui une très belle table couverte de riz, de légumes, de viandes, d'œufs et de racines de ginseng parfumées. «Mange; il faut que tu prennes des forces pour le retour!» lui ordonna l'esprit. Le garçon était affamé et ne se le fit pas répéter deux fois. Il pouvait manger autant qu'il voulait, la nourriture était toujours aussi abondante dans les plats. Lorsqu'il voulut remercier le petit homme, celui-ci avait disparu sans laisser de traces. Kadong découpa alors quelques lianes pour attacher la petite table et le bâton magique et rentra chez lui. La hache qui flottait devant lui éclairait le chemin et lui montrait la route.

Ses parents furent transportés de joie devant le cadeau de l'esprit des montagnes, mais ils se réjouirent encore davantage que leur fils soit de retour sain et sauf. Dès le lendemain matin, le père et le fils retournèrent sous le sapin enchanté. Ils se prosternèrent trois fois en signe de reconnaissance, déposèrent une pierre sur le tas déjà formé, ainsi qu'une pièce de monnaie, la dernière qu'ils possédaient, une piécette de cuivre.

A partir de ce jour, le bonheur régna à nouveau dans la maison des Killyong, et, avec le temps, ils retrouvèrent également le confort et le bien-être. Le père et le fils s'en allaient parfois dans la montagne avec le bâton magique, et ils ne revenaient jamais sans un objet qui manquait à leur maison. Bien sûr, les voisins se rendaient compte que Kim Killyong et sa famille avaient remis leur hutte en état et qu'ils l'avaient joliment arrangée, mais ils se félicitaient de leur bonheur, car ils les jugeaient honnêtes et travailleurs.

Mais il y avait pourtant des gens qui le jalousaient: son plus jeune frère Kim Suryong et sa femme. Cette dernière ne cessait de répéter à son mari qu'il devait rendre visite à son frère. Finalement, il céda et se rendit chez Killyong. Celui-ci le fit entrer dans le sarang, la pièce dans laquelle on reçoit les invités, et Suryong resta muet de surprise: au milieu se trouvait un brasero en cuivre, dans un coin un candélabre en or incrusté de papillons en émail aux couleurs vives, sur le sol étaient étendus des tapis précieux et des coussins multicolores. Même l'homme le plus riche du village n'était pas installé avec autant de faste.

Le frère aîné raconta sans mentir comment tout cela était arrivé, et Suryong lui dit: «Comme nous sommes frères, nous devons tout partager, la joie comme le malheur. Montre-moi l'endroit magique et prête-moi le bâton.» «Je souhaite que tu n'oublies pas ce que tu viens de dire», répondit Killyong en lui donnant la hache et le bâton. A minuit, à la lumière du dernier quartier de lune, le frère cadet arriva à l'endroit où était enterrée la racine de ginseng et il ordonna: «Je veux de l'or, gros comme mon poing!» Au même instant, son poing, qu'il avait serré afin de mieux se faire comprendre de l'esprit des montagnes, se transforma en or.

Au début, tout le monde se réjouit dans la maisonnée, mais cette joie se transforma bientôt en tourments, car la main d'or de Suryong restait fermée et ne pouvait plus s'ouvrir: elle ne lui servait plus à rien. Elle faisait de lui un infirme. Une nuit de pleine lune, Suryong retourna avec sa femme à l'endroit où la racine de ginseng était apparue, et dit: «O esprit des montagnes, je t'en implore, reprends l'or de ma main et punis-moi pour ma cupidité!» Son vœu fut exaucé. Tous deux, l'homme et la femme, reçurent une telle raclée qu'ils furent guéris à jamais de leur avarice et de leur cupidité.

Peu de temps après, le bâton magique disparut de la maison de Killyong. Une mendiante à moitié aveugle l'avait confondu avec son propre bâton et l'avait laissé tomber en chemin dans un ravin. Mais Kim Killyong ne s'affligea pas de sa perte. Il n'avait pas le désir d'accumuler des richesses. Il travailla raisonnablement, et ses biens lui permirent même d'aider ceux qui étaient frappés par la destinée. Mais il lui arrivait souvent de gravir avec son fils Kadong le sentier pentu de la montagne, jusqu'au sapin magique, pour couper du bois et rendre grâce à l'esprit des montagnes, car il n'oublia jamais que c'était à lui qu'il devait son bonheur.

LE VOYAGE SUR LE TAMIS
A GRAINS

Il était une fois deux petits vieux qui, certes, n'étaient pas riches, mais leur chat avait toujours sa petite place bien au chaud près du poêle. Ils ne possédaient vraiment pas grand-chose, mais leur chat ne souffrait jamais de la faim. C'était un chat magnifique, grand et fort, qui les aidait dans la mesure de ses possibilités. Ainsi, un jour, la femme annonça à son mari: «Nous n'avons plus de bois.» «Je m'en suis aperçu moi aussi, mais que faire?» répondit l'homme. «Toi, va chercher du bois dans la forêt.» «Et comment faire sans cheval?» «Attèle le chat!» «Mais à quoi l'atteler puisque je n'ai pas de voiture?» «Prends le grand tamis à grains. Nous sommes toujours venus à bout des situations difficiles; cette fois encore, le Bon Dieu ne nous abandonnera pas.»

Le vieil homme s'en alla à travers la forêt, en sifflotant. Devant lui, le chat attelé tirait le tamis dans lequel il était assis. Tout à coup, un jeune lapin déboucha d'un fourré sur le chemin. «Où vas-tu, petit pépé?» «Je vais dans la forêt chercher du bois, comme tu vois.» «Laisse-moi t'accompagner un bout de chemin.» «Ce serait bien volontiers, mais où est-ce que je vais te mettre? Je n'ai pas de voiture, je n'ai qu'un tamis.» «Je me ferai tout petit, laisse-moi me mettre dans un petit coin, je trouverai bien une place, ne t'en fais pas.» «Eh bien, saute!»

Et ils continuèrent. Un renard sortit alors des buissons. «Où vas-tu, petit pépé?» «Je vais dans la forêt chercher du bois, comme tu vois.» «Laisse-moi t'accompagner un bout de chemin.» «Ce serait bien volontiers, mais où est-ce que je vais te caser? Je n'ai pas de voiture, je n'ai qu'un tamis.» «Je me ferai tout petit, laisse-moi me mettre dans un petit coin, je trouverai bien une place, ne t'en fais pas.» «Eh bien, saute!»

Et ils se remirent en route. Le vieil homme sifflotait avec entrain, le chat tirait, et derrière, dans le tamis, le lapin et le renard étaient allègrement secoués. Compère loup se montra alors sur le chemin. «Où vas-tu, petit pépé?» «Je vais dans la forêt chercher du bois, comme tu vois.» «Laisse-moi t'accompagner un bout de chemin.» «Ce serait bien volontiers, mais où est-ce que je vais te mettre? Je n'ai pas de voiture, je n'ai qu'un tamis.» «Je me ferai tout petit,

laisse-moi me mettre dans un petit coin, je trouverai bien une place, ne t'en fais pas.» «Eh bien, saute!»

Et ils continuèrent leur route. Le chat tirait tant qu'il pouvait, mais derrière, dans le tamis, on commençait à se sentir à l'étroit.

Pendant ce temps, l'ours s'approchait en se dandinant. Il était encore loin lorsqu'il cria: «Petit pépé, je veux aller avec toi!» «Ce serait bien volontiers, mais où est-ce que je vais bien pouvoir te mettre? Je n'ai pas de voiture, je n'ai qu'un tamis.» «Je me ferai tout petit, laisse-moi me mettre dans un petit coin, je trouverai bien une place, ne t'en fais pas.» «Eh bien, saute!» L'ours tomba lourdement sur le tamis,... la maladresse à l'état pur! Le lapin soupira, le loup grogna, et le renard se dit à lui-même: «Maintenant, il faut faire quelque chose!»

Il gratta le fond du tamis avec ses griffes en s'aidant de sa queue et de ses dents – et il y eut bientôt un trou dans le fond. «Pousse-toi un petit peu», dit-il au lapin, «je ne peux plus respirer, l'ours s'est assis sur moi!» Le lapin se poussa un peu, encore un peu, et, lorsqu'il fut juste au-dessus du trou, le renard le poussa – et le lapin disparut ainsi du tamis. Puis, le renard dit au loup:«Pousse-toi un peu, petit frère, l'ours s'est assis sur moi, je ne peux plus respirer!» Et en un rien de temps, le loup se retrouva hors du tamis. Le renard se frottait les pattes en pensée et se réjouissait: «Je n'ai plus qu'à me débarrasser du dernier, et je voyagerai seul comme un grand seigneur.» Il se mit à nouveau à gémir. «Oh, frère Ours, le lapin est tombé du tamis et le loup aussi. Regarde donc s'il ne leur est rien arrivé!» A peine l'ours s'était-il penché au-dehors que le renard lui saisit les pattes de derrière et le poussa de toutes ses forces. L'ours passa par-dessus bord, et le renard, qui disposait du véhicule pour lui tout seul, s'étala de tout son long dans le tamis comme un grand seigneur.

Mais ce ne fut pas pour longtemps. Un peu plus loin, des chasseurs avaient creusé une trappe qu'ils avaient recouverte de branches pour tromper le gibier et le capturer. Le chat sauta par-dessus la trappe, le tamis lui aussi glissa pardessus, mais avec une telle secousse que le renard perdit l'équilibre et qu'il tomba, à travers le trou qu'il avait fait pour les autres, directement dans le piège.

Maintenant qu'il était prisonnier, il s'était assis et réfléchissait: «La trappe est profonde, je n'arriverai jamais à m'en sortir tout seul, il faut absolument que j'aie une idée.» Et les idées, ce n'est pas ce qui lui manque. Il avait vu un rossignol faire son nid sur les branchages de la trappe; il l'appela: «Eh, espèce d'insolent! Qui t'a permis de faire ton nid au-dessus de mon trou? Mais regarde comme je suis généreux! Si tu fais trois choses, je te laisserai nicher ici et même, je m'en irai de mon trou. Mais si tu n'en fais rien, je sauterai du trou, je détruirai ton nid et je te mangerai.» «J'aimerais bien voir ça, alors que tu ne peux même pas sortir du trou!» se disait le rossignol en son for intérieur, mais il ne voulait pas jouer les trouble-fêtes et il accepta les conditions du renard. Celui-ci lui fit part de ses exigences: «Tout d'abord, tu dois me sortir de ce trou, ensuite, tu dois me donner à manger, et pour finir, tu dois m'apprendre à voler!» «Tu as le droit d'avoir tes volontés et moi de garder mon calme», dit le rossignol. «Mais c'est bien pour te faire plaisir.»

Le rossignol alla chercher des branches et de la mousse et ne s'accorda aucun répit jusqu'à ce que le trou soit enfin comblé et que le renard puisse en sortir. Alors, le rossignol s'envola dans le ciel, au-dessus de la forêt, se posa sur un arc-en-ciel, et chanta.

En bas, justement, une paysanne passait en carriole, elle apportait aux moissonneurs qui travaillaient aux champs leur repas de la journée. Elle était en sueur, elle pestait contre la chaleur, contre Dieu et contre le monde entier. Et il ne manquait plus que le chant du rossignol! elle prit un bout de bois et le jeta de toutes ses forces en direction de l'oiseau. Mais celui-ci parvint à l'éviter, et le bout de bois atteignit l'arc-en-ciel, qui tomba par-terre, juste au pied du cheval. Le petit cheval, effrayé, s'échappa du timon et s'enfuit dans la forêt. Et la paysanne partit à sa recherche, si bien que le renard put manger en toute tranquillité le casse-croûte des moissonneurs. Lorsqu'il se fut rempli le ventre, il ordonna au rossignol: «Et maintenant, apprends-moi à voler!»

Le rossignol prit le renard sous son aile et l'emmena dans les airs. Le renard criait: «Plus haut!» et «Encore plus haut!» et «Encore un peu plus haut!» Ils étaient déjà tellement haut qu'ils auraient presque pu voir le royaume des cieux.

Le renard s'écria alors: «Et maintenant, lâche moi, je veux voler seul!» «Si tu n'étais pas ce que tu es, j'essaierais de t'en dissuader; si tu n'étais pas ce que tu es, je ne te lâcherais pas», pensait le rossignol. «Mais personne ne te regrettera. Il faut toujours que tout se fasse selon ta volonté, eh bien, il en ira de même cette fois-ci! Si tu veux absolument voler, eh bien, vole!»

Le rossignal lâcha le renard, qui s'écrasa sur le sol. Le rossignol acheva son nid, le vieil homme ramena dans son tamis le bois pour chauffer la maison et le chat retourna se pelotonner près du poêle.

COMMENT LE FROMAGE
ARRIVA AU CIEL

On raconte qu'un jour, un fromage de Chester est allé tout droit au ciel, et les gens du Cheshire prétendent que cela n'est pas étonnant, car il l'avait bien mérité. Voilà comment cela s'est passé:

La femme du fermier de la colline faisait le meilleur fromage de la région, tout le monde le savait, même monsieur le curé, qui venait souvent à la ferme et ne redescendait jamais les mains vides. Pour lui épargner la fatigue, la fermière eut l'idée de fabriquer pour lui un fromage d'un format spécial, aussi grand qu'une roue de charrette. «Vous avez au moins pour jusqu'à Pâques!» lui dit-elle d'un air satisfait. Quand le saint homme vit ce magnifique fromage, il voulut aussitôt l'entamer avec son couteau, mais la fermière l'en empêcha: «Lorsqu'il sera mûr», lui dit-elle, «nous le mettrons dans la brouette et nous vous le livrerons à domicile!»

Mais le curé revint plusieurs fois pour goûter la meule de fromage, afin de vérifier si elle n'était pas déjà mûre. Finalement, la fermière perdit patience – et il en fut de même pour notre cher fromage.

«Je suis un vrai fromage de Chester, et je ne vais pas permettre à ce goinfre de me dévorer à force de me goûter, alors que je pourrais tout à fait servir de repas du dimanche à une famille entière pendant de nombreux mois.

Moi, je veux nourrir les pauvres,
C'est pourquoi, plutôt que de me laisser dévorer par un goinfre,
Je préfère partir dans le vaste monde!»

Et il partit en roulant dans la cour. «Pour un fromage, tu es un peu trop gros!» lui dirent en aboyant les trois chiens de la ferme, et chacun d'eux mordit trois fois dans le fromage. «Vous en avez sûrement profité, mais moi aussi, car je suis beaucoup moins lourd maintenant. Comme cela, il me sera beaucoup plus facile d'avancer. Merci beaucoup!» et il se remit à rouler.

Il rencontra un renard qui tenait une grosse poule dans sa gueule. Quand le renard vit le fromage, il laissa tomber la poule et mordit deux fois dans le fromage. «C'était très bon», dit-il au fromage. «Je le crois volontiers», répondit le fromage. «Mais tu ferais mieux d'attendre que je revienne, j'entends déjà aboyer les chiens de la ferme.» Le renard saisit la poule dans sa gueule et s'enfuit sans demander son reste. Et le fromage partit dans la direction opposée.

«Pourvu que je ne rencontre pas une meute de chiens! Ils me dévoreraient jusqu'à la croûte!

Et moi, je veux nourrir les pauvres,
C'est pourquoi, plutôt que de me laisser dévorer par des goinfres,
Je préfère partir dans le vaste monde!»

Et il continua son chemin. Certes, il avait au moins diminué de moitié, mais c'était encore un beau gros fromage.

Et comme il roulait droit devant lui, il arriva au beau milieu d'un troupeau d'oies. Ah! Quelle cacophonie! Bien sûr, il essaya aussi vite que possible de sortir de cette masse caquetante, mais il ne réussit pas à s'échapper assez rapidement et perdit encore un bon morceau. Par bonheur, la fermière mettait un point d'honneur à gaver ses oies copieusement, si bien qu'elles pouvaient à peine bouger. Et elles ne pouvaient pas voler non plus, car on leur avait rogné les ailes. Ce fut une chance pour le fromage.

Mais celui-ci commençait à en avoir assez, et il arriva sous un arbre creux. C'est seulement là qu'il se livra à un examen complet de son état physique. «Eh bien!» dit-il, «ils m'ont bien mangé! Je suis maintenant à peine plus gros que le poing, et je suffirais à peine à rassasier un ventre affamé. Il faut que j'aille sur la route, je rencontrerai peut-être quelqu'un qui aura vraiment besoin de moi.

Je veux enfin nourrir les pauvres,
C'est pourquoi, plutôt que de me laisser dévorer par des goinfres,
Je préfère partir dans le vaste monde!»

Une fois arrivé sur la route, il entendit des gémissements et des soupirs. C'étaient trois mendiants aveugles qui gisaient, affamés et épuisés, dans le fossé le long de la route. «Ah! Que ne suis-je plus gros!» dit le bon fromage avec un air de regret. Il se brisa en trois morceaux pour chacun des mendiants, qui les mangèrent sans en laisser une miette.

Alors, les mendiants se levèrent, ils se mirent à grandir, à grandir toujours davantage, et des ailes poussèrent sur leur dos, car c'étaient des anges. Et le fromage sentit qu'il était tout à coup redevenu entier, et qu'il était aussi gros que lorsque la fermière l'avait fait. «Tu as toujours pensé aux autres, tu ne t'es jamais plaint de ton sort. C'est pourquoi tu vas venir au ciel avec nous», lui expliquèrent les anges en l'emportant avec eux.

Un jour, un fermier vit une cane qui conduisait ses douze petits vers la mare. Les onze premiers se dandinaient en rang derrière leur mère, mais le douzième était toujours à la traîne. Elle allait de temps en temps vers lui et lui donnait des coups de bec pour le faire avancer, jusqu'au moment où il s'arrêta et s'assit en l'appelant désespérément. Mais celle-ci ne se retourna même pas et disparut avec ses onze canetons dans les roseaux. Le fermier n'arrivait pas à s'expliquer le comportement de la cane, jusqu'au jour où un aveugle, qui était sage, lui fournit une explication: «Quand quelqu'un a plus de dix enfants, il faut qu'il en sacrifie un pour préserver les autres du malheur.»

Mais comme le fermier avait lui-même douze enfants, douze bambins comme dans un livre d'images, depuis ce que lui avait dit l'aveugle, il ne trouvait plus le sommeil. Peut-être fallait-il qu'il sacrifiât un de ses fils? Il demanda conseil à sa femme, car il ne pouvait guère prendre une telle décision seul. Ils décidèrent ensemble de mettre à la porte celui de leurs fils qui rentrerait le dernier à la maison ce soir-là, aussi difficile que cela leur semblât, et de l'envoyer dans le vaste monde. Et ce fut leur plus jeune fils, un garçon trapu et taciturne, qui était fort comme trois hommes et qui avait un cœur d'or. C'était celui qui était le plus proche de sa mère même s'il ne lui exprimait jamais son affection, et la mère sentit son cœur se briser à l'idée que le destin avait précisément désigné ce fils-là. Le fermier appela son plus jeune fils et lui expliqua tout: il était obligé de le confier au destin, s'il voulait que les onze autres soient préservés du malheur.

Le jeune garçon ne dit pas un mot, alla dans la cuisine, s'assit et regarda fixement sa mère. Celle-ci était en train de couper de la pâte à pain, et ses mains tremblaient. «Quand t'en vas-tu, mon fils?» lui demanda-t-elle. «Demain», répondit le jeune garçon en poussant un tel soupir que la chaise en fer sur laquelle il était assis s'effondra. La mère versa trois gouttes de lait, trois gouttes de sang de bœuf et trois gouttes d'hydromel dans la pâte et en fit trois pains. «Ces pains sont magiques», dit-elle ensuite. «Tu verras, ils t'aideront un jour», et elle bénit son fils en guise d'adieu.

Le matin suivant, le jeune garçon prit son sac avec les trois pains et demanda à son père: «Où dois-je donc aller?» «Tu dois retrouver les géants. Cela fait déjà longtemps qu'ils sèment des troubles dans le pays et qu'ils s'en prennent aux hommes. Il faut que tu te battes contre eux. Si tu libères le pays des géants, les hommes pourront à nouveau dormir tranquilles. Et tu pourras rentrer à la maison.» «Et où sont donc les géants?» demanda le jeune homme. «Là, tu m'en demandes trop, il faut que tu les trouves toi-même.» C'est sur ces paroles qu'ils se quittèrent.

Le jeune garçon s'en alla, loin, toujours plus loin; il avait hâte de trouver les géants. Il ne dormait jamais deux nuits de suite dans le même lit, ne mangeait jamais deux fois à la même table, ne buvait jamais deux fois à la même source. Un soir, il rencontra un homme qui lui demanda où il allait. «Je cherche du travail et un maître, alors ne me fais pas perdre de temps!» répondit le jeune garçon d'un air maussade. «Eh bien, accompagne-moi, je cherche justement un berger. Toutes les prairies alentours m'appartiennent. Jusqu'à ce grand mur, là-bas. Mais il faut que tu empêches le bétail d'aller jusqu'à ce mur, si tu tiens à la vie. Car derrière ce mur se trouve le royaume des géants.» L'homme s'en alla prestement, et le jeune garçon s'occupa du bétail. Mais ces bêtes voraces eurent bientôt brouté toutes les prairies, et elles se dirigeaient toujours vers le mur, obligeant à chaque fois le berger à les repousser vers l'intérieur des terres. Finalement, sa curiosité fut plus forte. Il grimpa sur le mur et regarda de l'autre côté: l'herbe était fraîche comme la rosée, verte et pleine de sève, à vous en faire frémir le cœur de joie. «Les bêtes s'y connaissent mieux que leur maître!» s'exclama le jeune garçon. Il ouvrit une brèche dans le mur et conduisit le troupeau dans la prairie verdoyante. Le troupeau paissait en toute quiétude, et le berger s'allongea paisiblement dans l'herbe et plongea son regard dans le ciel bleu.

Mais à peine s'était-il un peu reposé qu'un géant s'approcha à pas lourds, en faisant trembler le sol. «Sale voleur, sale petit effronté!» fulmina-t-il. «Pour qui te prends-tu! Faut-il que je t'écrase comme un ver de terre ou que je te balaye de mon souffle comme un moustique?» Le jeune garçon se leva d'un bond et rabroua à son tour le géant. «Je ne suis pas un voleur. Je suis dans mon droit. Et si cela ne te plaît pas, nous pouvons nous battre, et nous verrons bien qui est le plus fort!» Cette proposition eut l'air de plaire au géant, et le combat commença. Le géant était très fort, bien sûr, mais le jeune homme eut pourtant le dessus, et il réussit à enfoncer à trois reprises le géant dans la terre. La première fois, le géant s'enfonça jusqu'aux genoux, la deuxième fois, jusqu'aux hanches, et la troisième fois, jusqu'au cou. Le jeune garçon était sur le point de lui porter un coup fatal lorsque le géant le supplia d'une voix pressante: «Je t'en prie, laisse-moi vivre, et je te donnerai un sabre aussi brillant que le soleil ainsi qu'un bâton magique.» «Et où sont-ils?» dit le jeune garçon. «Voilà une clé qui te conduira à leur cachette et qui t'ouvrira la porte», répondit le géant en crachant la clé, car il était toujours enfoncé dans la terre jusqu'au cou. Le jeune homme prit la clé, et peu de temps après, il revint satisfait, car le géant avait dit la vérité.

«Maintenant, libère-moi!» exigea le géant. «Il faut tout d'abord que j'essaie le sabre», dit le jeune garçon en jetant un regard circulaire autour de lui, comme s'il cherchait quelque chose. «Dans la forêt, là-bas, tu trouveras du bois à profusion. Choisis la bûche la plus solide et sers-t'en pour l'essayer», lui conseilla le géant. «Pourquoi donc devrais-je aller dans la forêt, alors que j'ai devant moi la bûche la plus solide et la plus affreuse qui puisse exister?» répliqua le jeune garçon en coupant la tête du géant d'un seul coup de sabre.

Quand vint le soir, tous furent émerveillés de la quantité de lait que les vaches donnaient, et le jeune garçon déclara: «Désormais, elles donneront toujours autant de lait, car aujourd'hui, j'ai tué votre voisin le géant.»

Au début, les gens ne voulurent pas le croire, mais ensuite, au lieu de se réjouir, ils se mirent à se lamenter et à dire qu'il leur arriverait sûrement des misères, car les autres géants vengeraient certainement leur frère. Alors, le jeune garçon se fâcha et leur dit: «Qu'en savez-vous? Vous vous passerez de moi pour garder vos troupeaux! Je m'en vais, je veux en finir avec ces canailles de géants!»

Et il s'en alla dans les prairies des géants. La prairie se transforma bientôt

en forêt, puis ce fut à nouveau la prairie, et ainsi de suite pendant des jours et des jours, mais il ne s'arrêtait nulle part, ne dormait jamais deux nuits dans le même lit, ne mangeait jamais deux fois à la même table, ne buvait jamais deux fois à la même source, si grande était sa hâte. Mais il ne rencontra aucun géant.

Un jour, il arriva auprès d'une petite hutte. Dans cette hutte vivait un nain, et celui-ci l'invita à entrer: «Viens, assieds-toi avec moi et mange à ta faim. Je serais heureux de parler avec quelqu'un, car cela fait bien longtemps que je n'ai pas vu d'homme.»

Le jeune graçon s'assit et se servit copieusement à manger, mais il n'était pas très bavard, et le nain devait faire les frais de la conversation à lui tout seul. Finalement, le nain lui dit: «Tu cherches les géants, car tu veux en finir avec ces êtres malfaisants. Je pourrais, certes, te donner des renseignements sur un géant qui ne vit pas très loin d'ici, mais il faut que tu me promettes de revenir si tu es le vainqueur, et de me rapporter un flacon de son sang. Prends cette boule noire, elle te montrera le chemin.»

En entendant qu'un géant vivait à proximité, le jeune garçon se leva d'un bond. Il lança la boule en l'air; elle retomba sur le sol et roula dans la direction qu'il devait suivre. Et le jeune homme arriva devant un château qui n'était pas immobile comme les autres châteaux, mais qui tournait sans cesse sur lui-même. Dans l'embrasure d'une fenêtre se tenait une très belle jeune fille. La boule sauta par-dessus le mur et se dirigea vers la fenêtre, et le jeune homme la suivit. La belle jeune fille sursauta de frayeur et s'apprêtait déjà à appeler les serviteurs, car c'était la première fois qu'elle voyait quelqu'un entrer dans le château d'une manière aussi saugrenue. Mais en apercevant la boule noire, elle sauta au cou du jeune homme étonné. «Comment va mon petit frère?» lui demanda-t-elle. Puis, elle lui raconta son histoire: c'était une princesse; un géant l'avait enlevée et avait jeté un sort à ses trois frères. Le géant pêchait toute la journée dans la mer, et il ramassait tout ce qu'il pêchait dans un immense sac. Le soir, il avalait tout le produit de sa pêche jusqu'à la dernière arête, sans rien lui laisser à manger.

Quand le soir fut venu, le princesse cacha son hôte dans un coffre, afin que le géant ne le trouve pas. Après quelques minutes seulement, le géant arriva à pas lourds dans le château. Il renifla et se mit à hurler: «Pouah, ça sent l'Irlandais, ici! Où se cache-t-il?»

«Tu as le nez fin», répondit la princesse. «Un rouge-gorge venu d'Irlande s'est arrêté au château aujourd'hui. C'est certainement lui que tu as senti.» Le géant était très grand et très fort, certes, mais il était aussi bête qu'une courge. Il crut ce que lui disait la princesse et se mit à engloutir ses poissons d'un air satisfait. Il les roulait dans la braise brûlante et les avalait, l'un après l'autre, jusqu'à ce que le sac soit vide. Il avala tout avec avidité, jusqu'à la dernière arête. Puis il s'allongea par-terre et se mit à ronfler tellement fort qu'il en faisait trembler les murs.

Le lendemain matin, le jeune garçon sortit en rampant de dessous la hotte et alla tout doucement faire quelques pas dans la cour, pour se dégourdir les jambes. Mais il fit tomber le bouclier du géant, qui était accroché au mur de la cour, ce qui donna l'alarme.

Le géant se précipita hors de la maison, et, lorsqu'il vit l'étranger, il se mit à vociférer: «En voilà un drôle de rouge-gorge! Attends un peu, je vais te réduire en purée!»

«Essaie un peu, je n'attends que cela!» cria le jeune homme. Tous deux saisirent leur sabre et commencèrent à se battre avec une telle ardeur qu'on voyait des étincelles. Leur combat dura un jour entier, tous deux avaient de graves blessures, le sang coulait à flots – ce n'était vraiment pas un beau spectacle. Comme la nuit tombait, le géant proposa d'arrêter le combat et de le reprendre le lendemain.

Ils se séparèrent. Le géant avala tout ce qui lui tombait sous la main de comestible, puis il s'étendit pour dormir et se mit à ronfler comme un bûcheron. Mais, pendant ce temps, la jeune fille, la princesse enlevée par le géant, s'occupa du jeune homme et le conduisit jusqu'à deux cuves dont l'une contenait du poison, et l'autre de l'eau de vie. Elle lui dit de monter d'abord dans la première, puis dans la seconde – et il se sentit tout revigoré, frais et dispos comme un poisson dans l'eau.

«Que le diable emporte ce monstre !» dit-il dans un juron. «Et avant tout, que le diable emporte son sabre. Il donne autant de coups qu'un régiment entier.» «Ne t'en fais pas, je me charge du sabre», lui dit la princesse.

Et elle tint parole. Le géant s'en aperçut aussitôt lorsqu'ils reprirent le combat le lendemain, et il vociféra des menaces en direction de la fenêtre: «Attends un peu, tu vas voir ce que tu vas voir! Changer mon sabre contre un autre! Maintenant, ce n'est pas simplement contre cet Irlandais que je dois me battre, mais aussi contre mon propre sabre!» Mais il en fallait beaucoup plus pour le décourager, et il se battait comme un lion. Les sabres s'entrechoquaient et faisaient jaillir des étincelles. Mais là-haut, sur la branche, un rouge-gorge chantait: «Touche-le à la gorge! Touche-le à la gorge!» «Il a raison», se dit le jeune homme, «pourquoi me fatiguer davantage à batailler contre ce géant?» et il le décapita d'un seul coup de sabre.

Puis il remplit un flacon avec le sang du géant, prit la princesse par la main et lui dit: «Je m'en vais, petite princesse, mais vous perdez votre temps à me faire les yeux doux. De toute façon, je ne vous épouserai jamais. J'ai le pressentiment qu'il y a autre part un autre géant, et j'ai promis d'en finir avec cette racaille. Et vos frères vous attendent.»

Et ils allèrent ensemble chez le nain. Le sang du géant avait des pouvoirs magiques, car à son contact, le nain se transforma en prince. Il se rendit ensuite avec la princesse, sa sœur, et celui qui l'avait délivré du maléfice, derrière la maison où se trouvaient deux grosses pierres en forme de colonnes. Et lorsqu'il y répandit le sang du géant, elles se transformèrent aussitôt en deux jeunes hommes de belle prestance. Frères et sœur s'embrassèrent tous les quatre avec joie. Lorsque, après toutes ces effusions, ils cherchèrent des yeux celui qui les avait libérés, il avait disparu.

Cela faisait belle lurette qu'il était reparti en suivant la boule noire, qui roulait devant lui. Il marcha longtemps, très longtemps. La prairie fit place à la forêt, puis ce fut à nouveau la prairie; la montagne succéda à la plaine, puis fit place à la vallée, et cela pendant des jours et des jours. Puis, tout à coup, il se trouva devant une montagne étrange: elle était grise, lisse et brillante comme l'acier et aussi pointue qu'une aiguille. Il n'y avait pas de chemin qui y conduise. Alors, le jeune homme prit son élan, et fit un saut de géant par-dessus la montagne.

Et il marcha à nouveau pendant des jours et des jours, les vallées faisaient suite aux montagnes, et les montagnes aux vallées. Puis, d'un seul coup, il se mit à faire très chaud. Devant lui s'élevait une montagne comme il n'en avait jamais vue: elle crachait des flammes, et son sommet vomissait des coulées de feu qui redescendaient de tous côtés. Il prit alors son bâton magique, le brandit devant lui, et les flammes disparurent. Il courut rapidement jusqu'au sommet et se laissa glisser encore plus vite de l'autre côté. Puis, il reprit sa route.

Il marcha pendant longtemps. Il ne dormait jamais deux nuits dans le même lit, ne mangeait jamais deux fois à la même table, ne buvait jamais deux fois à la même source, et un jour il arriva au pied d'une montagne d'où s'échappaient des hurlements à vous faire dresser les cheveux sur la tête. C'était la montagne des monstres qui ont des crochets à venin à la place des dents. Il prit alors le bâton magique dans une main, afin de se frayer un chemin à travers la meute hurlante, et son sabre dans l'autre main, pour couper les crochets venimeux qui sortaient de leurs gueules de part et d'autre du chemin. Et il avança courageusement.

Il vécut encore bien des aventures, il reçut bien des cadeaux en guise de récompense, mais il n'en accepta qu'un seul: un manteau magique. Ce présent lui avait été fait par deux frères, pour qui il avait tué un nombre incalculable de géants. Il jeta le manteau sur ses épaules et se dit: «S'il y a encore un endroit où existe un géant, je veux y aller!» Et, dans la seconde même, il fut sur place. «Eh bien, je préfère autrement cette manière de voyager!» dit-il en souriant d'aise. «Maintenant, je n'ai plus besoin de me fatiguer à marcher!»

Le géant se précipitait déjà sur lui en rugissant comme le font tous les géants: «Viens donc ici, misérable vermisseau, je vais t'écraser et te dévorer sur-le-champ!»

Le jeune garçon mit rapidement la main dans son sac et en sortit le premier objet qui lui tomba sous la main. C'était l'un des trois pains que sa mère lui avait donnés pour la route. Il le lança à la tête du géant. Celui-ci saisit le pain, sourit, et le mangea. Il devint aussitôt aussi doux qu'un agneau et s'inclina devant le jeune garçon: «Sois le bienvenu, mon courageux neveu. Il n'y a que ma chère sœur qui ait pu préparer un aussi bon pain!» Et il le reçut chez lui, lui offrit un repas et le combla de présents. Puis il le fit longuement parler de sa sœur et de toute la famille. Et comme l'oncle avait encore deux frères, qui étaient tous deux les oncles du jeune garçon, il fut à nouveau reçu et comblé de cadeaux par chacun d'eux. Mais le jeune garçon avait déjà reçu tellement d'or et d'objets précieux qu'il dut emprunter une charrette en or au plus jeune des géants. Et on en met des choses dans une charrette de géant!

Il ne souhaitait plus qu'une chose, rentrer chez lui. Toujours vêtu de son manteau magique, il dit: «Je veux rentrer chez moi!» et aussitôt, il se retrouva dans la cuisine, où sa mère était justement en train de préparer le repas du soir.

Sept jours et sept nuits durant, ils fêtèrent son retour. Il y avait tellement de gibier à consommer qu'avec les restes on put nourrir trois meutes de chiens pendant trois ans. L'hydromel coulait à flots et ne tarissait pas. Moi aussi, j'étais de la fête, ainsi que tous les voisins. Mais eux, ils n'en savent plus rien, car ils ont essayé de traverser le fleuve, et celui-ci les a emporté. Tandis que moi, j'ai traversé l'étang, c'est pourquoi je suis encore en vie et que je peux vous raconter cette histoire.

LES CHEMINS
DE LA MER

Il était une fois une ville entourée d'épaisses murailles, qui se dressaient avec fierté le long de la mer. Elle était gouvernée par un jeune prince du nom de Zane, jeune par l'âge certes, mais intelligent et fort. Lorsqu'il fut adulte, les notables de la ville lui dirent: «Seigneur, il est temps que vous preniez femme!» Mais où donc trouver femme? Il n'y en avait aucune qui lui plaise dans tout le pays.

Après avoir harnaché son cheval, il partit dans les pays lointains, jusqu'à ce qu'il rencontre une jeune fille d'une beauté exceptionnelle, que tous appelaient la belle Hélène. Elle lui accorda sa main, et les noces furent magnifiques. Une fois de retour dans la ville du prince, ils recommencèrent à festoyer pendant quatorze jours. Mais dans ce pays, la tradition voulait que le jeune marié quitte son épouse aussitôt après le mariage, et qu'il reste éloigné d'elle pendant un an. Le prince s'en alla donc à nouveau. Son visage restait impassible, mais son cœur était plein de tourments.

Peu de temps après, un marchand accosta au port de la ville. Son bateau contenait les marchandises les plus précieuses et les plus rares – des soies magnifiques, des vases en or et des pierres précieuses à profusion. La nouvelle des merveilles qu'il transportait, et de sa belle prestance, s'était rapidement répandue dans la ville. Le marchand se fit annoncer chez la princesse, et, comme elle lui avait accordé audience, il lui demanda s'il pouvait loger au château, car c'était le seul endroit où ses trésors seraient en sécurité. La princesse y consentit. Peu de temps après, elle lui permit de lui tenir compagnie et de lui raconter ses voyages aventureux dans les pays lointains. Encore un peu plus tard, elle lui permit de lui baiser la main, et elle ne tarda pas à tomber amoureuse du bel étranger, qui répondit à son amour.

Mais, comme le temps passait, les deux amoureux étaient de plus en plus préoccupés: bientôt, le prince allait rentrer, car l'année tirait à sa fin. Que faire pour ne pas être obligés de se séparer? Le marchand acheta la complicité de la femme de chambre d'Hélène. Il lui promit tous ses trésors, et elle accepta de l'aider. Pour que personne ne remarque quoi que ce soit, le marchand fit creuser une fosse au milieu de la cour du château, afin – prétendait-il – d'enterrer sa précieuse cargaison. Mais ses gens creusèrent dans la fosse un passage secret qui conduisait à la maison de la servante, si bien que personne ne se doutait des trésors qu'elle recevait.

Un jour, la femme de chambre suggéra à sa maîtresse d'aller se baigner dans la mer. Bien sûr, c'était arrangé d'avance avec le marchand. Comme Hélène se laissait bercer par les vagues, son bien-aimé apparut soudain à ses côtés dans une barque, et lui proposa de la ramener jusqu'au rivage. Mais à peine était-elle montée dans la barque que celle-ci partit comme une flèche, non pas en direction du rivage, mais vers le bateau du marchand, qui avait déjà hissé la grand-voile. Quelque temps après, ils voguaient en pleine mer, et dans la ville, tout le monde ignorait ce qui était arrivé.

Lorsque les serviteurs eurent cherché en vain la princesse le long de la baie, dans la forêt et dans tout le pays, la servante fit semblant d'avoir brusquement une idée: «Est-ce qu'elle ne se serait pas enfuie avec le marchand?» A ces mots, les serviteurs furent comme frappés par la foudre. Et ils se demandèrent ce qu'ils pourraient bien dire au prince, lorsque celui-ci serait de retour et qu'il leur demanderait s'ils avaient bien pris soin de sa belle épouse.

Et ce jour arriva. Ils saluèrent le prince et l'accompagnèrent dans le château jusqu'à une table couverte de mets et de vins. Le prince s'étonna de ne pas être accueilli par des cris de joie, et fut peiné par la triste mine que faisaient ses gens. Son visage restait impassible, mais son cœur se serrait. Alors, il ordonna: «Conduisez-moi à votre maîtresse!» et les serviteurs furent obligés de raconter l'histoire.

Son vieux conseiller lui dit: «Ne la cherche pas ici, elle ne se réfugiera pas dans ton pays. Tu dois partir par la mer, vers les pays lointains. Une fois arrivé là-bas, ouvre grand tes oreilles, car plus une femme est belle, plus on parle d'elle.» Le prince Zane fit aussitôt appareiller un bateau et monta à bord vêtu de son armure.

Ils naviguèrent pendant des jours et des nuits, jusqu'à ce qu'ils arrivent en vue d'un port. Alors qu'ils se préparaient à y accoster, ils virent une barque qui s'approchait de leur bateau. Un jeune homme en armure était debout sur la proue. Son visage était aussi doux et régulier que celui d'une femme. Le jeune homme se fit conduire sur le bateau du prince, et tous deux sympathisèrent tant et si bien que le jeune chevalier inconnu proposa au prince de l'accompagner pour ne pas le laisser errer tout seul à travers le monde. Ils jetèrent l'ancre ensemble et allèrent se promener dans la ville, dont les forteresses s'élevaient à peu de distance. Ils s'installèrent dans une auberge, et le prince raconta son histoire à son compagnon. «Tu ne devrais pas te montrer vêtu de cette magnifique armure si tu veux apprendre quelque chose. Tu ferais mieux de te déguiser en mendiant. Personne ne se méfie d'un mendiant, et toutes les portes lui sont ouvertes.»

C'est ainsi que le jour suivant, un mendiant sortit de l'auberge, avec deux baluchons vides sur l'épaule et un bâton dans la main. Il se promena à travers la ville, observa tout ce qui se passait dans les palais et dans les huttes, interrogea avec habileté tous ceux qu'il rencontrait, mais il ne trouva aucune trace de sa belle Hélène. Il rentra à l'auberge, l'air désolé, et le jeune chevalier lui demanda: «Es-tu allé dans le palais, juste à côté?» Le prince se rendit alors clopin-clopant, la main tendue, dans le palais voisin. Il traversa une enfilade de pièces – et tout à coup il la vit: sa femme, la belle Hélène. Elle aussi le reconnut aussitôt malgré son déguisement, et ses yeux se remplirent d'une colère folle. Elle le fit chasser à coups de bâton par les serviteurs et prit part en personne à la bastonnade.

Zane regagna l'auberge, le cœur brisé, et dès que son compagnon l'aperçut, il comprit aussitôt ce qui s'était passé. «Nous nous sommes assez cachés, maintenant, il est temps de combattre», dit-il en tendant au prince sa cuirasse, son heaume et son épée. Ensemble, ils entrèrent de force dans le palais voisin, après avoir terrassé les gardes. Le prince prit la belle Helène sous son bras gauche, tandis qu'il se défendait de la main droite, et le jeune chevalier le gardait à l'arrière. Ils arrivèrent à grand-peine au port et réussirent à monter sur leur bateau. Ils se protégèrent des flèches qui pleuvaient sur eux grâce à leurs boucliers. Ils envoyèrent à leur tour une grêle de flèches sur leurs assaillants qui tombaient comme des mouches. Par bonheur, le vent soufflait vers le large, et bientôt, ils furent en pleine mer.

Ils ne mirent pas longtemps à rentrer au pays. Lorsque la ville natale du prince fut en vue, celui-ci invita le jeune chevalier dans son château, car il voulait le récompenser richement. Mais celui-ci déclina l'invitation et refusa les richesses, et dit au prince: «Je ne demande qu'une chose en guise de récompense: la moitié de la proie.» Et comme le prince Zane acceptait d'un signe de tête, sans mot dire, le chevalier brandit son épée et fendit la tête de la belle Hélène. «Pardonne-moi, mais elle n'aurait jamais été une bonne épouse. Tu trouveras la femme que tu mérites dans la maison des sept frères Barachun.» Et sur ces mots, il prit congé du prince.

Zane se rendit devant son palais et dit à tous ceux qui s'étaient précipités pour l'accueillir: «J'ai trouvé Hélène, mais je n'en ai ramené que la moitié. Elle ne valait pas la peine qu'on la ramène entière.» Les notables de la ville et tous les autres approuvèrent ces mots en hochant la tête en silence. Puis le prince rentra dans son palais. Son visage était impassible, mais dans son cœur soufflait la tempête.

Le temps passa, et la tempête s'apaisa. Zane se prépara à partir pour trouver la sœur des frères Barachun. Il monta à bord de son meilleur bateau et navigua en tous sens à travers le Kara-Tebgis, la mer Noire, puis il sillonna l'Ak-Tengis et la Méditerranée, jusqu'à ce qu'il accoste sur une île, dans laquelle se trouvait une grande ville. Il demanda son chemin à travers toute la ville jusqu'à la maison des sept frères, et, lorsqu'il fut enfin arrivé, il leur demanda la main de leur sœur. Pendant un long moment, les frères restèrent silencieux, puis ils baissèrent la tête d'un air honteux: «Notre sœur est une guerrière, qui n'a de goût que pour la guerre. Elle ne tolère pas que nous lui donnions des ordres, mais décide elle-même de ce qu'elle veut faire.» Cependant, le plus jeune frère le conduisit jusqu'aux appartements de sa sœur et frappa quelques coups craintifs à sa porte.

Peu après, la porte s'ouvrit; le prince entra et s'inclina devant la jeune fille. «Je suis le prince Zane, et si je me présente aujourd'hui devant toi, c'est pour mettre mon cœur à tes pieds et t'offrir mon immense amour.» Il lui fallut répéter encore deux fois ces paroles pour que la jeune fille daigne se tourner vers lui et lui donner son consentement.

Les frères furent extrêmement étonnés, car jusque-là, elle avait traité sans égards tous les prétendants qui s'étaient présentés et leur avait opposé un cruel refus. Ils préparèrent dans la joie la fête de mariage, firent tuer sept vaches et sept moutons, et le repas de noces sembla ne jamais devoir se terminer. Puis, les chanteurs saisirent leurs instruments et chantèrent les légendes héroïques populaires et des épopées qui louaient les qualités guerrières du jeune marié. Ensuite, les invités sortirent pour assister à toutes sortes d'épreuves: il y avait

54

des concours de lutte, de tir à l'arc, d'haltérophilie et de course. Lorsque vint le tour du lancer de pierre, le prince lui aussi fut invité à participer.

Il gagna deux fois l'épreuve. Les cris de joie résonnaient dans la nuit, et lorsque les étoiles apparurent au firmament, les chanteurs entonnèrent un nouveau chant – le chant de la victoire de l'époux. Puis le brouhaha se calma peu à peu, et le prince se retira avec sa belle guerrière dans ses appartements.

Au milieu de la nuit, une servante vint réveiller doucement sa femme, et ce léger bruit le tira de son sommeil. Sa femme se leva avec précaution et se rendit dans la pièce voisine. Elle sortit d'un coffre une cuirasse, une épée, des flèches et un arc et elle endossa son armure. Elle replia sa longue chevelure dans son heaume. Puis elle descendit aux écuries, enfourcha son cheval et partit au galop dans la nuit.

Le prince lui aussi enfila prestement son armure et la suivit de loin jusqu'à un ravin devant la ville, au bord duquel de nombreux guerriers s'étaient rassemblés. Ils attendaient seulement leur maîtresse. Elle prit la tête de la troupe et donna le signal du départ. Presque aussitôt, ils aperçurent les hordes barbares qui voulaient envahir leur ville, et une bataille impitoyable se déchaîna. Celle que le prince avait choisie pour épouse, et qu'il aimait par-dessus tout, était toujours au premier rang, là où le combat était le plus sauvage. Il n'était guère étonnant que les ennemis la visent particulièrement de leurs coups. Ils se précipitaient de tous côtés sur elle, et Zane vit avec horreur qu'elle faiblissait et qu'elle ne répondait plus qu'avec peine aux coups qui l'assaillaient. Il s'élança alors à son aide, combattit à ses côtés, et ils frappèrent ensemble avec une force décuplée sur l'ennemi, jusqu'à ce que celui-ci batte enfin retraite.

Zane était blessé au bras, et la guerrière, qui ne pouvait pas reconnaître, à cause de l'armure, celui qui avait combattu si courageusement à ses côtés, pansa ses plaies avec un linge. Alors, le prince perdit tout contrôle, il souleva sa visière et embrassa sa femme au beau milieu du champ de bataille. Déjà, elle levait son couteau pour le frapper lorsqu'elle le reconnut. Elle l'étreignit et lui dit: «Je suis tellement heureuse d'avoir trouvé en toi un homme plus fort et plus intrépide que moi. Jusqu'à ce jour, je n'avais eu qu'une envie, celle de me battre, et mon seul but était l'aventure. Je peux te le dire maintenant: celui qui t'a aidé à retrouver la belle Hélène, c'était moi.»

Le prince Zane la fixa avec stupeur, et il reconnut en elle le jeune chevalier qui l'avait autrefois accompagné. «Mais aujourd'hui, je ne veux plus être que ton épouse soumise», lui dit-elle en souriant. Et à partir de ce jour, elle ne porta plus jamais les armes.

Il était une fois un grand lac, rond comme un saladier en bois, et au beau milieu de ce lac, une île, qui donnait l'impression de flotter sur l'eau comme un héron sur les vagues. Sur cette île régnait un chef, célèbre pour ses exploits de guerrier et de chef de tribu. Et ses trois fils étaient vigoureux comme des palmiers. Tutanekai était le quatrième de la famille, et ses trois frères l'aimaient, même s'il n'était pas leur frère de sang, car il avait grandi avec eux. Leur père, le chef de la tribu, le considérait comme son fils, et il partageait tout ce qu'il avait non pas en trois, mais en quatre. La flûte de Tutanekai les accompagnait partout, qu'ils aillent pêcher les poissons à la lance ou qu'ils se baignent dans le lac, qu'ils rament en bateau ou qu'ils se défient à la course. Tutanekai jouait de la flûte lorsqu'ils se levaient le matin, avec le soleil, et qu'ils se couchaient le soir, quand se levait le lune. Tutanekai était certes le quatrième, mais pour ce qui était de la force, de l'adresse et de l'intelligence, il était le premier. Et, lorsqu'il jouait de la flûte, les hommes et les étoiles prenaient un air songeur et leur regard se perdait dans le lointain et la musique leur inspirait des rêveries.

Sur l'autre rive, il y avait un pays dirigé par le chef d'une grande et célèbre tribu. Et ce chef avait une fille nommée Hine-moa. Elle était comme la perle rose parmi les perles ordinaires; elle était tellement belle que son image se gravait pour toujours dans le cœur de quiconque l'avait vue, ne fût-ce qu'une fois. Mais elle était aussi timide que la colombe, et fuyait les regards comme le brouillard évite le vent. Un jour, son père, le célèbre chef de tribu, convoqua une grande assemblée. Il y avait beaucoup de monde, des hommes et des femmes des villages voisins, ainsi que les trois fils du chef de la tribu de l'île et Tutanekai. C'est là que Tutanekai et Hine-moa se virent pour la première fois, c'est là qu'ils unirent leurs cœurs dans un seul regard. Lorsque l'assemblée se dispersa, chacun emmena de l'autre l'image gravée dans son cœur.

Rentré dans l'île, Tutanekai construisit sur l'eau une haute tour exactement en face de l'endroit où la belle Hine-moa habitait. Le soir, lorsque le soleil disparaissait derrière les grands palmiers, il montait sur la tour et regardait l'autre rive. Puis il jouait de la flûte. Dans le chant de sa flûte, il mettait non seulement tout son souffle, mais aussi tout son cœur, morceau par morceau, et il envoyait à Hine-moa ses chants et son amour à la grâce du vent. Le vent s'en emparait, les emportait au-dessus du lac et les déposait dans le cœur de la jeune fille, qui lissait ses cheveux noirs, assise, là-bas, près de la rive. Le jeune homme n'avait pas le droit de lui envoyer autre chose que ses chants. Certes, il avait grandi dans la maison du chef de la tribu, mais il n'était pas son fils. Certes, il était le premier en tout, mais il n'était pas riche, il ne possédait aucun collier de coquillages précieux, comment donc aurait-il pu demander la main de la fille du chef?

Tout cela, il le savait, et ses compagnons, les fils de l'autre chef de tribu, le lui avaient déjà dit, car ils savaient, bien sûr, vers où se portaient ses regards, ils savaient à qui ses chants étaient destinés. Bien sûr, ils l'aimaient comme un frère, mais l'image de la belle Hine-Moa était encore plus profondément gravée dans leur cœur. «Pourquoi penserait-elle justement à toi?» se moquaient-ils. «Elle m'a fait promesse d'amour», répondait Tutanekai. «Là-bas, à la fête, je l'ai vu dans ses yeux.» Mais le fils le plus âgé répondit: «Ce n'était pas à toi, mais à moi qu'elle parlait avec ses yeux.» «Non, c'était à moi», interrompit le frère cadet. «C'est à moi qu'elle a souri.» «Mais, non, frères, vous vous trompez», coupa le benjamin. «Tout ce que vous avez vu m'était destiné. C'est à moi qu'elle a donné son cœur!»

Néanmoins, chaque soir, lorsque la nuit tombait et recouvrait le lac d'un voile de ténèbres, Tutanekai continuait à chanter jusqu'à l'autre rive, où Hine-moa écoutait, sa sombre chevelure répandue.

Alors, il envoya ses serviteurs pour qu'ils lui rapportent une promesse d'amour de Hine-moa. Et ils la lui rapportèrent. Il les envoya une nouvelle fois avec ce message: «Monte dans un bateau et viens me voir.» Et elle répondit: «J'arrive, joue de la flûte pour me montrer que tu m'attends.»

A partir de ce jour, chaque soir, à peine l'obscurité s'était-elle accrochée aux branches des palmiers que la flûte appelait la jeune fille, et son chant devenait de jour en jour plus languissant et plus triste. Car la belle jeune fille ne venait pas. Elle n'était pas la seule, en effet, à avoir entendu les chants d'amour de la flûte, leur musique était également parvenue aux oreilles de son père. Il ordonna que tous les bateaux du pays soient ramenés à terre. Et les bateaux étaient trop lourds pour qu'une frêle jeune fille comme Hine-moa puisse les tirer seule jusqu'au lac. De plus, elle ne pouvait pas faire un pas sans être escortée par des gardes qui avaient l'ordre de ne pas la laisser monter dans un bateau, quel qu'il soit.

Un jour pourtant, profitant de ce que les gardes s'étaient endormis, Hine-moa courut jusqu'au lac. Elle avait emmené six calebasses qui étaient remplies non pas, comme à l'ordinaire, d'eau ou d'huile, mais d'air. Elle les accrocha à sa ceinture et monta sur un rocher qui pointait comme un index tendu vers l'île, et de là, elle sauta dans l'onde couleur d'azur. Elle partit seule, sans bateau, vers la rive opposée où Tutanekai l'attendait.

Au-dessous d'elle, l'eau, l'eau profonde; au-dessus d'elle, la nuit, la nuit profonde. Seuls ses bras ridaient légèrement le miroir de l'eau. Chaque mouvement la rapprochait de l'île, mais combien de temps lui faudrait-il encore pousser l'eau de ses bras avant d'atteindre la rive opposée? Ses forces faiblissaient. Elle se laissa alors porter par les calebasses et dit à l'eau du lac: «Gentille eau, emmène-moi sur l'île!» Mais que pouvait faire l'eau, alors que c'était l'heure de dormir? L'eau se contenta de retenir son souffle afin que les vagues n'empêchent pas la jeune fille d'avancer.

Et la jeune fille continua d'avancer. A chaque fois qu'elle plongeait ses bras dans l'eau, c'était comme si elle se tendait vers son bien-aimé. Mais combien de fois lui faudrait-il encore ramer avec ses bras avant de poser le pied sur l'île lointaine? Ses forces faiblissaient. Elle se laissa alors porter par les calebasses, et dit à la lune: «Chère lune, porte-moi sur l'île, aide-moi à traverser le lac.» La lune, certes, faisait miroiter des reflets argentés sur la surface du lac, mais seules les étoiles peuvent avancer sur ce tapis d'argent.

Hine-moa se remit à nager. Lorsqu'elle fut à bout de forces, elle se laissa porter par les calebasses, le temps de récupérer un peu. Mais sa fatigue ne dura pas long-

temps, car elle n'était plus seule: la flûte était près d'elle, sa musique lui montrait le chemin dans l'obscurité, ses chants l'attiraient vers l'île comme le filet du pêcheur attire le poisson aux reflets d'argent. Tout à coup, la rive abrupte se dressa devant elle, plus noire que la nuit, et sur la rive, une haute tour noire sur laquelle était perchée une étoile, comme la noix de coco en haut du palmier. Et au pied de la tour, doucement, la flûte chantait.

Hine-moa grimpa sur la rive; elle tremblait de froid et de honte, car elle avait laissé ses vêtements sur l'autre rive pour mieux pouvoir nager. Comme elle regardait autour d'elle pour trouver une cachette, elle entendit un clapotis, et vit par-dessus les rochers un nuage de vapeur: il y avait là une source chaude. Elle s'y cacha.

A force de souffler dans sa flûte, Tutanekai avait les lèvres toutes sèches. Il envoya un serviteur à la fontaine pour chercher de l'eau. Lorsque le serviteur plongea la calebasse dans l'eau fumante, Hine-moa, toujours cachée dans la source, demanda en transformant sa voix: «Pour qui est cette eau?» «Pour Tutanekai», répondit le serviteur. Elle s'empara alors du récipient et le brisa sur une pierre. Le serviteur revint sans eau vers son maître et lui dit: «Il y a un homme dans la source qui a brisé la calebasse.» «Eh bien, va en remplir une autre», dit Tutanekai.

L'homme retourna chercher de l'eau, mais sa tentative échoua une deuxième fois. Il revint sans eau et dit à son maître que l'homme assis dans la source avait encore brisé la calebasse.

Tutanekai prit sa massue et son bouclier, il alla lui-même à la source et cria: «Je suis Tutanekai. Où es-tu, toi qui m'empêches de boire de l'eau?» Mais seul le silence lui répondit. On n'entendait que le clapotis de la source. Hine-moa s'était cachée au creux d'un rocher, pour obliger Tutanekai à la chercher. Il la trouva, et la tira par la main: «Sors de là, que je te voie!»

Mais ce qu'il vit sortir de la douceur de l'eau, ce n'était pas un homme, c'était une femme vêtue d'un tiède manteau de vapeur. Tutanekai reconnut alors Hine-moa; il la drapa de son manteau de plumes et la conduisit dans sa hutte.

Le lendemain matin, les trois fils du chef de tribu arrivèrent pour demander à Tutanekai de jouer de la flûte, afin de rêver à Hine-moa. Tutanekai sortit alors de sa hutte, tenant par la main celle dont ils avaient rêvé. Elle se tenait debout devant eux, dans toute sa beauté, et ils ne se lassaient pas de la contempler. Tutanekai se rendit avec elle chez le chef de la tribu, le père des trois jeunes hommes. Au début, les frères en voulurent à Tutanekai, mais leur rancune fut de courte durée. Si Hine-moa s'était décidée pour le quatrième d'entre eux, qui jouait pour elle si joliment de la flûte, eh bien, qu'il en soit ainsi, il n'en restait pas moins vrai qu'ils aimaient Tutanekai comme leur frère.

Le chef de tribu conduisit la jeune fille et le jeune homme à leur nouveau logis, et ils y vécurent heureux pendant de nombreuses années. Depuis ce jour, Tutanekai a joué sur sa flûte de nombreux chants d'amour, et le vent les a emportés. Et voilà pourquoi sa légende se perpétue dans nos chants.

COMMENT LE PRINCE RETROUVA LA PRINCESSE

Il était une fois un roi et une reine qui vivaient dans un château dont les ruines se dressent aujourd'hui encore sur la montagne derrière le village de Gué. Leur petite fille, Yvonne, était une enfant ravissante, mais tendre et fragile comme une poupée de cire.

Le roi et la reine décidèrent, à cause de sa santé délicate, de confier leur petite fille à Jeanne, la femme du pêcheur, qui vivait tout près de la mer. C'était une femme solide et raisonnable, qui travaillait comme un homme et ne comptait que sur elle-même. Elle prit la petite Yvonne en affection et veilla sur elle comme sur la prunelle de ses yeux.

Yvonne répondait à son amour et l'air marin lui réussissait tellement bien qu'elle prenait des forces à vue d'œil.

Sa nourrice l'emmenait dans son bateau, la baignait dans la mer et se promenait avec elle à travers la lande, car il fallait que l'enfant soit souvent au grand air.

Un jour, elles partirent faire une promenade en bateau. Yvonne dormait et Jeanne la regardait avec amour. Elle ramait et ramait encore et ne remarquait pas que la barque s'éloignait de plus en plus du rivage.

Tout à coup, un vent violent se leva, les vagues étaient de plus en plus grosses, et la femme du pêcheur s'aperçut avec terreur que la tempête approchait. La brave femme implora le ciel de sauver l'enfant qu'on lui avait confiée. Elle protégea la petite fille de son corps. Et ce qui devait arriver arriva: une vague aussi haute qu'une maison s'abattit sur le bateau, et lorsque celui-ci, par miracle, refit surface, seule la petite princesse endormie s'y trouvait encore. Les flots avaient englouti sa nourrice. A cet instant précis, la tempête se calma complètement, comme si elle avait accepté comme prix le sacrifice de la femme du pêcheur. Les vagues berçaient le bateau, et la petite Yvonne ne s'éveilla que lorsque la barque échoua sur une île.

Sur cette île vivait un couple de géants. L'homme passait toutes ses journées à pêcher, et la femme s'occupait du ménage. Au moment où la barque échoua sur la grève, la femme du géant était là, sur la plage, scrutant l'horizon à la recherche de son mari. La géante prit avec précaution la petite fille dans le creux de sa main et l'examina avec curiosité. Elle était fascinée par cette ravissante petite chose, et, lorsque Yvonne ouvrit ses grands yeux bleu-violet et la regarda d'un air confiant, elle sentit fondre de tendresse son cœur dur et cruel d'ogresse.

«N'aie pas peur, mon poussin, je suis très grande, certes, mais je ne te ferai aucun mal. Par contre, il faut que je te protège de mon mari, car il est toujours affamé et mange tout ce qui lui tombe sous la main. Je vais prendre soin de toi, et lorsque tu seras grande, je te marierai à mon fils. Il aurait bien du mal à trouver plus belle femme au monde.»

Elle donna à boire et à manger à la petite fille et l'emmena en bateau, le jour même, chez une amie, qui vivait avec son mari sur une autre île. Tous deux appartenaient à une famille de magiciens. Ainsi, le géante pouvait être sûr qu'ils prendraient soin d'Yvonne et que son fils épouserait un jour la plus belle femme du monde.

Pendant ce temps, dans le château, les parents de la petite Yvonne étaient plongés dans l'affliction: leur petite fille avait disparu sans laisser de traces et les recherches menées dans tout le pays avaient été vaines. Et, comme ils n'avaient pas d'autre enfant, et qu'il leur fallait un héritier pour le trône, ils prirent avec eux le neveu du roi, et ils ne le regrettèrent pas, car le prince était très beau et très intelligent. C'était comme si le destin avait voulu les dédommager de la perte de leur fille. Au fur et à mesure qu'il grandissait et devenait un jeune homme, ses qualités de prince s'affirmaient elles aussi, et le roi déplorait souvent d'avoir perdu sa fille, car il n'aurait pas pu trouver pour elle de meilleur compagnon ni de plus sage souverain pour son pays.

Curieusement, le prince demandait sans cesse des nouvelles de sa cousine. Comme tout homme aime parler de ceux qu'il aime, le roi et la reine lui racontaient souvent des histoires sur la fille qu'ils avaient perdue, à tel point que le prince finit par tomber amoureux d'elle, bien qu'il ne l'eût jamais vue. Un jour, il alla trouver son oncle et lui demanda l'autorisation de partir dans le vaste monde, afin de retrouver Yvonne et de la ramener au château. Le roi et la reine hésitaient, bien sûr, car ils ne voulaient pas, après avoir perdu leur fille, perdre aussi leur fils adoptif. Mais ils finirent par accepter, et le jeune homme partit à la recherche de l'élue de son cœur.

Ce fut un très long voyage. Le prince avait renoncé à compter les jours qu'il avait passés à cheval, tout comme il avait renoncé à compter les nuits où il avait dormi à la belle étoile, ou encore chez un hôte à la ville, dans une grange ou sur une meule de foin dans un pré. Il chevauchait à travers le pays, de ville en ville, de village en village, du nord au sud et d'est en ouest, interrogeant tous ceux qu'il rencontrait – mais nulle part il ne trouva trace de la princesse.

Pendant deux ans, il chercha Yvonne comme on cherche une aiguille dans une botte de foin. Il commençait à désespérer, la fatigue engourdissait ses membres, alourdissait ses paupières. «Je vais encore essayer», se dit-il. «Et si je ne trouve rien cette fois, j'abandonnerai et je rentrerai. Sans la dame de mon cœur.»

Un pêcheur rencontré sur la plage lui apprit que de temps en temps, on apercevait de la lumière sur une île voisine, bien que personne au village ne se souvienne que cette île ait jamais été habitée. Le prince emprunta un bateau pour se rendre sur cette île et une fois arrivé, il recommença à chercher.

Il trouva sur la plage quelques foyers éteints ainsi que deux bateaux échoués sur la grève, mais aucune habitation humaine. Il allait déjà s'en retourner lorsqu'il entendit une voix frêle et triste qui chantait. Et cette voix était si ravissante que le prince se dirigea, sans hésiter une seconde, vers l'endroit d'où elle provenait. Son cœur battait à se rompre lorsqu'il découvrit enfin celle qui chantait.

Elle était assise sur un rocher devant une grotte et regardait d'un air triste en direction de la mer. Elle était tellement charmante que le prince n'osa pas faire un mouvement, de peur de l'effrayer. Et, lorsqu'il se décida à se montrer, il lui parla comme à une jeune fille de la noblesse. Yvonne fut elle aussi charmée par le jeune homme. Et leur joie fut immense lorsqu'ils découvrirent que c'était elle que le prince avait cherchée si longtemps en vain, et que c'était lui qu'elle avait tellement attendu. Alors tous deux réfléchirent au moyen de déjouer la surveillance des magiciens et de retourner sur le continent. Il était grand temps, car la princesse avait maintenant quinze ans, et le lendemain même, le jeune géant devait venir pour l'épouser.

Le prince se cacha dans les rochers. Yvonne s'assit dans la grotte près du feu et se mit à coudre une robe, comme la géante le lui avait demandé. Elle continua de coudre après le dîner.

«Va dormir», lui dit la géante, «je veux que tu sois belle et fraîche demain matin, quand ton fiancé arrivera.»

«C'est justement pour cela que je veux terminer cette robe, afin de lui plaire», répondit Yvonne. «Ne crains rien, je serai belle, même si je vais me coucher un peu plus tard.»

La princesse attendit que le géant et sa femme se soient endormis. Lorsque tous deux se mirent à ronfler à en faire trembler les rochers de l'île, la princesse

marcha sur la pointe des pieds jusqu'au lit de la géante et tira avec précaution la baguette magique cachée sous le sac de paille qui lui servait d'oreiller. De sa baguette magique, elle effleura une pomme, qu'elle avait gardée exprès, et murmura: «Pomme, petite pomme, réponds avec ma voix, réponds à ma place.»

Lorsque la géante se réveilla quelque temps après et cria d'une voix endormie:

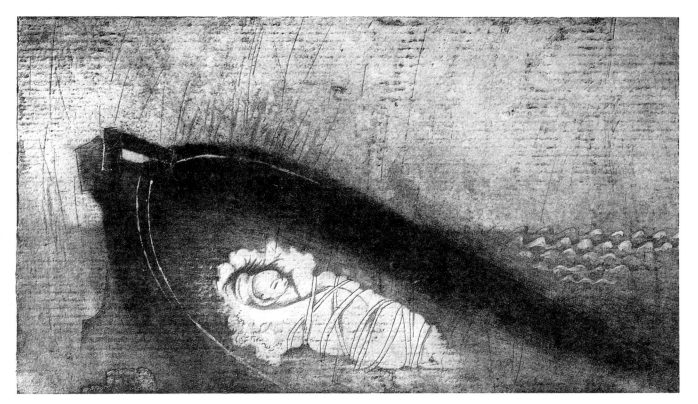

«Yvonne, couche-toi maintenant!» la pomme répondit: «Encore l'ourlet, et j'ai fini!»

La géante, rassurée, se tourna de l'autre côté et dormit jusqu'au matin. Mais quel réveil! La géante entra dans une terrible colère lorsqu'elle vit qu'Yvonne avait disparu. Et elle faillit s'étrangler en découvrant qu'en plus, elle lui avait pris sa baguette magique.

«Quelle ingrate! quelle voleuse! Je lui ai sauvé la vie, j'ai veillé sur elle comme sur la prunelle de mes yeux, et elle se sauve en emportant ma baguette magique! Géant! pars tout de suite et ramène-la, je te la ferai cuire pour ton repas de midi. Et tu peux me croire, il y a certainement un garçon avec elle; toute seule, elle ne serait jamais partie.»

Le géant enfila ses bottes de sept lieues et se mit en route – à chaque pas, il avançait de sept lieues. La princesse et le prince venaient juste d'arriver sur la plage lorsqu'ils l'entendirent approcher, de son pas pesant. D'un coup de baguette magique, la princesse transforma aussitôt le prince en buisson de roses, tandis qu'elle-même se transformait en rose parmi les roses. Le géant était là, haletant de fatigue et de faim. Il se laissa choir sur le sable pour se reposer un peu. Lorsqu'il se réveilla, il faisait nuit. La lune brillait, le buisson de roses exhalait une odeur enivrante. Le géant avait des tiraillements d'estomac, et il décida de s'en retourner.

Sa femme lui réserva un drôle d'accueil! Elle était blême de rage. La déception de n'avoir pu se venger des fugitifs l'avait rendue malade. Dès le lendemain matin, elle envoya à nouveau le géant à leur poursuite. Le géant courut jusqu'à la plage et chercha le buisson de roses, comme sa femme lui en avait donné l'ordre. Ne l'ayant pas trouvé, il traversa la mer jusqu'au continent. Yvonne et le prince étaient arrivés près d'un fleuve, à l'intérieur des terres, lorsqu'ils entendirent dans le lointain les pas pesants du géant. La princesse transforma aussitôt le prince en bateau et elle-même en paysanne. Le géant approcha et cria: «Eh, la vieille! N'as tu pas vu une fille et un garçon dans les environs?»

«Que se passe-t-il?» demanda Yvonne, comme si elle était dure d'oreille.

«Je te demande si tu as vu passer une fille et un garçon!» hurla le géant, et sa voix fit frissonner l'eau du fleuve et bruire le feuillage des arbres.

«Qu'est-ce que vous dites?» La vieille avait vraiment l'air d'être sourde comme un pot!

Le géant tourna les talons avec une telle violence qu'il creusa dans la terre un trou profond, et s'en retourna par le chemin le plus court. Sa femme lui fit une de ces scènes! Pour le punir, la géante le priva de dîner, et le lendemain matin, elle partit elle-même à la recherche des fugitifs. Lorsque la princesse vit surgir la géante, derrière les montagnes lointaines, elle pâlit, car elle savait que la géante était bien plus intelligente que son mari. Elle transforma aussitôt le prince en oranger, et elle-même en une petite abeille. Par chance, la géante prit un autre chemin et resta derrière les montagnes. Mais de toute façon, le prince et la princesse étaient perdus. Un cocher qui passait par là ramassa la baguette magique et s'en servit comme d'un fouet. La petite abeille en colère bourdonna en vain autour de sa tête. Sans la baguette magique, ni elle ni le prince ne pouvaient retrouver leur forme originelle.

Et les jours passaient. L'oranger fleurit, et lorsqu'il porta dix oranges mûres, le roi passa par hasard sous ses branches. Il avait chassé toute la journée dans la forêt voisine, et il cherchait une source où se désaltérer. Lorsqu'il aperçut ces magnifiques oranges, il en cueillit une, et vit avec terreur que la branche qui avait porté ce fruit se mettait à saigner. Il appela alors Merlin, son célèbre magicien.

«On dit que tu sais tout. Alors dis-moi pourquoi cet arbre saigne.»

«Ce n'est pas l'arbre qui saigne, mais un malheureux qui été transformé en arbre. Ces dix oranges sont ses dix doigts. Regarde, il nous entend, ses branches nous font une sorte de salut.»

Le roi était très ému. «Peux-tu lui rendre son aspect véritable?»

«Ma baguette est plus puissante que celle de n'importe quel magicien», répondit Merlin en effleurant de sa baguette magique le tronc de l'arbre.

A cet instant, le roi vit apparaître devant lui... son neveu. Ah, quelle surprise! Quelle joie! Le roi lui posa mille questions. Mais le prince tendit au roi sa main, dans le creux de laquelle reposait une petite abeille, et il lui dit: «O roi, je t'ai rapporté ta fille, comme je te l'avais promis!»

Et c'est ainsi que finit cette histoire. Ils rentrèrent ensemble au château, célébrèrent le mariage et vécurent dans la paix et dans la joie car le jeune roi, auquel l'oncle avait confié son royaume en plus de sa fille, régnait pour le bien de tous. Et, assurément, c'est bien cela le plus important.

LES CHEMINS
DU CŒUR

Fatima était riche et belle. Lorsqu'elle allait se promener dans le jardin, ni sa longue robe, ni ses voiles ne parvenaient à dissimuler sa grâce. Ses yeux en amande, noirs comme le jais, jetaient leur feu étincelant sur les prétendants qui lui faisaient une cour assidue, et elle se rendait bien compte que ses admirateurs s'intéressaient davantage à sa maison magnifique, à ses nombreux serviteurs et à ses bijoux précieux qu'à elle-même.

Il y en avait un qui était particulièrement insupportable. Il la suivait partout, il lui faisait des sourires mielleux à lui donner la nausée. Les discours qu'il lui tenait étaient réduits à une suite de soupirs et de balbutiements: «Je t'aime, ma maîtresse... mon amour... ta beauté et ta grâce ont touché mon cœur...» Il n'arrivait pas à s'exprimer plus intelligemment, car dans le fond de son cœur, il ne pensait qu'à la magnifique émeraude que Fatima portait au doigt; il se disait qu'il n'en avait jamais vu de plus belle ni de plus rare, et qu'en un mot, ce qui lui faisait envie, c'était uniquement la fortune de Fatima. Mais il ne disait rien de tout cela, et souriait de son air le plus doux, en soupirant des «Oh!» et des «Ah!»

Quand elle allait se promener, il la suivait, il tournait autour de sa maison, il tournait autour de son jardin, et même lorsqu'elle se rendait au bain, il était là qui l'importunait de ses «Oh!» et de ses «Ah!»

Si elle l'avait pu, elle ne serait même plus sortie de chez elle, tellement il lui déplaisait. C'est pourquoi un jour, elle se retourna brusquement vers lui et lui dit sans détour: «Qu'est-ce que tu me veux, au juste, toi?»

L'homme sursauta et balbutia une nouvelle fois sa tirade habituelle: «Je t'aime et te vénère de tout mon cœur, ô maîtresse... Ah, ta beauté... Oh, j'espère...»

«Tu espères en vain», l'interrompit-elle avec fermeté. «Je ne veux pas que tu perdes ton temps à me dire des sornettes. Mais peut-être auras-tu plus de chance avec ma jeune sœur, qui se repose là-bas sur le balcon, et qui est encore cent fois plus belle que moi. Je suis sûre que tu seras encore cent fois plus amoureux d'elle que de moi.»

«Oh, jamais, maîtresse, jamais!» soupira l'homme, puis il tourna les talons et s'éloigna.

Mais il revint bientôt en courant, son visage était rouge de colère et il avait enfin perdu son sourire mielleux. «Tu m'as trompé, elle n'est ni jeune ni belle, elle est vieille et affreuse!»

«S'il y en a un qui a trompé l'autre, c'est toi», lui répondit Fatima. «Tu n'as jamais cessé de me parler de ton amour. Mais qu'est-ce donc que cet amour qui se porte aussi subitement sur une autre, sur n'importe quelle autre, pourvu qu'on te dise qu'elle est plus belle? Un véritable amour aurait été moins bavard, et aurait montré davantage de constance.»

Et elle s'en alla d'un air fier vers les roses de son jardin. Elle était heureuse de s'être enfin débarrassée des sourires mielleux et des boniments de cet individu. Car Fatima n'était pas seulement riche et belle, elle était intelligente.

UN HOMME ET QUATRE FEMMES

Il y avait jadis deux huttes, très loin d'un village, et dans chacune de ces huttes vivait un jeune couple. Tous quatre vivaient dans le bonheur. Un soir, ils étaient assis ensemble et s'entretenaient des dernières nouvelles qu'ils venaient d'apprendre au village – on attendait pour le lendemain l'attaque d'une horde de nomades. Un des jeunes hommes dit alors: «S'ils attaquent le village, je tuerai leur chef.» Son ami, lui, était d'un autre avis: «Je préfère rester chez moi, je n'irai pas me battre.» «Dans ce cas, tu pourrais me prêter ton javelot», lui demanda le premier. «Si tu n'as rien d'autre, je te le prête volontiers.» Et ils se séparèrent sur ces mots.

La nuit même, les nomades attaquèrent. Le jeune homme se précipita au village, le javelot à la main. Et il se battit avec un tel courage que les autres, encouragés par son exemple, se battirent comme des lions. A eux tous, ils contraignirent les assaillants à battre en retraite. Le jeune homme tint sa promesse. Il planta son javelot dans le dos du chef des nomades. Mais celui-ci, bien que blessé à mort, resta sur son cheval qui s'enfuit au galop.

Les vainqueurs rentrèrent au village, où ils furent accueillis par des vivats et des cris de joie, au son des tambours et des fanfares. Lorsque le jeune homme arriva au village, les autres demandèrent au chef du village ce qu'il allait faire pour le récompenser de sa bravoure. «N'ayez crainte», leur répondit le chef, «je vais le recevoir comme il se doit.» Il fit apporter des étoffes précieuses dont il entoura la taille du jeune homme. Ensuite, il lui offrit une quantité énorme de coquillages cauris, qui servaient alors de monnaie. Puis il fit amener cent bœufs qu'il lui donna également en cadeau.

Quand son ami apprit cela, la jalousie s'empara de lui. «Où est mon javelot?» lui demanda-t-il. «Ton javelot est planté dans le corps du chef de nos ennemis», répondit le jeune homme. Et lorsque l'autre exigea qu'il lui rende son javelot, il lui offrit le dixième des coquillages cauris que lui avait offert le chef du village, ainsi que les bœufs. Mais son voisin refusa les coquillages et les bœufs. Il voulait qu'il lui rende son javelot.

Le jeune homme quitta alors son ancien ami et dit à sa femme: «Demain, j'irai chercher le javelot.» Sa femme lui dit qu'elle l'accompagnerait.

Le lendemain matin, le jeune homme se leva à l'aube et conduisit avec précaution son cheval à quelque distance de la maison, afin que sa femme ne l'entende pas. Ce n'est que lorsqu'il fut arrivé derrière les buissons qu'il sauta sur le dos de son cheval. Mais sa femme arrivait en courant et lui criait: «Attends-moi, emmène-moi! Si tu dois mourir, je veux mourir avec toi!» Et il l'emmena.

A quelque distance du village de la tribu ennemie se trouvait un étang, où de nombreuses jeunes filles étaient justement en train de se baigner. C'étaient les filles du chef. La plus âgée, la fille préférée de son père, cria au jeune homme: «Où vas-tu donc, beau jeune homme?» Il lui demanda qui elle était. «Je suis la fille du chef.» «Ne me reconnais-tu pas?» demanda-t-il. «J'ai tué ton père et je viens reprendre mon javelot.» Elle baissa alors les yeux et lui dit: «Viens avec moi, je vais te le rendre.»

Le jeune homme fit descendre sa femme de cheval et lui dit de l'attendre à l'entrée du village. Puis il accompagna la fille du chef dans sa maison. Les gardes voulaient savoir qui était cet étranger, mais la jeune fille passa devant eux sans dire un mot. Elle lui montra de nombreux javelots, mais il lui dit qu'il ne voyait pas le sien. Elle lui apporta alors d'autres javelots, mais le sien n'y était toujours pas. Ce ne fut que dans le troisième lot qu'il le reconnut: «C'est celui-là.»

La fille du chef lui dit alors: «Je t'aime, emmène-moi.» Et comme il acceptait d'un signe de tête, elle continua: «Lorsque nous nous enfuirons à cheval, je crierai que tu as tué mon père et qu'en plus tu m'as enlevée.» Il approuva encore d'un signe de tête et sauta sur son cheval. Elle monta en croupe derrière lui et se mit à crier, alors qu'il partait au galop: «Au secours, au secours, il a tué mon père, et maintenant, voilà qu'il m'enlève!» Ils s'enfuirent, aussi rapides que le vent, emmenèrent également sa première femme qui attendait devant le village et continuèrent leur course. Les gens du village n'étaient pas des paresseux. Ils se lancèrent à leur poursuite. Le jeune homme réussit une première fois à les mettre en fuite, mais bientôt, ils le rattrapèrent. Il les chassa une deuxième fois, mais ils le rattrapèrent une troisième fois près du fleuve. Il les repoussa une nouvelle fois et cria au passeur: «Vite, fais-nous passer, aide-nous!» Mais le passeur lui répondit: «D'accord, mais uniquement si tu me laisses une des deux femmes!»

Entre-temps, la fille du passeur était sortie de sa hutte. Elle détacha la barque et les aida à passer sur l'autre rive. Là, elle dit au jeune homme: «Je t'aime, emmène-moi. Mon père est furieux que j'aie pris sa barque. C'est pour toi que j'ai fait cela!»

Mais l'homme baissait la tête, car il était blessé et mort de fatigue. Les trois femmes le portèrent sous un arbre et l'allongèrent à l'abri du soleil. Il s'endormit aussitôt et pendant son sommeil, il succomba à ses blessures. Les trois femmes se lamentèrent et pleurèrent amèrement.

Une sirène sortit alors des flots et leur demanda pourquoi elles pleuraient. «Ne vois-tu pas que notre mari est mort?» La sirène se pencha sur le mort, et demanda aux trois femmes: «S'il revenait à la vie, seriez-vous d'accord pour que nous nous le partagions, toutes les quatre?» «Oui, nous sommes d'accord», répondirent les trois épouses. La sirène souffla alors sur le mort, et il ouvrit les yeux. Il était revenu à la vie. Les quatres femmes se réjouirent et retournèrent avec lui à la maison, et, pendant quelque temps, ils vécurent ensemble dans l'amour et dans la joie.

Mais aujourd'hui, c'est la discorde, car les quatre femmes se disputent la première place et le rôle de maîtresse de maison.

LE CHAMEAU
BLANC

Il était une fois un petit chameau blanc. Aussi longtemps qu'il resta auprès de sa mère, la chamelle blanche, tout alla bien. Il se réchauffait à la chaleur de sa mère, marchait dans ses traces dorées, buvait son lait savoureux. Mais un jour, le berger emmena la chamelle. Le petit chameau blanc ne pouvait pas savoir que son propriétaire, un homme riche, avait décidé d'offrir cent chameaux à un homme encore plus riche, dont il voulait s'attirer la faveur. Et comme il lui en manquait un, il avait été obligé de prendre la chamelle blanche.

Le petit chameau ne comprenait pas pourquoi sa mère l'avait abandonné, mais elle lui manquait tellement qu'il n'arrêtait pas de pleurer, il sanglotait jour et nuit. Le maître donna l'ordre à ses serviteurs de couvrir sa tente de fleurs, dans l'espoir que leur parfum consolerait le pauvre orphelin. Mais le petit chameau continuait à pleurer désespérément, à tel point que la tente s'effondra et qu'il partit en courant dans le vaste monde pour retrouver sa mère. Mais le berger l'avait repéré, et il partit à sa poursuite à cheval par monts et par vaux, jusqu'a ce qu'il le rattrape dans la steppe. Il lui donna une raclée avec son bâton et se répandit en invectives: «Je vais t'apprendre l'obéissance, moi! Si tu t'enfuis encore une fois, je t'écorcherai vif et ta peau sera jetée aux chiens. Quant à la viande, je la ferai cuire et je m'en régalerai!»

Une fois rentré, le berger attacha le petit chameau blanc à un grand et vieux chameau, qui grattait le sol du pied, l'air hargneux, et qui roulait des yeux et crachait avec colère autour de lui. Le petit chameau courait çà et là en tirant sur sa corde, il n'avalait pas une bouchée et pleurait jour et nuit en poussant de petits gémissements. «Pourquoi donc pleurniches-tu, pourquoi gémis-tu, quand donc aurai-je la paix?» maugréa le vieux chameau.

«Notre riche maître a offert cent chameaux à un homme encore plus riche que lui. Ils ont aussi emmené ma mère, ils me l'ont prise. Je suis parti à sa recherche par monts et par vaux, puis dans le steppe immense. Mais le berger m'a rattrapé, il m'a battu et c'est ainsi que nous nous trouvons attachés l'un à l'autre. Je veux retrouver ma maman!» Et le petit chameau recommença à pleurer en poussant des sanglots aigus.

«Ne pleure pas», lui dit gentiment le vieux chameau. «Maintenant, mange tout ton saoul, et dors. Demain matin, tu partiras chercher ta mère. Je vais couper la corde en la frottant contre une pierre.»

Le petit chameau blanc lui cria adieu de sa petite voix et s'en alla en courant, par monts et par vaux, à travers la steppe immense. Ses jambes lui faisaient mal, mais il n'y faisait pas attention, il ne pensait qu'à sa mère. Cette fois encore, le berger eut vite fait de le rattraper, il le ramena à coups de bâton, et l'attacha à un autre chameau, lui aussi vieux et robuste.

Mais quand celui-ci apprit que le petit chameau blanc avait perdu sa mère, il le laissa partir le lendemain matin en lui souhaitant de marcher bientôt dans ses traces dorées et de boire bientôt son lait savoureux. Le petit chameau lui cria adieu de sa petite voix et repartit à la recherche de sa mère, sans laquelle il ne pouvait pas vivre.

Une fois de plus, le berger partit à sa recherche. Il s'apprêtait à lancer son lasso, quand son cheval s'arrêta et lui dit, avec une voix humaine: «Je suis déjà

vieux, j'ai vu dans ma vie de nombreux orphelins, mais celui-là est tellement malheureux, il aime tellement sa mère, que je préfère mourir plutôt que de le ramener.» Et c'est ce qu'il fit: il s'affaissa, raide mort. Et le berger fut obligé de revenir à pied.

Et le petit chameau continuait à courir, il courut jusqu'à ce qu'il rencontre une louve et ses deux louveteaux affamés. «Pourquoi pleures-tu, pourquoi gémis-tu?» lui demanda la louve. «Nous allons te dévorer, comme ça, au moins, tu auras une bonne raison de te lamenter.» Le petit chameau lui dit alors: «Mon maître, qui est riche, a offert cent chameaux blancs à un autre seigneur encore plus riche que lui. Il lui a aussi donné ma mère, il me l'a prise. Voilà pourquoi je pleure, voilà pourquoi je la cherche, je ne peux pas vivre sans elle.» La louve lui dit alors: «Continue à chercher, mon pauvre petit, je trouverai bien autre chose à donner à manger à mes louveteaux.»

Le petit chameau blanc, de sa petite voix, lui fit ses adieux et se remit en route. Tout à coup, il se trouva nez à nez avec un tigre et ses deux petits, affamés. «Le bon repas que voilà!» dit le tigre en l'apercevant. «Nous allons te dévorer, comme ça, au moins, tu auras une bonne raison de te lamenter.» «Vous pouvez me dévorer si vous voulez, de toute façon, je ne peux pas vivre sans ma mère», répondit le petit chameau blanc d'une voix triste, et il leur raconta comment il avait perdu sa mère. «Continue à marcher en paix, pauvre petit», dit alors le tigre, ému par cette histoire. «Personne n'aurait le cœur de faire du mal à un pauvre petit malheureux comme toi.»

Le petit chameau blanc, de sa petite voix, fit ses adieux au tigre et continua sa route, par monts et par vaux, à travers la steppe immense, jusqu'à ce qu'il arrive en face d'une forêt tellement dense et profonde qu'il était impossible d'y pénétrer, et tellement grande qu'il était impossible d'en faire le tour. Mais quand les arbres apprirent que le petit chameau blanc avait perdu sa mère et tout ce qu'il avait enduré jusque-là, ils s'écartèrent de bon gré pour lui livrer passage. C'était un chemin étroit, mais qui permit cependant au petit chameau blanc de traverser la forêt.

Il continuait à marcher, toujours à la recherche de sa mère.

Il marcha jusqu'à la mer. Elle était tellement vaste et houleuse qu'on ne pouvait ni la traverser à la nage, ni la contourner. Le petit chameau blanc courait çà et là le long de la plage en gémissant pitoyablement. Une tortue aussi grosse qu'une maison sortit alors de la mer et se dirigea péniblement vers lui. «Pourquoi me casses-tu les oreilles avec tes pleurs et tes gémissements, pourquoi ne me laisses-tu pas dormir tranquille? Arrête, ou je vais te mordre!» Le petit chameau blanc lui raconta en pleurant pourquoi il voulait absolument traverser la mer, et la tortue, émue par son histoire, l'emmena sur l'autre rive.

Le petit chameau blanc, de sa petite voix, lui fit ses adieux et continua à courir, et il se mit à courir plus vite tout à coup, car il avait reconnu la voix de sa mère, il l'entendait, à trois lieues de là. La vieille chamelle avait reconnu elle aussi les pleurs de son enfant, et elle l'appelait. Elle était enfermée dans une cage de fer gardée par trois mille soldats. Mais la voix de son petit lui donna de telles forces qu'elle brisa les barreaux, piétina les trois mille soldats et courut à sa rencontre, aussi vite qu'elle pouvait.

Le petit chameau blanc avait retrouvé sa mère, il retrouvait sa chaleur, il marchait dans ses traces dorées et buvait de son lait savoureux. La chamelle lui dit: «Le propriétaire va apprendre que je me suis enfuie, et cela va me coûter la vie. Ecoute bien ce que tu dois faire: continue tout droit vers le sud jusqu'aux montagnes. Tu verras arriver une chamelle avec un pelage roux et une toute petite queue, qui me ressemble beaucoup. Elle te donnera son lait, et tu resteras avec elle.» Elle arrosa alors de son lait les jambes fragiles de son petit. Il était grand temps, car déjà, les soldats arrivaient. Le petit chameau blanc poussa des gémissements de désespoir, et s'enfuit devant les soldats. Il ne vit pas le moment où ils tuèrent sa mère, mais il savait que cette fois, il l'avait perdue à tout jamais. Lorsqu'il arriva dans les montagnes du sud, il trouva en effet une chamelle au pelage roux, qui fut pour lui une deuxième mère. Elle lui donna à boire et, suivant les conseils de sa mère, il s'endormit, apaisé, à ses côtés.

Cette histoire est certainement vraie, car je l'ai apprise de mon grand-père, qui l'avait lui-même apprise de son grand-père, qui lui-même la tenait de son grand-père. C'est l'histoire de notre plus grand dieu, l'histoire de Coniray Viracocha, le créateur du monde. C'est lui qui a donné l'ordre aux rochers de s'élever le long des fleuves, et c'est ainsi que sont nées les falaises rocheuses. C'est lui qui a tiré des canaux d'irrigation comme des cordes vers les champs. Il a semé sur toute la terre des cannes à sucre, qui sont sucrées et creuses à l'intérieur. Pour nous résumer, c'est lui qui a créé tout ce qui peut vous venir à l'esprit. Et lorsqu'il eut achevé son œuvre, il décida de se distraire un peu.

Un jour, il se déguisa en mendiant loqueteux et se rendit dans un village où vivaient d'autres dieux. Mais ceux-ci ne le reconnurent pas, ils se moquèrent de lui et lui firent des farces. «En voilà de drôles de dieux», se dit-il, et il s'en alla vers un autre village. Là-bas vivait une jeune fille qui était extraordinairement belle, mais aussi extraordinairement fière et inaccessible. Même les dieux se retournaient sur elle; ils en attrapaient presque le torticolis, mais aucun d'eux n'osait l'approcher.

Un jour, elle était assise sous un arbre et tissait. Viracocha la vit et se dit en lui-même: «Attends un peu, ma belle, tu vas voir qui est le maître du monde – et qui, désormais, sera le maître de ton cœur!» Il se métamorphosa en un oiseau multicolore, vola sur l'arbre au-dessous duquel elle était assise et détacha un fruit d'une branche. Il le piqua doucement de son bec, et planta dedans une de ses petites plumes. Puis, il laissa tomber le fruit, juste devant les pieds de Cauillaca. C'est ainsi que la jeune fille s'appelait. Cauillaca ramassa le fruit et le mangea.

Quelque temps plus tard, elle s'aperçut qu'elle attendait un enfant. Et pourtant, elle n'avait même pas vu son père en rêve. Quelques mois plus tard, elle donna le jour à un fils. Bien sûr, elle l'aimait beaucoup, elle le soignait et le choyait comme le font toutes les mères. Mais le fait de ne pas savoir qui était le père de cet enfant la torturait jour et nuit.

Lorsque l'enfant eut un an, elle se rendit dans le village des dieux et leur demanda de réunir le grand conseil pour découvrir qui était le père de cet enfant. Les dieux étaient d'accord. C'était une très bonne surprise. Ils se firent beaux, se lavèrent de la tête aux pieds, se peignèrent avec soin et mirent leurs plus beaux habits. En effet, chacun d'eux souhaitait en secret que la belle et fière jeune fille le choisirait. Puis ils s'en allèrent dans un endroit désert, à Anchicocha, où le conseil devait se tenir.

Ils se rassemblèrent là-bas et s'assirent suivant l'importance hiérarchique de chacun. A l'exception de Viracocha – il s'était à nouveau déguisé en mendiant, pour plaisanter, et avait pris place derrière tous les autres. Cauillaca s'avança devant l'assemblée et dit: «Grands et honorables dieux, laissez-moi vous raconter ce qui me préoccupe. Mon fils a déjà un an, et je ne connais toujours pas le nom de son père. Vous savez tous qu'aucun homme ne m'a jamais connue. C'est pourquoi, je vous en implore, dites-moi qui est le père de mon enfant.»

L'assemblée était tellement silencieuse qu'on aurait entendu une plume tomber par terre. Chacun regardait son voisin, mais personne ne levait la main. Alors, Cauillaca cria d'une voix déchirante: «Si personne ne répond à l'appel, alors c'est l'enfant lui-même qui découvrira qui est son père!» Et elle posa son enfant à terre. Il avança à quatre pattes d'un air décidé à travers l'assemblée, jusqu'à Viracocha, et il s'assit sur ses genoux. Lorsque Cauillaca vit cela, elle fut encore plus triste. Elle prit son enfant dans ses bras et dit: «Quelle honte! Ce mendiant loqueteux serait le père de mon enfant?» Elle se tourna et s'en alla, désespérée, en direction de la mer.

Viracocha se débarrassa rapidement de ses loques, enfila son bel habit étincelant et courut après Cauillaca. «Attends-donc, ma belle, regarde comme je suis beau et comme j'ai belle allure!» cria-t-il, mais elle ne se retourna même pas, et lança simplement par-dessus son épaule: «Je ne veux plus voir personne, puisque le père de mon enfant est un mendiant loqueteux!» Puis elle disparut. Viracocha lui courut après en criant: «Ne t'en va pas, ma belle, retourne-toi au moins une fois. Où es-tu? Pourquoi n'attends-tu pas?» Mais la belle Cauillaca avait disparu.

Viracocha continua à marcher jusqu'à ce qu'il rencontre le condor, et il lui demanda: «N'as-tu pas vu Cauillaca?» Et le condor lui répondit: «Elle n'est pas loin, en pressant le pas, tu l'auras bientôt rattrapée.» Pour le remercier du renseignement, Viracocha lui dit: «A partir d'aujourd'hui, tu seras l'oiseau qui vole le plus haut, et tu construiras ton nid dans les montagnes inaccessibles, où personne ne te gênera. Et tu auras même le droit de faire du lama ta proie s'il est sans son maître.»

Puis il rencontra la mouffette et lui demanda aussi dans quelle direction était partie Cauillaca, et la mouffette répondit: «Inutile de courir, de toute façon, tu ne la rattraperas pas!» Pour la punir de sa méchanceté, le dieu Viracocha la maudit: «Désormais, tu ne sortiras plus de ton terrier que la nuit, et tu sentiras tellement mauvais que tout le monde t'évitera.» Et il se remit en route.

Il rencontra le puma, lui demanda s'il avait vu Cauillaca, et obtint la réponse suivante: «Tu vas la rattraper, elle n'est plus très loin.» «A partir d'aujourd'hui, tous te respecteront et te craindront. Tu peux tuer et manger le lama de ceux qui ont commis un grand péché. Après ta mort, les hommes porteront ta tête en guise de masque et revêtiront ta fourrure», lui dit Viracocha.

Il rencontra ensuite le renard et l'interrogea. Le renard répondit: «Prends ton temps, de toute façon, Cauillaca est déjà bien loin d'ici.» «A partir d'aujourd'hui, les hommes te pourchasseront, et personne ne prendra soin de ton cadavre», lança Viracocha au renard, et il repartit en toute hâte.

Il rencontra l'aigle, et celui-ci répondit ainsi à ses questions: «Elle n'est pas loin, tu vas certainement la rattraper.» Viracocha lui dit alors d'un air aimable: «Désormais, tu seras respecté de tous et tu pourras choisir n'importe quelle proie à ta convenance. Celui qui te tuera devra tuer un lama en ton honneur et pourra porter sur sa tête ton corps empaillé lors des grandes fêtes.»

Il continua sa course et interrogea les perroquets, mais ceux-ci se moquèrent de lui: «Pourquoi courir ainsi? De toute façon, tu ne la rattraperas pas.» Alors il leur cria: «Désormais, la seule chose dont vous serez capables, ce sera de criailler et de caqueter, et on entendra votre voix de loin, si bien que les chasseurs vous captureront sans difficulté.»

Viracocha courut ainsi jusqu'à la mer. Il vit alors deux rochers, un grand et un petit. Cauillaca et son fils s'étaient métamorphosés en rochers. Ces rochers étaient sombres et froids et lui semblaient terriblement solitaires. Il alla vers eux et posa la main sur chacun d'eux. Il comprit que leur froideur était leur manière à eux de lui parler, et son cœur se brisa de douleur. Il comprenait ce langage glacé: il avait perdu pour toujours sa femme et son enfant, avec qui il aurait pu avoir une longue vie de bonheur. Au lieu de cela, il s'était moqué d'eux, simplement pour plaisanter, pour satisfaire un caprice. Mais Cauillaca lui avait montré qu'elle était beaucoup plus forte que lui. Elle était trop fière pour permettre à quiconque, pas même à Viracocha, de se moquer d'elle.

Viracocha perdit tout à coup tout son orgueil de dieu. Il venait d'apprendre qu'il est plus facile, beaucoup plus facile, d'être un dieu frivole et tout-puissant que de devenir un homme sage.

LE PÈLERINAGE
DE REMERCIEMENT

La vallée de Kizugawa est belle. Sa beauté est sauvage et austère, car il a fallu, pour qu'elle se fraie un chemin, qu'elle entame les rochers déchiquetés par les tempêtes qui soufflent au sommet des grands pins. La vallée de Kizugawa est rude et imperturbable comme les pins qui s'élèvent, inébranlables, sur la roche nue tendant leurs branches tordues, dans un défi universel, vers les rayons dorés du soleil levant. L'eau du ruisseau sauvage, qui coule en cascades à travers les rochers, est aussi froide que la glace. L'oiseau de proie, noble et solitaire, vole dans le ciel rose. Les herbes des montagnes exhalent une senteur âpre; la montagne Kasagi, sûre de sa force, dresse fièrement sa tête puissante, offrant un asile sûr à ceux qui cherchent refuge auprès d'elle...

«C'est pour cela que j'ai choisi tes bras, belle montagne, pour y construire ma forteresse, et tu ne m'as pas déçu», murmura un homme qui sortait d'une grotte, d'un pas chancelant, en s'appuyant au tronc du pin à l'entrée de la grotte. Il jeta un regard inquisiteur autour de lui. C'était un homme encore jeune, et ses vêtements, même s'ils étaient déchirés, pleins de boue et tachés de sang, laissaient deviner l'officier de haut rang. C'était le général Yogadayu, qui buvait des yeux la beauté de la nature environnante, aussi sauvage que sa douleur.

Il y a trois jours encore, il était commandant d'une forteresse qu'il avait fait lui-même construire dans cette région. Mais ses fonctions de chef militaire et de protecteur du pays n'avaient duré que quelques mois.

De façon tout à fait inopinée, et sans autre motif que la haine qu'il lui portait, le frère de sa femme avait attaqué sa forteresse, et avait tout détruit. Après l'assaut, qui ressemblait davantage à un massacre qu'à un valeureux combat, la forteresse se retrouvait brûlée, sa petite armée vaincue, et presque tous ses hommes étaient morts au combat. Il avait tout perdu en un seul jour – il n'avait pu sauver que sa vie et un petit groupe de vingt hommes. Et ils avaient trouvé refuge dans cette vallée magnifique et sauvage.

Cela faisait déjà deux jours qu'il restait tapi dans cette grotte, toujours sur le qui-vive, dans la crainte de voir arriver ses ennemis.

«Je suis prisonnier ici comme l'abeille dans une toile d'araignée», murmura Yogadayu, tandis qu'il baissait la tête et contemplait, dans les hautes herbes, un réseau de fils artistement tressés entre deux brins. On y voyait, dans le soleil matinal, briller des gouttes de rosée, et le corps jaune et noir d'une abeille qui cherchait désespérément à s'échapper du filet mortel. Le général, ému, se baissa; il libéra avec précaution l'abeille de la toile et la posa sur sa main. «Envole-toi, petite abeille couleur d'or! Vole vers ta liberté, rentre dans ta ruche! Seul celui qui est prisonnier d'un piège semblable au mien et qui, comme moi, est livré au bon vouloir de son ennemi, peut comprendre la joie que j'éprouve à te rendre la liberté et à briser les fils d'argent qui te tiennent prisonnière! Alors vole, toi au moins, vers la liberté et le soleil, petite abeille couleur d'or, tandis que j'attends le coup fatal qui me fera mourir...»

Cette nuit-là le général fit un rêve étrange: un homme vêtu d'un habit noir et or s'avançait vers lui, faisait une profonde révérence et lui disait: «Ecoute-moi bien, et aie confiance en moi. Tu as besoin d'aide, et je veux t'aider, alors fais bien attention à ce que je vais te dire maintenant, et suis tous mes conseils. Envoie tes hommes dans toutes les directions pour qu'ils recrutent des soldats, et rassemble un maximum de guerriers autour de toi. Ensuite, revenez dans cette vallée, cherchez-y un endroit facile à défendre, et là, construisez une hutte de bois. Ordonne à tes hommes d'y amener autant de récipients qu'ils pourront en trouver. Mais fais en sorte que tes ennemis sachent où se trouve votre refuge. Lorsqu'ils vous attaqueront, j'arriverai avec mon armée. Avec notre aide, tu gagneras, tu seras un héros, un homme à qui le destin sera toujours favorable.»

«Je ne sais pas pourquoi, mais je te crois», dit le général dans son rêve, et il fit la révérence. «Mais dis-moi qui tu es.»

«Ce matin, tu m'as rendu la liberté», répondit l'inconnu en souriant. «Je suis l'abeille qui était condamnée à mourir dans la toile d'araignée. Les récipients que tu mettras dans la hutte nous serviront à nous cacher jusqu'au moment du combat.» Sur ces mots, l'homme à l'habit noir et or disparut, et le général se réveilla.

Et c'est ici que finit l'histoire. Car tout se passa exactement comme l'abeille l'avait prédit. Au bout d'un mois, les soldats du général se réunirent – ils étaient plus de quatre-vingts. Ils construisirent une hutte à l'entrée de la vallée et y déposèrent les récipients destinés aux abeilles – il y en avait deux mille. Alors, les abeilles arrivèrent, une quantité innombrable d'abeilles. Puis l'ennemi arriva, encore ivre de sa dernière victoire – et ce fut la fin. Un nuage d'abeilles

sortit de la hutte et cacha le soleil. Le cliquetis des armes, le bourdonnement assourdissant des abeilles et les cris de douleur des ennemis, qui n'arrivaient pas à se protéger contre les petites guerrières, emplissaient la vallée. Ce fut un combat sauvage, aussi sauvage que la beauté de la vallée Kizugawa.

Le général fit construire un temple à l'endroit où il avait remporté la victoire. Chaque année, il se rend là-bas en pèlerinage, le cœur plein d'humilité et de reconnaissance, pour remercier ses compagnons de combat, les abeilles. Chaque année, il effectue ce pèlerinage de remerciement, pour montrer que sa reconnaissance est toujours aussi grande, et qu'elle est éternelle.

LA SYLPHIDE
DES STEPPES

Le rossignol chante, et ses chants
sont pleins de joie frivole.

Mais dans la vie, la joie alterne avec la tristesse, le Bien et le Mal se tiennent par la main, et comment savoir qui fait le bien et qui fait le mal?

C'est ainsi qu'un jour, un homme riche arrivé à sa dernière heure appela son fils à son chevet et lui dit: «Je meurs, mon fils, et je te lègue ma maison mais aussi mes devoirs de père: marie tes trois sœurs, mais ne cherche pas de maris, attends plutôt qu'ils arrivent d'eux-mêmes et donne à chacune de tes sœurs le premier qui demandera sa main.» Le jeune homme promit. Qui refuserait d'obéir aux dernières volontés de son père mourant?

Le riche personnage mourut, et son fils resta assis, jour après jour, sur le seuil de la porte, attendant que quelqu'un arrive pour lui demander ses sœurs en mariage. Et un jour en effet, un homme s'approcha de lui et lui demanda: «Donne-moi ta sœur aînée pour femme.» «Volontiers», répondit-il, «mais dis-moi au moins ton nom, d'où tu viens, quel est ton métier. Si je veux te rendre visite, un jour où je serai dans le besoin, ou bien simplement pour bavarder, où donc te trouverai-je?» «Je suis venu chercher une femme, je ne suis pas venu pour répondre à tes questions. Si tu ne veux pas me la donner, je peux continuer ma route.»

«D'accord, emmène ma sœur aînée avec toi», dit le jeune homme d'un air contrarié. «Cela me fait de la peine, bien sûr, de la marier de cette façon-là, mais comme c'est la volonté de mon père...»

Quelque temps après arriva un autre homme, qui lui demanda la main de sa sœur cadette. L'homme ne parla pas de lui, partit avec elle. Puis vint un troisième homme qui partit avec la troisième sœur – et le frère ne savait rien de ses beaux-frères: il ne connaissait pas leurs noms, il ignorait dans quelle région ils avaient emmené ses sœurs, s'ils habitaient loin, de quoi ils vivaient, où il devait se rendre s'il voulait un jour les revoir... Et il prit tout cela tellement à cœur qu'il s'enferma dans la maison, dans une pièce sans fenêtre, et qu'il y resta prostré dans l'obscurité, le regard fixe.

Et il resta ainsi très longtemps, rongé de chagrin, à tel point que son cas parvint aux oreilles du roi. Et comme c'était un roi, un vrai monarque, qui s'occupait comme un père de ses sujets, il ordonna qu'on cherche quelqu'un qui serait capable de tirer le jeune homme de cette situation. On trouva une vieille grand-mère qui se déclara prête à exécuter les désirs du roi, pourvu qu'on mette à sa disposition une vingtaine d'enfants.

On lui aurait volontiers donné davantage, mais cela lui suffisait. Et c'était vrai. Elle dit aux enfants de monter sur le toit et de faire du vacarme juste au-dessus de la pièce où se trouvait le jeune homme. Peu de temps après, le jeune homme sortit en effet pour leur tirer les oreilles, en pestant contre ces ignobles gamins qui faisaient un tel bruit qu'on aurait cru que la maison allait s'écrouler et qu'un troupeau de boucs noirs piétinait juste au-dessus de sa tête.

Lorsqu'il sortit sur le toit, ils l'attrapèrent et le conduisirent auprès du roi. En apprenant les raisons de son malheur, le roi le nomma chef de sa garde personelle.

Un jour, pendant la chasse, au milieu de la steppe, il aperçut une jeune fille tellement belle qu'il était impossible de la décrire avec des mots. C'était une sylphide. Elle était aussi légère qu'une plume, aussi transparente qu'un halo de brume. Elle ne marchait pas, elle voletait comme un papillon au-dessus du sol, se posait sur les fleurs, sautait de brin d'herbe en brin d'herbe, s'arrêtait sur une toile d'araignée pour reprendre haleine, et repartait de sa danse aérienne.

Tous la pourchassaient, toute la suite royale, toute l'armée, qui ne comptait que des hommes sains et de belle prestance, des guerriers valeureux qui galopaient sur leurs chevaux fougueux, accompagnés du cliquetis de leurs armes – tandis qu'elle... on aurait dit un petit oiseau, une abeille, un fil de la vierge, une plume. Et pourtant, aucun d'eux ne parvenait à l'attraper. Leurs chevaux s'écroulaient épuisés, et un seul d'entre eux, leur commandant, restait en selle et poursuivait la sylphide des steppes. Mais son cheval s'écroula lui aussi, et il se retrouva tout seul dans la steppe. A perte de vue, pas un village, pas un homme – seule la sylphide des steppes, tout à coup près de lui. Elle se balançait sur une fleur et buvait la rosée. La sylphide se moqua de lui de sa voix douce et légère: «Pourquoi te lamenter comme une vieille femme? Pourquoi te croiser les bras? Ressaisis-toi, lève-toi, regarde autour de toi, vois comme le monde est grand et beau!»

Le jeune homme sécha ses larmes et regarda autour de lui. Et il vit en effet, dans le lointain, une grande bâtisse toute blanche. Lorsqu'il s'approcha, il vit que c'était un palais splendide. Devant ce palais, un ruisseau se jetait dans un bassin d'argent. Une servante vint vers lui avec un pichet et lui donna à boire. Il fit un geste maladroit et l'anneau qu'il avait au doigt tomba dans le pichet. Mais la maîtresse du palais était sa sœur aînée, et, lorsqu'elle trouva l'anneau au fond du pichet, elle fit aussitôt appeler son frère, et ils s'embrassèrent tendrement.

Ah, quelles joyeuses retrouvailles! Ils n'en finissaient pas de se raconter des histoires. La sœur essaya de persuader son frère de ne plus penser à la sylphide.

«Elle ne se laissera attraper par personne, car si cela était, elle mourrait. C'est son destin. C'est d'ailleurs la raison pour laquelle mon mari, l'aigle des steppes, m'a épousée. S'il avait pu attraper la sylphide, mon mari l'aurait prise pour femme, et je serais encore avec toi à la maison.»

Le soir, l'aigle, son mari, rentra chez lui. Il salua amicalement son beau-frère,

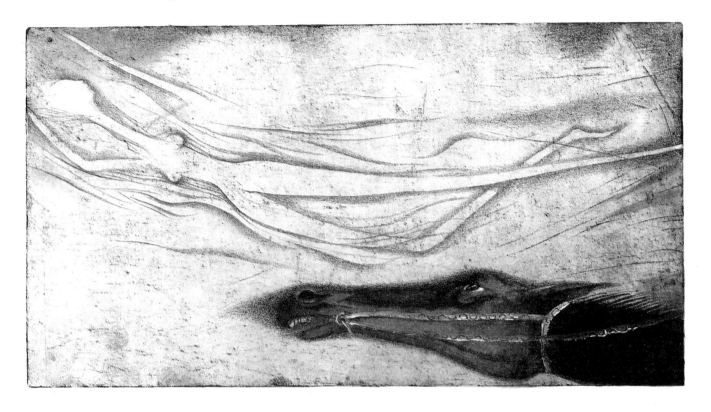

et lui dit qu'il risquait de perdre le vie s'il continuait à poursuivre la sylphide des steppes. Comme le jeune homme refusait d'abandonner, il lui offrit le plus rapide de tous ses chevaux. Mais à quoi pouvait lui servir un cheval aussi rapide que l'éclair, si la sylphide des steppes était deux fois plus rapide que l'éclair, à quoi bon ses sauts de géant si la sylphide sautait toujours plus loin pour aller se poser sur une fleur et boire la rosée?

Le cheval finit par s'écrouler, épuisé, le jeune homme, une fois de plus, se retrouva seul au milieu de la steppe inconnue et se mit à pleurer. La sylphide se balançait sur une fleur, près de lui, et lui faisait doucement des reproches: «N'as-tu pas honte de pleurnicher comme une vieille femme? Tu ferais mieux de partir à la découverte du vaste monde, peut-être trouveras-tu quelque part de l'aide!» Et elle avait raison: une maison blanche brillait dans le lointain, et dans cette maison vivait sa sœur cadette et son mari, le griffon. Le soir le griffon rentra chez lui, s'entretint avec son beau-frère, et celui-ci lui confia qu'il avait essayé d'attraper la sylphide des steppes, mais qu'il n'y était jamais arrivé.

«Tu ne l'attraperas jamais, car personne ne le peut. S'il était possible de l'arrêter, ce ne serait pas ta sœur, mais la sylphide qui serait ma femme aujourd'hui. Je vais te donner un bon conseil, cherche une autre femme, ne poursuis pas le malheur.» Mais le jeune homme ne voulait pas en démordre, et son beau-frère ne voulut pas le laisser partir sans lui offrir le cheval le plus rapide de son immense troupeau.

Et le jeune homme repartit dans la steppe. Devant lui, la sylphide voletait, elle franchissait d'un saut la même distance qu'un cheval en trois bonds. Il la poursuivit jusqu'à ce que son cheval s'écroule, épuisé. Il se retrouva assis là, tout seul dans la steppe immense, et sa colère éclata, pour faire place à ses sanglots. Et la sylphide se balançait sur une fleur et le tançait vertement: «Ne pleurniche pas comme une vieille femme ! Ressaisis-toi et regarde autour de toi!» Et il vit dans le lointain une maison toute blanche, et devant cette maison une pièce d'eau, aux reflets d'argent, dans laquelle se jetait un ruisseau. Dans cette maison habitaient sa plus jeune sœur et son mari, l'horrible oiseau non-oiseau. Et lui aussi lui conseilla de ne plus s'occuper de la sylphide des steppes, car il l'avait lui-même longtemps poursuivie en vain. Mais, comme le jeune homme s'obstinait, l'oiseau non-oiseau voulut au moins lui donner son cheval le plus rapide. Sa sœur l'embrassa en guise d'adieu.

Mais cette fois encore, il pourchassa en vain la sylphide des steppes, et son cheval finit par s'effondrer, épuisé. Il se retrouva assis par terre; alentour, il n'y avait pas âme qui vive. La steppe s'étendait devant lui, derrière lui, à gauche, à droite, à perte de vue. Il se sentait tellement seul et abandonné que les larmes lui vinrent aux yeux. Et au même instant, il vit la sylphide flotter à côté de lui. «Tu veux devenir un homme?» lui dit-elle. «Alors ressaisis-toi, lève-toi et continue à marcher, et quoi que tu rencontres, le bien ou le mal, tourne-le à ton bénéfice.»

Que n'aurait-il pas fait pour les beaux yeux de la sylphide? Il se remit donc en marche, mais il ne pouvait pas aller bien loin sans cheval dans ce désert immense. «Si seulement j'avais une jument!» soupira-t-il. Au même instant, il vit devant lui une jument toute blanche, qui frottait sa tête contre son épaule. «Comment pourrais-je te monter sans selle et sans rênes?» dit le jeune homme en la caressant. La jument gratta alors le sol de son sabot et il en sortit une selle et une bride. Et déjà, ils s'en allaient en galopant à travers la steppe, toujours à la recherche de la sylphide. Ils l'avaient déjà presque rattrapée, lorsqu'un rocher noir qui se dressait jusqu'au ciel leur barra le passage. La jument frappa la pierre de son sabot et la roche se brisa en morceaux, laissant un étroit passage. Le jeune homme et sa jument poursuivirent la sylphide jusqu'à la mer. La jument frappa une nouvelle fois de son sabot, et un cheval marin sortit aussitôt de la vague. Sa crinière était faite d'algues, ses yeux étaient faits de moules. Le jeune homme sauta sur son dos, et le cheval de mer fendit les vagues à une telle vitesse que l'écume giclait dans leur sillage. Et déjà, ils rattrapaient la sylphide, déjà, le jeune homme la tenait par son voile, mais elle arrivait à la maison de son père, elle se libéra et se précipita chez son père: «Père, un jeune homme m'a poursuivie, il m'a arraché mon voile devant notre maison, mais j'ai pu me réfugier auprès de toi», cria-t-elle, à bout de souffle.

Le père se réjouit en entendant cette nouvelle, il sortit et prit le jeune homme dans ses bras. «J'ai attendu un gendre comme toi», dit-il. «Si tu avais attrapé ma fille dans la steppe, elle en serait morte, c'était le destin. Mais tu l'as poursuivie jusqu'à la maison de son père, c'est pourquoi elle t'appartient, et tu as ma bénédiction.»

C'est ainsi que le jeune homme épousa la sylphide des steppes, et ils vécurent heureux. Ils allaient souvent dans la steppe – lui sur son cheval, et elle qui voletait de fleur en fleur comme un papillon.

LA ROUTE
VERS LE JEUNE MARIÉ

Une forêt vierge immense et profonde, des savanes innombrables et infinies, et le grand fleuve Culuene, voilà notre pays. Depuis le début du monde, de nombreuses créatures s'y sentent chez elles. Jadis vivait au fin fond du pays un certain Cuantun, et à l'autre bout du pays Nicuengele, le puissant seigneur des jaguars. Nicuengele avait le pouvoir de se métamorphoser. Il prenait souvent l'aspect d'un homme, mais, lorsqu'il voulait semer la terreur, il prenait celui d'un jaguar. Et son cœur était lui aussi capable de se métamorphoser. Quand il se battait, son cœur était dur et cruel, mais lorsqu'il pensait à sa hutte vide, son cœur était plein de mélancolie et aspirait à fonder une famille.

Et un jour, les deux hommes se rencontrèrent dans la forêt, alors qu'ils chassaient. Cuantun venait juste de trouver une liane avec laquelle il voulait faire une corde solide pour son arc. Il vit alors approcher le jaguar Nicuengele avec toute sa suite, et, dans sa peur de mourir, il lui cria: «Ne saute pas sur moi, Nicuengele! J'ai deux filles, elles sont belles et attendent chez moi. Prends-les pour femmes, et laisse-moi vivre.» Cette proposition n'était pas pour déplaire au seigneur des jaguars. «Ne le touchez pas!» ordonna-t-il, et la meute prit un autre chemin. Cuantun rentra lentement chez lui, si lentement qu'il n'arriva que très tard. Ses filles s'aperçurent aussitôt que quelque chose s'était passé, et elles voulurent savoir ce que signifiaient la tristesse et les larmes qu'elles voyaient dans ses yeux. Lorsqu'il leur dit ce qui était arrivé dans la forêt, comment il avait frôlé la mort, et à qui il les avait promises, ses filles eurent elles aussi les larmes aux yeux. «Vous serez toutes deux les femmes du puissant seigneur de tous les jaguars. Vous vivrez avec lui dans son village de Faukaun, un riche village, où vous vous sentirez bien», leur dit leur père pour les consoler. Mais ce fut en vain. «C'est tellement loin, père. Cela nous brise le cœur de devoir quitter notre village natal et de vous dire adieu pour toujours, à toi et à notre mère!» se lamentaient les jeunes filles. Le soir, Cuantun s'allongea dans son hamac, mais le sommeil ne voulait pas venir. Il entendait ses filles pleurer et trembler de peur.

Le lendemain matin, il se leva, prit sa hache et se rendit dans la forêt. Il abattit un arbre et en fit deux grosses poutres, qu'il ramena chez lui. Avec les branches il tressa une épaisse natte qu'il suspendit à côté de son hamac. Cette natte était tellement épaisse qu'on ne voyait pas à travers. Et, caché derrière cet écran, il se mit à sculpter des figures féminines dans les deux poutres. Il travaillait jour et nuit, sculptait le bois d'une main habile et prudente, s'efforçant constamment de faire de son œuvre une copie conforme à la réalité, où rien ne manquait, pas même les ongles des doigts. Et il fit tout cela en cachette, derrière la natte épaisse. Ni sa femme ni ses filles ne se doutaient de ce qu'il fabriquait là.

Le jour vint enfin où les filles sculptées dans le bois eurent l'air d'être vivantes. Le cœur de Cuantun se remplit de joie, car c'était son œuvre, une œuvre parfaite. La seule chose qui manquait encore, c'était les cheveux, les dents et les pagnes. Il alla dans la forêt et essaya de faire, avec des feuilles de palmier, des cheveux de femme. Mais ces cheveux, qui étaient blancs, n'allaient pas avec les visages foncés des statues. Il alla cueillir du maïs dans les champs et ramasser du varech sur la plage, et avec ces deux plantes, il tissa des perruques dont il fut très satisfait. Cuantun chercha longtemps de quoi faire les dents. Il ramassa des dents de piranha, car elles sont très tranchantes, mais elles ne pouvaient mordre que dans de la viande crue. Il les jeta et prit des petits cailloux dans le fleuve, car ils étaient brillants et lisses, mais dans la bouche des filles en bois, ils avaient l'air d'être noirs. Il les jeta donc et eut alors l'idée de prendre les noyaux de mangabe. «Voilà ce qu'il me faut», se dit-il, «les noyaux de mangabe sont durs et blancs comme le lait.» Il s'en alla chercher des mangabes, mit les noyaux dans la bouche des filles en bois, et fut satisfait du résultat. Puis il fabriqua de beaux pagnes en écorce de bois, comme ceux que l'on porte encore aujourd'hui. Les deux filles sculptées dans le bois furent enfin terminées; elles ressemblaient à s'y méprendre à ses véritables filles.

Avec le reste du bois, il fit encore trois sièges, un pour lui et deux pour les filles sculptées dans le bois, il les posa derrière le rideau tressé et alla dormir.

Le lendemain matin, au lever du jour. Cuantun se dressa dans son hamac et vit cinq filles, qui avaient toutes l'air vivantes. Et les deux premières lui dirent: «Père, nous nous sommes éveillées cette nuit et nous nous sommes assises sur les chaises. Et les chaises se sont aussitôt transformées en filles.»

«C'est bien», répondit-il. «Je vais maintenant vous donner votre dot et vous irez toutes les cinq au village Faukaun. Deux d'entre vous prendront pour mari Nicuengele, puissant seigneur de tous les jaguars, et les trois autres se marieront avec des hommes de sa suite.» Cuantun donna à ses filles des hamacs pour dormir, du miel et de la farine de manioc pour manger, leur souhaita bonne route et leur fit ses adieux.

Elles s'en allèrent ainsi vers la source du fleuve Culuene et disparurent bientôt dans la savane. Quand le soleil fut haut dans le ciel, elles se sentirent la gorge sèche et s'arrêtèrent près d'un lac. La première but une gorgée, mais comme elle n'avait pas demandé la permission au lac, celui-ci se fâcha. «L'eau n'est pas bonne», dit-elle aux autres. Mais la deuxième fille ne l'écouta pas, elle se pencha pour boire, glissa et tomba dans l'eau. Elles réussirent à la sortir du lac, mais elle mourut peu de temps après.

Les quatre filles repartirent, le désespoir au cœur et les larmes aux yeux.

Elles passèrent la nuit dans une clairière, dans la forêt, et se remirent en route le 89
lendemain matin. Elles rencontrèrent alors un martin-pêcheur qui avait pris
l'aspect d'un homme. «Où allez-vous?» leur demanda-t-il. «Au village de Faukaun. Deux d'entre nous vont épouser Nicuengele, le seigneur de tous les jaguars.
Montre-nous le chemin.» «Continuez toujours tout droit», leur dit le martin-

pêcheur en leur donnant des poissons. Mais il exigea en échange qu'une des
filles reste avec lui et devienne sa femme.

Les trois autres filles continuèrent seules, les yeux pleins de larmes et le cœur
chagrin. Le lendemain, elles rencontrèrent un putois qui avait pris forme humaine
et qui était en train de déguster un rayon de miel. Elles lui demandèrent leur
chemin. «Continuez toujours tout droit, vous y arriverez dans deux jours», leur
dit le putois en leur donnant du miel. Mais il exigea en échange qu'une des filles
reste avec lui et devienne sa femme. Ainsi, il ne restait plus que deux filles, et
elles se remirent en route, les yeux pleins de larmes et le cœur chagrin.

Elles marchèrent pendant un jour, pendant deux jours, jusqu'à ce qu'elles
arrivent à un grand fleuve. Elles demandèrent leur chemin au fleuve. Il leur dit
qu'elles devaient continuer tout droit jusqu'à ce qu'elles arrivent à un croise-
ment de chemins. Et il leur permit de prendre un bain dans son eau. Après
s'être baignées, elles repartirent, mais, lorsqu'elles arrivèrent à la croisée des
chemins, elles ne savaient plus dans quelle direction aller. L'une disait: «Vers la
gauche», et l'autre: «Vers la droite.» Elles virent alors un coyotte qui avait pris
forme humaine et elles lui demandèrent lequel des deux chemins conduisait au
village de Faukaun. Le coyotte dit à l'une des sœurs: «Va à gauche», et à l'autre:

«Va à droite, et vous arriverez toutes deux là où vous devez aller!» C'est ainsi que les deux sœurs se séparèrent et continuèrent chacune dans une direction opposée.

Un des chemins conduisait au village des coyottes, et l'autre au village de Faukaun. Lorsque la fille qui avait pris le bon chemin arriva au village de Faukaun, elle fut aussitôt entourée par une foule qui lui demanda où elle allait. «Au village de Faukaun, chez Nicuengele, le seigneur de tous les jaguars.» «Faites place, notre maître arrive!» crièrent-ils alors en s'écartant. Nicuengele avança vers elle et demanda: «Qui es-tu, femme?» «Je suis la fille de Cuantun, il m'a envoyée chez toi pour que je devienne ta femme.» «Et où est ta sœur?» «Ma sœur est allée vers la gauche à la croisée des chemins, comme le lui a dit le coyotte.»

Nicuengele poussa un rugissement, et aussitôt, deux serviteurs accoururent en lui tendant un arc et un carquois rempli de flèches. Tous trois partirent en hâte vers le village des coyottes. Alors qu'il était encore loin, Nicuengele lança une flèche qui alla se planter dans le montant de porte de la hutte où se trouvait la deuxième sœur. Celle-ci retira prestement la flèche et la cacha. Mais Nicuengele avançait d'un pas assuré vers la hutte où se trouvait sa deuxième femme. «C'était ma volonté, et ton père t'a donnée à moi pour que tu deviennes ma femme!»

Il poussa un nouveau rugissement, et les coyottes, pris de panique, s'enfuirent du village. Il ne restait plus que la fille. Elle regarda Nicuengele, et son cœur de bois s'enflamma d'amour pour lui. Il la souleva dans ses bras et la porta jusqu'au village de Faukaun, dans sa hutte.

Les deux sœurs étaient maintenant là, comme l'avait promis leur père. Toutes deux regardaient leur maître avec des yeux pleins d'amour. Elles défirent les paquets que leur père leur avait donnés et déplièrent leurs hamacs. Nicuengele les suspendit entre deux poutres. Elles déposèrent à ses pieds la farine de manioc, et Nicuengele sentit que son cœur battait plus vite. Tout le monde sait que les hommes aiment les galettes de farine. Les deux sœurs commencèrent à faire cuire les gâteaux, et la hutte fut toute parfumée de cette bonne odeur de galette.

Les deux sœurs avait enfin trouvé un foyer, et elles y vécurent dans le bonheur.

LES MÉTAMORPHOSES

Un jour, il y a longtemps, très longtemps, un grand seigneur kurde rendit visite à un autre grand seigneur perse. Pour montrer au seigneur perse à quel point il était riche et puissant, le seigneur kurde avait emmené avec lui un immense cortège. Mais en réalité, aucun des deux seigneurs ne le cédait à l'autre pour ce qui était du goût du faste, de l'amour-propre et de la forfanterie.

Le seigneur perse fit visiter sa maison au seigneur kurde. Il lui montra toutes ses richesses, lui faisant remarquer tel ou tel objet précieux, mais le Kurde, contre toutes les règles de la bienséance, ne marquait aucun étonnement, comme si tout cela ne l'impressionnait pas le moins du monde. Il se contentait de hocher la tête à chaque nouvel objet en disant: «Oui, oui, je connais cela. J'en ai aussi un chez moi.»

Le seigneur perse se rendit ensuite dans le jardin en compagnie de son invité. Et la splendeur du jardin surpassait encore celle de la maison, car l'or et les pierres précieuses n'embaument pas comme les fleurs. Mais les riches seigneurs ne s'en aperçurent même pas, car ils étaient déjà en train de se vanter chacun de la fidélité de leurs serviteurs respectifs.

«Mes serviteurs seraient prêts à tout moment à sacrifier leur vie pour moi», déclara le Kurde. Et, pour donner du poids à ses paroles, il appela un grand garçon, qui faisait partie de sa suite et lui ordonna: «Chasa, si tu m'aimes, saute immédiatement dans le gouffre, là-bas!»

Le serviteur avança jusqu'au bord du gouffre et se jeta dans le vide.

Le Perse frappa dans ses mains pour appeler un de ses serviteurs. «Vous allez voir que mes serviteurs ne le cèdent en rien aux vôtres. Ferchad! Va jusqu'au gouffre là-bas, et saute pour me prouver ton amour et ta fidélité!»

Le serviteur courut jusqu'au gouffre, mais lorsqu'il arriva au bord, il s'arrêta comme pétrifié. «Pourquoi ne sautes-tu pas?» s'écria le seigneur, avec irritation.

Le serviteur détacha son regard du gouffre béant, se retourna et prit soudain conscience que son maître n'était qu'un vantard sans envergure, un incapable imbu de son importance, qui n'aimait que lui-même. Et il dit alors: «J'aime mon maître, mais mon amour s'arrête précisément là où le gouffre commence!»

LES MÉTAMORPHOSES INSOLITES
DU FORGERON SOGUM

Il était une fois un homme qui s'appelait Sogum. C'était un homme de cœur et un bon forgeron que ses voisins respectaient pour ses qualités d'artisan et d'homme. Il vécut ainsi pendant cinquante ans, avec sa brave femme, mais ils n'avaient pas d'enfant.

Un jour, Sogum vint à manquer de charbon pour le foyer de sa forge, et il s'en alla dans la forêt pour y faire une meule de charbon de bois. Pendant ce temps, sa femme lui préparait une bouillie de maïs qu'il dégusterait à son retour. Comme il n'était plus tout jeune, il fut vite fatigué et sentit le besoin de boire. Par chance, il arrivait justement près d'une source qui était connue dans toute la région pour son eau fraîche et savoureuse. Il se baissa pour boire aux creux de ses mains. Puis il se lava le visage et s'arrêta, stupéfait: dans le miroir de la source, ce n'était pas son image qu'il voyait, mais une jeune fille, tellement belle qu'aucune jeune fille dans le village, dans le pays et peut-être même dans le monde entier ne la surpassait en beauté. Le forgeron venait de se transformer en une belle jeune fille, et il ignorait comment cela lui était arrivé.

Il était encore là, debout, tout abasourdi par son étrange histoire, lorsque le fils d'un prince s'approcha de la source. Il vit la jeune fille, tomba amoureux d'elle, oublia complètement qu'il avait soif et supplia Sogum – ou plutôt la belle jeune fille – de l'accompagner dans son château. Et ils vécurent heureux. Elle lui donna trois fils, elle les éleva, et ils devinrent trois jouvenceaux fiers comme les pins dans la forêt, fiers comme les aigles qui planent au-dessus des cimes.

Un jour, Sogum – ou plutôt la princesse – alla chercher de l'eau à cette même source où elle – ou plutôt le forgeron – était jadis venue boire. Elle remplit son pichet d'eau, se lava le visage, et se transforma aussitôt en une jument magnifique qui secouait sa crinière splendide et grattait le sol du sabot. Lorsque le prince vit la jument, il s'écria: «Quelle jument! Il me la faut absolument dans mon écurie!» Et ainsi, le forgeron – ou plutôt la princesse, mais ce n'était pas elle, c'était une jument – vécut dans l'étable princière. Elle mit bas trois magnifiques poulains, trois destriers racés et de belle prestance, que les trois fils du prince reçurent en cadeau.

Un jour, la jument courait dans la forêt, et comme il faisait chaud, elle but à la source qui avait transformé le forgeron en jeune fille et la princesse en jument. La jument se transforma aussitôt en chienne, un si bel animal que le prince l'emmena dans la cour de son château, où elle mit bas trois jolis chiots. Elle se promenait souvent avec eux dans les bois, et lorsqu'ils s'arrêtèrent un jour à la source qui avait transformé le forgeron en belle jeune fille, la jeune fille en jument, et la jument en chienne, la chienne but de son eau; et elle reprit l'apparence du forgeron Sogum. Lorsqu'ils virent leur mère transformée en être humain, les chiots, terrifiés, se réfugièrent en courant dans la cour du château princier.

Le forgeron Sogum resta un instant près de la source, il regarda fixement l'eau et repensa à tout ce qui lui était arrivé. Puis il prit du charbon de bois dans la meule et retourna chez lui.

A l'époque, lorsqu'il était forgeron et qu'il était parti dans la forêt, sa femme lui avait préparé une bouillie de maïs pour qu'il puisse se restaurer à son retour. Mais nous savons déjà tout cela. Lorsqu'il franchit le seuil de sa maison, des années plus tard, ses premières paroles furent: «Que se passe-t-il? Pourquoi la bouillie n'est-elle pas déjà sur la tab'e?» Sa femme était une brave femme, mais là, c'en était un peu trop pour elle. Cela faisait des années qu'il avait disparu, qu'il avait fait on ne sait quoi avec on ne sait qui; pendant tout ce temps, elle avait gardé sa bouillie au chaud, et maintenant qu'il rentrait, il ne disait pas un mot de ce qu'il avait fait pendant tout ce temps, et en outre il lui faisait des reproches! Elle lui dit vertement ce qu'elle pensait de lui. Puis, ils mangèrent la bouillie et vécurent à nouveau heureux.

Leur bonheur dura trois ans. Un jour, ils apprirent qu'un prince très riche donnerait sa fille à celui qui serait capable de raconter une histoire tellement incroyable que le lait se mettrait à bouillir. Il y avait désormais un baril de lait dans la cour du palais princier, et les prétendants venus de toutes parts racontaient les histoires les plus abracadabrantes, imaginaient les choses les plus folles, mentaient à en faire trembler les murs, mais à leur grand désespoir le lait ne se mettait pas à bouillir.

«Et si j'allais raconter mon histoire?» se dit un jour Sogum. «Je vais y aller, il ne m'en coûte rien d'essayer.» Et il partit. Les voisins se moquaient de lui, certes. Ils disaient que le forgeron commençait à perdre la tête avec l'âge, et sa femme se tordait les mains à l'idée qu'il était à nouveau parti chercher l'aventure, mais lorsque Sogum avait décidé quelque chose, il allait jusqu'au bout.

Il marcha longtemps, jusqu'à ce qu'il arrive devant un fleuve. Ce fleuve était large, et, de quelque côté qu'il se tourne, il n'y avait ni pont ni personne à qui il eût pu demander de l'aider pour traverser. Sogum s'assit alors sur la berge, ne sachant plus que faire. Tout à coup, trois cavaliers s'approchèrent de l'endroit où il était assis, trois adolescents de belle prestance sur trois chevaux de race, et derrière eux couraient trois chiens, des bêtes magnifiques. Et tous étaient les enfants que Sogum avait eus à divers moments de son existence – quand il s'était transformé en princesse, puis en jument et plus tard en chienne.

Le vieux reconnut aussitôt les adolescents – mais eux ne le reconnaissaient pas. Il se réjouit de les voir, mais eux le regardaient sans bienveillance et ne prêtaient aucune attention au vieil homme. Sogum salua les fils du prince et leur demanda de bien vouloir l'emmener sur l'autre rive du fleuve. L'aîné et le cadet refusèrent d'un air dédaigneux, mais le benjamin eut pitié du vieux et le fit monter derrière lui sur son cheval. Arrivé sur l'autre rive, il repartit avec ses frères, et Sogum suivit leurs traces à pied.

Lorsqu'il arriva au palais, tout était vraiment comme on le racontait: il y avait un baril de lait dans la cour, et tout autour, des hommes se pressaient, racontant les histoires les plus abracadabrantes, imaginant les choses les plus folles, mentant à en faire trembler les murs, mais pas un frémissement n'agitait le lait. Longtemps, ils empêchèrent Sogum de parler, se moquant de ce vieillard, qui voulait raconter on-ne-savait-quoi d'extraordinaire. Mais, lorsqu'il put enfin raconter son histoire, tous se turent et l'écoutèrent, bouche bée. A peine était-il arrivé à la moitié de son histoire que le lait bouillonnait déjà dans le baril.

Quelle surprise! Tous attendaient avec impatience de voir ce que le prince ferait, s'il allait vraiment donner sa fille à un homme aussi pauvre et aussi vieux. Mais le prince déclara: «J'ai donné ma parole, et je la tiendrai. Je me réjouis du bonheur de ma fille. Le mariage aura lieu demain, et vous êtes tous invités à la noce!»

Sogum prit alors la parole. «Je suis Sogum, le forgeron. Le prince a tenu parole, et c'est tout à son honneur. Mais un vieillard n'est pas l'homme qu'il faut à une jeune fille. Elle ne sera pas ma femme, mais ma belle-fille.» Il conduisit son plus jeune fils devant le prince et lui raconta son histoire extraordinaire jusqu'au bout.

Tous étaient heureux: le prince, parce qu'il avait bien marié sa fille; les enfants de Sogum, car ils savaient maintenant qui était leur mère; les jeunes mariés, car ils s'aimaient; les invités, car la fête était magnifique; et le forgeron, car tout est bien qui finit bien, et parce qu'il pouvait continuer à vivre dans son apparence originelle. Et il vécut encore longtemps dans le bonheur et dans la joie.

COMMENT PETITE TÊTE ET PETITE QUEUE SE RETROUVÈRENT

Il était une fois un jeune homme qui marchait sur un chemin. Il vit tout à coup devant lui un immense serpent, et il le coupa en deux d'un coup de hache.

La tête du serpent se transforma en fille, Petite Tête, et la queue en garçon, Petite Queue, et tous deux allèrent leur chemin. La jeune fille partit dans la même direction que le jeune homme qui avait coupé le serpent en deux, et comme il la trouvait jolie, il la prit pour femme. Ils vécurent heureux et eurent huit enfants, et rien ne manquait à leur bonheur. Ils eurent aussi des petits-enfants. Mais l'homme qui était né de l'autre moitié du serpent vagabondait à travers le monde et ne trouvait nulle part le bonheur. Il était devenu un pauvre vieux mendiant loqueteux, mais il chantait merveilleusement, c'est pourquoi il était bien accueilli partout.

L'homme et la femme vivaient ensemble depuis soixante ans déjà. A cette époque, Petite Queue commença à demander à tous ceux qu'il rencontrait s'ils n'avaient pas entendu parler d'une femme qu'on appelait Petite Tête. Mais personne n'avait jamais entendu ce nom-là. Un jour pourtant, il entra dans une ferme, et on lui dit qu'elle habitait dans la ferme voisine. Il y alla, s'assit avec les hommes qui allumaient le feu pour la nuit. Il leur demanda s'ils connaissaient une femme qu'on appelait Petite Tête. «Non», répondirent les hommes. «Alors je vais vous chanter une chanson, voulez-vous chanter avec moi?» demanda Petite Queue. «Volontiers», répondirent les hommes. Petite Queue se mit à chanter la chanson suivante: «Petite Tête est une petite grand-mère, votre grand-mère-serpent...» Et tous les hommes chantaient avec lui. Puis ils allèrent dormir.

Le lendemain matin dès l'aube, Petite Queue s'était assis près du feu, et, dès que le soleil se leva, il recommença à chanter à mi-voix. Les habitants de la ferme s'approchaient l'un après l'autre et écoutaient sa chanson. Mais Petite Tête, qui s'était cachée, appela tous les enfants du village et leur dit: «Toi, prends cette corbeille, toi, ce sac, et toi, ce récipient!» Elle mettait à tous un outil dans la main, donnait à tous un travail quelconque, uniquement pour qu'il ne restent pas près du feu. Quant à elle, elle courut dans la hutte et se boucha les oreilles pour ne pas entendre la chanson.

Le mendiant chanta alors à voix haute, et lorsque Petite Tête l'entendit, elle reprit son chant d'une voix encore plus forte et haute, et sortit en courant de la hutte. Tous s'étonnaient et lui demandaient: «Comment connais-tu cette chanson?» Elle ne répondit rien, avança lentement vers le feu tout en chantant. Quand elle fut tout près, Petite Queue et Petite Tête s'unirent à nouveau en formant un énorme serpent qui se perdit dans la brousse en rampant.

Car on ne peut pas séparer pour toujours ce qui est fait pour aller ensemble.

LE CHEMIN
VERS LA LIBERTÉ

Il était une fois un commerçant qui avait une cage dorée, et dans cette cage dorée se trouvait un perroquet. C'était un oiseau intelligent et cultivé, qui savait parler comme un homme. Certes, il n'avait qu'une petite tête, mais cette tête était aussi intelligente que bien des têtes plus grosses.

Un jour, le commerçant voulut entreprendre un long voyage jusqu'au lointain Bengale. Il fit un dernier tour dans sa maison, prit congé de tous et demanda à chacun ce qu'il voulait qu'il lui ramène du Bengale. Il arriva enfin devant la cage du perroquet. Il passa son doigt à travers les barreaux dorés, gratta doucement la tête du perroquet et lui demanda: «Et toi, que puis-je te ramener?»

«Je t'en prie, ne me ramène rien, je n'ai besoin de rien, j'ai déjà tout ce que je peux souhaiter. Mais en échange, exauce mon souhait: dans le pays où tu vas, il y a une pelouse, et au milieu de cette pelouse se trouve un arbre immense au magnifique feuillage vert. Dans ses branches vivent de somptueux perroquets aux plumes multicolores. Ce sont mes frères. Je t'en prie, va jusqu'à cet arbre, salue les perroquets de ma part et transmets-leur mon message. Tu leur diras: "Mon perroquet, qui habite chez moi dans une cage dorée, m'a chargé de vous dire, à vous qui volez librement dans les forêts, les jardins et les bosquets, que vos plumes, multicolores comme l'arc-en-ciel, sont magnifiques, mais que vos cœurs sont gris et durs comme la pierre, car vous avez oublié vos malheureux frères qui sont enfermés dans des cages. Certes, vous volez parfois jusqu'à la fenêtre de notre cage, mais vous ne faites rien pour nous, vous vous contentez de regarder par la fenêtre et vous repartez manger des fruits en toute liberté. Nous qui sommes emprisonnés, nous ne pouvons rien faire. Si vous ne venez pas à notre aide, nous mourrons dans nos cages. Mais comment pouvez-vous, pendant ce temps, vous qui êtes nos frères, vivre heureux dans le ciel bleu, sous le soleil?" Il faut que tu leur parles, et souviens-toi de ce qu'ils te répondront. Rapporte-moi leur réponse du Bengale en guise de cadeau. Voilà ce que je souhaite.»

«Je le ferai volontiers si je trouve tes perroquets», lui promit le marchand en lui caressant doucement la gorge. Il écrivit mot pour mot le message du perroquet sur un papier. Et il se mit en route.

Le Bengale est un beau pays éloigné. Le marchand traversa un grand nombre de régions, il visita de nombreuses villes, il rencontra une foule de personnes, il s'étonna beaucoup, il eut de nombreuses aventures, échappa à bien des dangers et fit une multitude d'expériences nouvelles. Un jour enfin, ses affaires furent terminées. Il avait gagné une belle somme d'argent et s'apprêtait à rentrer, après avoir acheté des cadeaux pour toute sa maisonnée.

Il demanda alors quel chemin il fallait prendre pour aller à l'arbre aux perroquets et finit par le trouver: au milieu d'une immense pelouse se dressait un arbre majestueux où nichaient un nombre incalculable de perroquets. Ils s'accrochaient aux branchages, sautaient de branche en branche, picoraient les fruits, criaillaient à vous écorcher les oreilles, ébouriffaient leurs plumes colorées, si bien que l'arbre resplendissait de mille couleurs.

«Oh, perroquets, écoutez-moi!» cria le marchand. «Mon perroquet m'a dit de vous saluer et de vous apporter un message!» Il sortit le papier de sa poche et leur lut mot pour mot le message de son perroquet. Mais avant même qu'il ait fini, tous les perroquets tombèrent de l'arbre sur le sol, raides morts, le ventre en l'air. On aurait dit que l'arbre venait de perdre ses fleurs, qui formaient maintenant un tapis multicolore autour de lui. Le marchand fut ému par cette hécatombe. «Leur cœur s'est brisé en entendant les malheurs de mon perroquet», se dit-il sur le chemin du retour, et il réfléchit à la manière dont il allait apprendre la nouvelle à son perroquet.

Il arriva chez lui sans encombre et tous se réjouirent de son retour, car il avait rapporté à chacun le cadeau souhaité. Seul le perroquet n'avait encore rien reçu. Lorsque le marchand passa près de sa cage, il accéléra le pas et détourna la tête.

«N'as-tu pas transmis mon message? Et si tu l'as fait, pourquoi ne veux-tu pas me donner la réponse de mes frères?» demanda le perroquet. Le marchand fut obligé de reconnaître qu'il n'avait pas de réponse à lui donner car les perroquets morts ne parlent pas, et que tous ceux qui étaient sur l'arbre étaient tombés raides morts lorsqu'ils avaient entendu le message. Et tout en apprenant cette nouvelle à son perroquet, il lui caressait doucement la tête pour le consoler.

Mais à peine avait-il fini de lui raconter comment les perroquets du Bengale étaient morts que le magnifique perroquet multicolore se pencha d'avant en arrière et tomba raide mort dans la cage.

«Comme il a dû aimer ses frères! Le récit de leur mort lui a brisé le cœur», soupira le marchand. Alors, il porta l'oiseau mort dans le jardin et le posa dans l'herbe pour lui creuser une tombe. Aussitôt le perroquet battit des ailes et s'envola.

C'est alors seulement que le marchand comprit que les perroquets avaient donné une réponse à leur camarade prisonnier et qu'en faisant semblant d'être morts, ils lui avaient montré comment il devait s'y prendre pour retrouver la liberté.

Et c'est de bon cœur que le marchand lui accorda cette liberté.

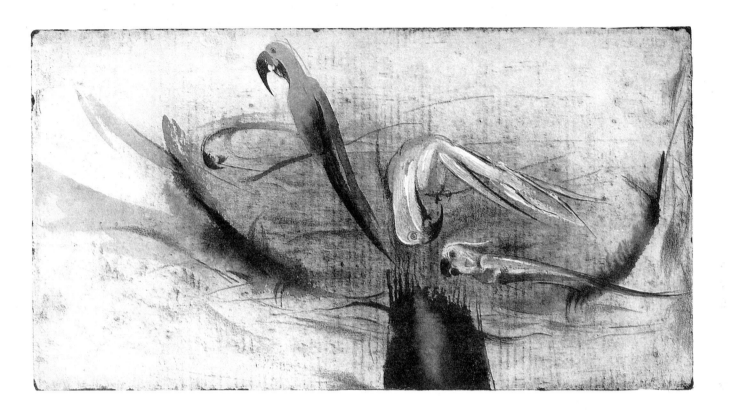

LE VOYAGE
SUR LE JAVELOT

Il y a beaucoup d'hommes sur la terre, mais les chefs, les héros et les dieux sont rares. A l'époque où les héros et les dieux étaient encore nombreux, un chef de tribu très puissant vivait sur une île avec sa ravissante épouse. C'était un bon chef; il vivait avec sa tribu dans la paix et dans le bonheur. Jusqu'au jour où il se fâcha avec le dieu des hautes vagues, un dieu malfaisant qui possédait des pouvoirs surnaturels. Le chef de tribu perdit le combat contre le dieu et s'enfuit avec sa tribu dans une grande forêt dans les montagnes. Là-bas, sa femme mit au monde un enfant, mais cet enfant ressemblait à un œuf. Le chef de tribu ordonna qu'on le jette à la mer, comme un vulgaire caillou, mais la mère s'y opposa, car une mère aime toujours l'enfant qu'elle a porté en son sein. La grand-mère de l'enfant-œuf se dit alors en elle-même: «Cet enfant est venu au monde avec un pouvoir magique. Je vais l'emmener et l'élever.» Elle l'enveloppa dans des linges précieux, et traversa la mer en bateau, avec l'aide de son mari, le grand-père de l'enfant-œuf, jusqu'à l'île où ils habitaient.

Quelque temps après, le chef de tribu et sa femme eurent un second enfant. C'était un garçon. Ils l'appelèrent Kauilani, ce qui signifie guerrier divin. Au moment de sa naissance, il y eut une terrible tempête qui fit trembler le ciel et la terre, mais aussitôt après, un arc-en-ciel apparut au-dessus de sa tête. On baigna l'enfant dans une source dont l'eau possédait le pouvoir de donner la force à quiconque s'y baignait. Il grandit et bientôt, il fut aussi fort que plusieurs hommes à la fois et tellement beau qu'il suscitait l'admiration de tous. La ceinture qu'il reçut lorsqu'il entra dans l'âge adulte était magique. Ce jour-là, son père lui raconta pourquoi ils vivaient dans la forêt.

«Il faut que nous anéantissions le dieu des hautes vagues», dit alors Kauilani d'un air décidé. Il fit dresser deux palissades, une immédiatement autour des cabanes où ils vivaient, et une autre au niveau de la plage. Et comme il avait un pouvoir magique, les palissades se métamorphosèrent pendant la nuit en arbres, et leurs branches enchevêtrées formaient une muraille tellement épaisse que ni l'oiseau ni le serpent n'auraient pu la traverser. Il fit construire deux grandes maisons avec de l'écorce d'arbre et, grâce à son pouvoir magique, il obtint des dieux qu'ils remplissent ces maisons de nombreuses petites idoles pendant la nuit. Il alluma ensuite un grand feu de bois, afin que le dieu des hautes vagues aperçoive la fumée blanche. Et c'est ce qui se passa. Le dieu des hautes vagues aperçut la fumée blanche. Il cessa aussitôt ses jeux dans la mer, et menaça de sa terrible vengeance ces hommes présomptueux, qui vivaient là, dans la forêt, sans lui avoir demandé la permission. Kauilani lui cria: «Je te laisse encore un jour et une nuit, et alors j'irai sur la plage, je me battrai avec toi et je t'anéantirai!»

Avant qu'il ne parte au combat, son père lui donna un superbe javelot à la pointe aiguisée et lui dit: «Ce javelot est ton ancêtre Koa-vi Koa-va. Il a un pouvoir magique. Il t'appartient, il combattra pour toi et te viendra en aide!» Le jeune chef descendit vers la mer avec ses meilleurs guerriers et pendant le voyage, il s'entretint avec son ancêtre. Le méchant dieu l'attendait déjà dans la mer. Il avait pris la forme d'un immense monstre marin, qui hurlait et grondait comme le ressac. Kauilani brandit son javelot et chanta:

«Koa-vi Koa-va,
Blesse-le à droite, blesse-le à gauche,
Combats pour sauver nos vies à tous deux,
Blesse-le, blesse-le!»

Le dieu des hautes vagues pouvait compter sur ses perfides maléfices pour le soutenir, le jeune chef avait à ses côtés des hommes qui luttaient pour se faire justice, les idoles, et son ancêtre le javelot. Ce fut un combat long et terrible, mais le dieu malfaisant des hautes vagues finit par succomber à un coup fatal. C'est ainsi que Kauilani, le jeune chef, rendit à son père le commandement de l'île et, à son peuple une patrie, dans un pays à tout jamais délivré du monstre. Il y eut une grande fête pour célébrer la victoire.

Ils dansèrent une danse de victoire, chantèrent des chants très anciens, jouèrent à tous les jeux, mangèrent, burent de la kawa jusqu'à l'ivresse. Tous avaient le cœur joyeux et l'esprit gai. Les habitants de l'île voisine étaient eux aussi venus en bateau pour prendre part à la fête, et un des hommes raconta, comment, bien des années auparavant, la femme du chef avait mis au monde un enfant-œuf, et comment la mère et le père de cette femme avaient emmené cet enfant sur leur île. Il raconta que là-bas, dans la maison des deux petits vieux, une poule était sortie de l'œuf, et qu'il l'avait baptisée Lepe-a-moa. Elle ne ressemblait pas à une poule ordinaire; ses plumes avaient des couleurs tellement extraordinaires qu'on en avait mal aux yeux. Un jour, la poule avait senti quelque chose se transformer en elle. Elle s'était mise sur ses pattes, avait perdu ses plumes et s'était métamorphosée en une belle jeune fille. Sa beauté irradiait comme le feu, illuminait toute la maison, enveloppait la jeune fille comme un voile impalpable et radieux, miroitant de toutes les couleurs de l'arc-en-ciel.

Tandis qu'il écoutait cette histoire, Kauilani, le souffle coupé, pressait sa main sur son cœur. Il battait fort, comme si un très joli petit poussin y pépiait. Aussitôt après la fête, il alla voir sa mère et lui demanda: «Pourquoi ne m'as-tu pas dit que j'avais une sœur et que je ne suis pas votre seul enfant?» «Si tu veux, tu peux aller voir ta sœur, qui est à la fois un œuf, une poule et une jeune fille. Va, et ramène-la.»

Kauilani enfila le manteau de plumes rouges du chef et noua autour de sa taille la ceinture magique, qui lui donnait des pouvoirs surnaturels. Il prit le javelot, son ancêtre Koa-vi Koa-va, et descendit vers la mer en conversant avec Koa-vi Koa-va. Arrivé à la mer, il posa le javelot à la surface de l'eau, la pointe vers l'avant, et sauta dessus à califourchon. Et le javelot nagea avec lui comme un long serpent des mers, il fendait les vagues comme un espadon aux nageoires effilées. Et le jeune homme chantait:

«Les vagues sont si hautes et la mer est si grosse
Que même les oiseaux ne s'aventurent pas au-dessus d'elle,
Seul Koa-vi Koa-va ose la traverser à la nage.»

Il chantait doucement en parlant avec son ancêtre, et le javelot filait comme une flèche sur la mer, franchissait la crête des vagues en fendant l'air comme un oiseau des mers, jusqu'à ce qu'ils arrivent à l'île où vivait Lepe-a-moa près de sa grand-mère. Kauilani lança le javelot et celui-ci s'élança dans les airs comme un oiseau, lui montrant le chemin. Le jeune homme le suivit, s'entretenant avec lui, et découvrit le pays de sa mère. Lorsqu'il s'intéressait trop à ce qu'il voyait autour de lui au point d'en oublier de parler au javelot Koa-vi Koa-va, celui-ci se cachait pour le punir, et Kauilani était obligé de le chercher.

Le jeune homme finit par se fâcher: «Un si grand guerrier, jouer à cache-cache au lieu de me montrer le chemin!» dit-il. «Si cela continue, je ne te lancerai plus et tu ne t'élèveras plus dans les airs!»

«Je suis ton ancêtre, alors tiens ta langue! Arrête de me tenir, plante-moi plutôt dans le sable.»

«Pour que tu recommences à te cacher!»

«Ne parle pas, mets-toi plutôt à califourchon!»

«D'accord, mais je te préviens, si tu te caches à nouveau, tu finiras dans un feu de bois!»

Kauilani s'assit à califourchon sur le javelot et ils s'élevèrent dans les airs. Ils survolèrent l'île, les roches, les palmiers et les lagunes, les villages et les hibiscus, jusqu'à la cabane du vieux couple où vivait Lepe-a-moa.

La grand-mère regarda en l'air et vit un arc-en-ciel à califourchon sur un nuage. «Viens voir», cria-t-elle à son mari, «le deuxième enfant de notre fille vole vers nous. Nous allons l'accueillir comme il se doit.» Ils offrirent au jeune garçon une couronne de fleurs qu'ils lui passèrent autour du cou, le complimentèrent pour avoir vaincu le dieu malfaisant des hautes vagues, et la grand-mère lui donna un conseil: «Si tu veux ramener ta sœur à la maison, il faut que tu lui montres que tu as un pouvoir magique, afin qu'elle reconnaisse en toi son frère.» Kauilani se rendit donc à la cabane de sa sœur; il y creusa un trou où il s'allongea et se recouvrit de nattes.

Lepe-a-moa revenait justement de la mer avec une pleine corbeille de poissons et entrait dans la maison. Le jeune homme sauta hors de son trou et, de son bras gauche, lui prit la taille. Mais elle s'échappa, courut dehors et se métamorphosa en oiseau. Elle s'envola tout droit vers le soleil en essayant de se débarrasser de lui. Mais il continuait à la tenir fermement. Son plumage était pourpre et brûlant comme le feu, mais il ne la lâchait pas. Alors, elle transforma ses plumes pourpres en plumes blanches aussi froides que les étoiles et aussi coupantes que le gel. Mais sans plus de résultats. Alors, elle se laissa tomber comme une pierre et changea son plumage blanc contre des plumes mouchetées effilées comme des lames de couteaux. Mais il la tenait encore plus fermement. Elle remonta alors comme une flèche dans le ciel, et son plumage, brillant et multicolore, répandit un parfum capiteux, plus fort et plus enivrant que le parfum des fleurs de tiaré que l'on met sur les nattes, autour desquelles les danseuses dansent en sept rangs. Le jeune homme était grisé par ce parfum, mais il continuait à tenir fermement la jeune fille.

Mais il ne s'agissait plus d'un combat entre deux adversaires. Maintenant, tous deux se soutenaient mutuellement, et le chant apaisant de leur grand-mère leur parvenait d'en bas. Elle chantait une histoire qui parlait de lui et d'elle, dans laquelle ils étaient frère et sœur, et Lepe-a-moa lui demanda tranquillement: «Qui es-tu, et d'où viens-tu?»

«Je suis ton jeune frère, je viens de la part de ton père et de ta mère pour te ramener à la maison.»

La jeune fille sentit dans son cœur qu'il disait la vérité, et tous deux redescendirent doucement et avec précautions vers la maison de leurs grands-parents. Ils firent une grande fête pour célébrer leurs retrouvailles. Quand la fête fut terminée, Kauilani et Lepe-a-moa mirent leurs magnifiques manteaux de plumes, et leur ancêtre, le javelot Koa-vi Koa-va, les ramena sur leur île d'origine.

Ils vécurent heureux dans la maison de leurs parents, au-dessus de laquelle, depuis leur retour, étaient déployés deux petits arcs-en-ciel. Ainsi, tout le monde pouvait savoir que le frère et la sœur avaient des pouvoirs magiques.

A LA RECHERCHE DE L'HOMME
LE PLUS INTELLIGENT

Il y a très, très longtemps naquit un petit garçon. C'était un enfant tout à fait extraordinaire. Alors qu'il n'était né que depuis deux jours, il avait déjà tous ses cheveux; à trois jours, il avait toutes ses dents, et à quatre jours, il savait parler et courir.

A la même époque, Dieu parcourait la terre à la recherche de l'homme le plus intelligent. Il était lassé de voir tous les hommes trembler devant lui et craindre de lui dire la vérité en face. Il était irrité de les voir tous se transformer, dès qu'ils l'apercevaient, en créatures rampantes, stupides et menteuses. Il voulait trouver un être humain qui soit non seulement intelligent, mais aussi courageux et déterminé, quelqu'un qui ose dire ce qu'il pense. Il prit alors un pot d'argile, dont le fond était percé, et il emportait ce pot partout avec lui. Il rencontra un homme et lui tendit le pot en disant: «Va, apporte-moi de l'eau.»

L'homme se précipita pour exécuter l'ordre, faillit tomber dans son excès de zèle, et remplit le pot d'eau. Mais l'eau passait à travers les trous. L'homme avait beau remplir le pot, et le remplir encore, le pot restait vide. Il finit par abandonner et tête basse, le pot vide à la main, il retourna vers Dieu, en le suppliant à plusieurs reprises de lui accorder son indulgence et son pardon.

Dieu prit le pot, se détourna sans mot dire et poursuivit sa route.

Il rencontra un autre homme et lui demanda le même service. L'homme remarqua, certes, les trous au fond du pot, mais il fit comme s'il n'avait rien vu. Il se dépêcha d'aller remplir le pot d'eau, en serviteur zélé, remplissant encore et encore le pot qui se vidait sans cesse. Finalement, il s'en retourna, avec la mine déconfite d'un pauvre pécheur, comme s'il avait mauvaise conscience, et s'excusa de ne pas rapporter d'eau.

Dieu se détourna une nouvelle fois, reprit sa route et rencontra un troisième, un quatrième et un cinquième homme. Mais il n'y en avait pas un qui soit courageux ou astucieux, pas un qui donne une réponse sensée à sa demande absurde. Dieu pourtant gardait espoir. Il reprit sa longue marche, mais il ne trouvait pas ce qu'il cherchait.

Il arriva un jour devant la maison où habitaient les parents du petit garçon extraordinaire. Il regarda autour de lui, mais il n'y avait personne alentour. Dans la cour pourtant, un jeune enfant jouait. Il avait creusé dans le terre de petits trous ronds et il s'amusait à y jeter des cailloux. Dieu fut étonné par l'habileté du jeune enfant et, sous l'emprise d'une inspiration soudaine, il lui tendit le pot en lui ordonnant de lui apporter de l'eau.

L'enfant regarda à l'intérieur du pot et le mit sur son épaule comme s'il voulait s'en aller. Mais il leva alors les yeux vers le ciel bleu et sans nuages et dit à Dieu: «Il commence à pleuvoir. Prends les trous que j'ai creusés dans la cour et porte-les dans la hutte afin qu'ils ne soient pas mouillés.»

En entendant cette réponse, Dieu éclata de rire et dit joyeusement: «Tu es bien l'être humain le plus intelligent que j'aie rencontré, même si tu es le plus petit.»

ENTRE LE BONHEUR
ET LE MALHEUR

Il était une fois un homme et une femme qui vivaient dans la plus grande pauvreté. Ils eurent un fils. Peu après sa naissance, un mauvais esprit prit possession de leur fils. Le même jour, ses deux parents moururent, et la grand-mère prit l'orphelin en charge. Elle le nourrit, le vêtit et s'occupa de lui jusqu'à sa douzième année.

Et un jour, alors que la grand-mère n'avait plus de quoi faire du feu, et qu'il était parti dans la forêt chercher du petit bois, un bon esprit rendit visite au mauvais esprit qui l'habitait et lui dit: «Je vois que tu as un grand pouvoir sur ce jeune garçon.» «Le crois-tu sérieusement?» répondit le mauvais esprit. «Oui, ce garçon est poursuivi par la malchance: ses parents sont morts, il est pauvre et malheureux. J'essaierais volontiers mon pouvoir sur lui, si tu le permets.»

Pour montrer qu'il était d'accord, le mauvais esprit quitta le jeune garçon. A l'instant même, celui-ci ressentit comme un violent frisson et il prit, tout à coup, douloureusement conscience qu'il devait la vie à une seule personne au monde: sa grand-mère. «S'il m'arrivait quelque chose, ma grand-mère se retrouverait toute seule et sans défense», se dit-il. Sur le chemin du retour, il décida de se mettre au service d'un riche marchand.

Il fit part à sa grand-mère de sa décision et ajouta: «Je ne demanderai pas de salaire, mais simplement de quoi manger. Comme ça, ils me prendront sûrement.» La vieille femme approuva sa décision et accompagna son petit-fils jusqu'au domicile du marchand. Ils traversèrent le jardin et s'assirent sur l'escalier de service. Ils n'attendirent pas longtemps. Le marchand et sa femme sortirent de la maison, s'arrêtèrent près de la grand-mère et du jeune garçon et leur demandèrent ce qu'ils voulaient. «Ma grand-mère et moi aimerions vous demander de me prendre comme serviteur chez vous», répondit le jeune garçon. «Je ne demande pas de salaire, simplement de quoi manger.» Le marchand le jaugea d'un coup d'œil et dit: «C'est bon, tu peux rester.»

Le jeune garçon était tellement serviable, tellement appliqué, tellement consciencieux, il acceptait avec une telle bonne grâce tous les travaux qu'on lui confiait que le marchand le prit en affection. Au bout de trois ou quatre ans, le jeune homme demanda à ses maîtres s'il pouvait garder leur troupeau de buffles. Le marchand lui confia son troupeau, et l'adolescent s'attela aussitôt à la tâche, nettoyant les étables, afin que les animaux s'y sentent bien, remplaçant les cordes usagées. Il travaillait jour et nuit. Lorsque le marchand vint un jour avec sa femme dans la prairie et qu'il vit les buffles vigoureux et bien nourris, il se dit à lui-même: «Quel garçon travailleur et honnête! Jamais je n'ai eu un aussi beau troupeau!»

Un soir, alors que le jeune garçon ramenait comme d'habitude son troupeau à l'étable, il s'arrêta près d'un étang pour faire boire les bêtes. Il les accompagna dans l'eau et buta sur une pierre, puis sur une autre. «Mes buffles vont s'abîmer les sabots», se dit-il, car le fond du lac était couvert de pierres. Il en rapporta une, qui brillait d'un éclat magnifique, à sa grand-mère. Lorsqu'elle vit la pierre, elle joignit les mains dans un geste de surprise: «Mon Dieu, c'est une énorme pépite d'or! Rapporte-la où tu l'as trouvée! Cet or ne nous appartient pas!» Le jeune homme rapporta donc l'or là où il l'avait trouvé, mais il fit attention à bien se souvenir de l'emplacement du lac.

A cette époque, le roi du pays voulut mettre les commandants de son armée à l'épreuve. Il les convoqua tous un soir et leur ordonna de monter la garde toute la nuit dans la salle du trône. Mais lorsque, au milieu de la nuit, le roi se glissa sans bruit dans la salle, tous étaient profondément endormis. Le lendemain matin, il les fit tous exécuter. Il décida alors de soumettre les marchands les plus riches du pays à la même épreuve et les convoqua pour le lendemain à la cour. Le maître du jeune gardien de buffles fut lui aussi convoqué. Cette nouvelle le mit dans tous ses états, car il ignorait pourquoi le roi avait fait exécuter tous les commandants de l'armée. Toute la maisonnée se répandit en pleurs et en lamentations, car tous pensaient que le marchand était condamné à être exécuté. Ils pleuraient et se lamentaient tellement fort que le jeune berger dans la prairie les entendit. Il alla voir le marchand et lui demanda la cause de toutes ces lamentations. Et lorsque celui-ci lui eut tout expliqué, il lui proposa d'aller à sa place au château. Le marchand lui en fut extrêmement reconnaissant; il lui fit cadeau d'un magnifique costume et le laissa partir. Le jeune homme se mêla à la foule des marchands, mais il était le seul à porter un sabre à la ceinture. Il s'allongea dans la salle du trône, tandis que les autres marchands s'asseyaient et bavardaient à qui mieux mieux jusque tard dans la nuit. Puis ils s'allongèrent les uns après les autres et s'endormirent à poings fermés. Lorsque le berger vit cela, il se leva et monta la garde, le sabre à la main.

A minuit, le roi arriva à nouveau. Il voulut entrer dans la salle, mais le jeune homme se dressa devant lui et l'obligea, à la pointe du sabre, à battre en retraite. Le roi essaya encore d'entrer à deux reprises, mais à chaque fois, le jeune homme le força à reculer. Le lendemain matin, le roi fit exécuter les marchands qu'il avait trouvés endormis, et fit appeler le jeune homme.

«Comment t'appelles-tu, marchand?» lui demanda-t-il. Le berger leva la main en guise de salut et lui dit qu'il était le fils du marchand Untel. Le roi fit appeler ce dernier. Le marchand arriva et affirma lui aussi que le jeune homme était son fils. «Alors je t'en prie, laisse-le-moi, je veux qu'il soit mon fils», demanda le roi. Le marchand leva la main en guise de salut et rentra chez lui.

Le roi s'entendait tellement bien avec le soi-disant fils de marchand qu'il lui donna sa fille comme épouse. Le jeune homme qui, en tout ce qu'il faisait, était bien inspiré, accéda bientôt au trône. C'était un bon roi, en particulier pour ceux qui n'étaient ni riches ni puissants. Il pensait souvent à sa grand-mère, il avait souvent envie de la faire venir chez lui, mais il craignait toujours que sa chance disparaisse un jour, et cette crainte le retenait. Un jour, il se souvint de l'étang dont le fond était plein de pépites d'or, et il demanda au marchand d'aller chercher le trésor et de le mettre à l'abri dans ses coffres.

Quelque temps plus tard en effet, l'esprit malin réapparut. Il reprit possession du jeune roi, au moment même où celui-ci se rendait vers la salle du trône, où des officiers, des ministres et des mandarins attendaient qu'il leur donne audience. La présence du mauvais esprit déclencha au-dehors une tempête, et à l'instant même où le roi s'avançait devant les hauts dignitaires, un formidable coup de tonnerre fit trembler la salle. Le jeune roi, dont l'entendement avait été perturbé par le mauvais esprit, dit alors sans réfléchir: «A chaque fois que le tonnerre gronde, je ne peux pas m'empêcher de penser à l'époque où je gardais mes buffles.»

En entendant ces mots, la reine, son épouse, courut en pleurant vers son père, le vieux roi, et lui raconta tout. «Personne ne peut exiger de moi que je vive avec un homme qui n'a pas la moindre trace d'amour-propre, et qui raconte devant les ministres et les mandarins qu'il a gardé des buffles!» Le vieux roi lui donna raison et fit jeter en prison le jeune souverain.

Entre-temps, le bon esprit était revenu et il dit au mauvais esprit: «Je suis stupéfait de voir combien ton influence est grande. Il m'a fallu des années pour donner une situation élevée à ce jeune homme. Mais toi, il t'a suffi d'une demi-heure pour lui faire tout perdre, et même pour le faire emprisonner. Tu as fait une éclatante démonstration de ton pouvoir sur lui, alors maintenant, rends-le moi!»

Le jeune roi, qui était à nouveau sous l'emprise du bon esprit, ne comprenait pas comment un tel malheur avait pu lui arriver, et il réfléchit à la manière de mettre fin à cette stupide histoire. La nouvelle de sa disgrâce ne s'était pas encore répandue dans le pays. Il envoya alors un messager chez le marchand pour lui demander de fondre pendant la nuit les pépites d'or qu'il gardait pour lui dans ses coffres et d'en faire cent buffles en or montés sur un socle d'or, et de les lui apporter le lendemain matin au château.

Le marchand fit aussitôt venir les meilleurs orfèvres pour exécuter la commande. Ils travaillèrent toute la nuit et, le matin, le marchand envoya cent servantes au château, qui portaient chacune un buffle en or.

Le cortège des jeunes filles s'arrêta devant le château et elles demandèrent qu'on les laisse entrer. «Nous sommes venues apporter au jeune roi son troupeau de buffles», dirent-elles.

On les fit entrer, et tous admirèrent les buffles. «Tu vois comme tu t'es trompée, mon enfant», dit le vieux roi à sa fille. «Ton époux ne parlait certainement pas d'un vrai troupeau de buffles, mais des buffles en or avec lesquels il a sans doute joué quand il était enfant. A l'avenir, sois plus juste avec ton mari et bannis toute méfiance de ton cœur!» Il fit sortir le jeune roi de prison et lui rendit le trône.

A partir de ce jour, la joie et le bonheur régnèrent dans tout le royaume – dans le château comme dans la plus humble des chaumières. Mais celle qui se réjouissait le plus, c'était la grand-mère, que son petit-fils avait fait venir en grande pompe au château: elle se réjouissait que son petit-fils ait eu autant de chance dans la vie, et qu'il soit aussi juste et aussi sage.

LA CIGOGNE
SILJAN

Il était une fois, il y a très, très longtemps, un homme qui avait le cœur bon et qui s'appelait Boshin. Il vivait au village Konjare et luttait vaillamment contre les aléas de l'existence. Il était travailleur, mais il n'avait jamais eu beaucoup de chance dans la vie: ses deux fils aînés étaient morts de bonne heure et, ainsi, seul le plus jeune, Siljan, lui était resté.

Sa mère et son père l'adoraient, exauçaient le moindre de ses désirs, mais malgré tout leur amour, cet enfant ne leur apportait que des soucis et des contrariétés. Il était désobéissant et ne les aidait en rien. Et c'était la même chose à l'école: il ne voulait pas apprendre, préférait passer toutes ses journées le long du fleuve à pêcher le poisson et à s'amuser dans l'eau. Il grandit ainsi, et lorsqu'il fut un homme, il se maria – avec la fille la plus belle et la plus travailleuse du village. Un an après, il eut un fils, le petit Velco. Mais Siljan ne s'était pas assagi pour autant, il n'avait pas changé: son père semait et récoltait, sa femme et sa sœur maniaient la faux, sa mère faisait la cuisine – seul Siljan ne levait pas le petit doigt de la journée. Il s'habillait tous les jours avec coquetterie et passait toutes ses journées au marché de la ville voisine – il se dorait au soleil en fermant les yeux, il s'offrait des rasades d'eau de vie et restait assis au café avec ses compagnons de beuverie. Sa femme pleurait, sa sœur le suppliait, ses parents lui faisaient la leçon – mais rien n'y faisait.

«Comment est-il possible qu'ils n'en aient pas assez de me répéter sans cesse la même chose!» se disait Siljan. «Ne se rendent-ils pas compte que leurs conseils stupides entrent par une oreille et sortent par l'autre? J'en ai plus qu'assez!» Et le lendemain matin, à l'aube, il s'en alla, sans avoir fait ses adieux, dans le vaste monde.

Il resta deux jours en ville, prit du bon temps, offrit des tournées à ses camarades jusqu'à ce qu'il n'ait plus un sou en poche. Ses prétendus amis disparurent en même temps que ses dernières piécettes, et la faim devint sa seule compagne. Siljan errait sans but à travers la ville; le vaste monde lui semblait déjà beaucoup moins séduisant, mais il ne voulait toujours pas rentrer chez lui.

Comme il avait plus de chance que d'intelligence, il rencontra un pope qui cherchait un compagnon de voyage. Ce pope faisait un pèlerinage à Jérusalem, où l'on pouvait se laver de tous ses péchés pour se sanctifier. Mais il fallait d'abord réunir l'argent du voyage, et pour cela, il fallait mendier. «Ce travail m'ira à merveille», dit Siljan au pèlerin pour qu'il l'accepte à ses côtés. «Je connais chaque village de la région; de toute façon, je n'ai rien d'autre à faire en ce moment, et j'aimerais bien, moi aussi, me sanctifier.» Tous deux tombèrent d'accord et s'en allèrent mendier ensemble jusqu'à ce qu'ils aient réuni suffisamment d'argent pour le voyage. Une fois arrivés à Salonique, ils embarquèrent sur un voilier.

Le bateau voguait depuis quelques jours déjà en haute mer. L'eau était bleue, l'air était bleu, et le soleil éclatant brillait dans le ciel bleu. Tout à coup, le ciel s'assombrit, le soleil disparut derrière les nuages, des vagues hautes comme des maisons frappèrent les flancs du bateau qui rebondit comme une balle et finit par se briser contre des rochers.

Siljan fut le seul survivant de cette catastrophe, tous les autres passagers ayant péri. Comme nous l'avons déjà dit, il avait plus de chance que d'intelligence. Il resta allongé sur les rochers, plus mort que vif. Un peu plus tard, il retrouva ses esprits et se leva pour essayer de voir où il se trouvait. Dans quelque direction qu'il se tournât, il n'apercevait que la mer immense. Il comprit alors qu'il s'était échoué sur une île. Et il se mit en route, à la recherche d'une ville, d'un village, ou d'une trace quelconque de vie humaine. Mais il ne voyait rien, il n'entendait aucun son familier, pas même l'aboiement d'un chien ni le chant d'un coq.

Il passa la nuit dans une grotte, et dormit comme peut dormir un homme perdu dans une contrée inconnue, c'est-à-dire qu'il ne ferma pas l'œil de la nuit. Pendant ce temps, il pensait à sa patrie, rêvait qu'il s'excusait auprès de son père, de sa mère et de sa sœur, souhaitait ardemment revoir sa femme et son fils, et ses yeux se remplirent des larmes du repentir. Ah, ils avaient vraiment eu raison de lui faire tous ces reproches, et comme il aurait aimé réparer toutes ses erreurs, maintenant.

Dès les premières lueurs de l'aube, il se remit en route. Vers midi, il arriva dans une prairie, et là, il aperçut enfin un homme et une femme. L'homme coupait l'herbe, et la femme la retournait à la fourche pour la faire sécher. «Si ce sont des Bulgares, tout va bien», se dit-il. «Mais si ce sont des Turcs ou des Grecs, alors rien ne va plus. Je ne comprends rien à leur langue.» Il se rapprocha, fit une profonde révérence et attendit. «Nous te saluons, frère Siljan. Pourquoi ne dis-tu-rien?» lui dit l'homme en bulgare. Siljan fut étonné: ces gens qu'il n'avait jamais vus connaissaient même son nom! Ils lui offrirent à manger du pain et du fromage de brebis et lui proposèrent de l'héberger chez eux. Ils traversèrent le village, et tous ceux qu'ils rencontraient, jeunes et vieux, et même les enfants sur la place du village, le saluaient en disant: «Sois le bienvenu, Siljan! Quoi de neuf à Konjare?» Ils connaissaient tous sa famille, et savaient tout de lui: qu'il n'avait jamais rien fait d'autre que de boire et qu'il n'avait jamais levé le petit doigt, qu'il avait négligé sa femme et son enfant, qu'il s'était disputé avec son père et qu'il s'était moqué de toutes les prières et autres recommandations de sa famille. Siljan ne voulait pas en croire ses oreilles. C'est alors que les habitants de l'île lui racontèrent leur histoire:

Ils avaient jadis habité au village, comme lui, mais ils s'étaient mal conduits.
Enfants, ils étaient déjà tellement méchants qu'ils faisaient le désespoir de tout
le village. Et toutes les prières, supplications, réprimandes et autres remontrances
étaient restées sans résultat, au contraire, ils n'en avaient été que plus méchants.
Un jour, ils avaient même jeté des pierres à un étranger, un vieil homme qui les avait

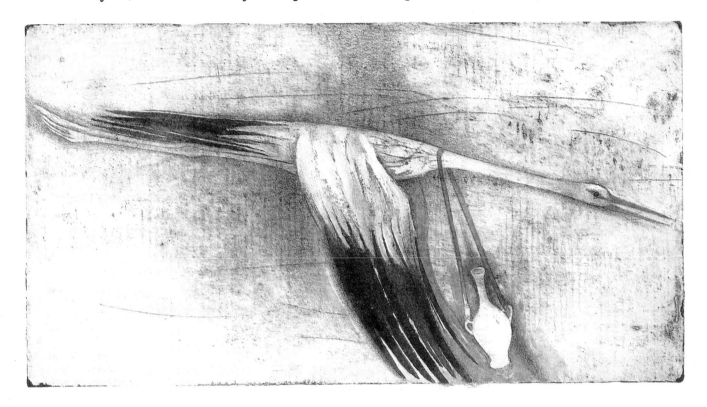

réprimandés. Une pierre l'avait touché à la tête, et il était mort sur-le-champ.
Ils l'avaient enterré sous un érable. De sa tombe, il avait proféré une terrible
malédiction: tous ceux qui lui avaient jeté des pierres s'étaient métamorphosés
sur-le-champ en cigognes et s'étaient envolés sur cette île. Siljan n'en croyait
pas ses oreilles, car comment pouvaient-ils s'être métamorphosés en cigognes,
alors qu'il voyait devant lui des hommes semblables à lui-même. «Viens donc», lui
dirent-ils, «nous allons te montrer comment nous nous transformons en cigognes.»
    Ils le conduisirent jusqu'à deux sources. L'une contenait l'eau des cigognes,
et lorsqu'ils s'y baignaient, ils se métamorphosaient en cigognes. Dans l'autre,
il y avait l'eau des hommes, et lorsqu'ils s'y baignaient, ils retrouvaient leur forme humaine. A chaque printemps, ils se transformaient ainsi en cigognes, retournaient à Konjare, construisaient leurs nids sur les cheminées; de cette hauteur, ils pouvaient voir et entendre tout ce qui se passait dans le village. Ils
s'étaient souvent posés sur le toit de Siljan et avaient observé ce qui se passait
chez lui, c'est pourquoi ils le connaissaient si bien. A l'automne, ils rentraient
dans l'île, reprenaient leur forme humaine et vivaient et travaillaient jusqu'au
printemps suivant, où ils s'envolaient à nouveau après s'être métamorphosés en
cigognes. Et la même chose se renouvelait chaque année.

«Toi aussi, Siljan, tu peux retourner auprès des tiens, en te métamorphosant en cigogne!» lui promirent-ils. Cette nouvelle enchanta Siljan, qui se réjouissait de rentrer chez lui. Il travaillait avec les hommes-cigognes depuis le petit matin jusqu'à la tombée de la nuit, et on aurait cru que c'était un autre homme, tellement il ressemblait peu à l'ancien Siljan.

Les jours et les mois passèrent, et les hommes de l'île se préparèrent à repartir vers leur village natal. Ils se métamorphosèrent en cigognes, suspendirent une bouteille d'eau-des-hommes au cou de Siljan, afin qu'il puisse reprendre sa forme humaine lorsqu'il arriverait chez lui, et s'envolèrent. Ils volèrent pendant trois jours et trois nuits, puis ils se reposèrent et repartirent, jusqu'à ce qu'ils atteignent leur but – le village Konjare. Lorsque Siljan vit au-dessous de lui son village natal, il se sentit tellement impatient qu'il descendit en piqué et qu'il brisa le flacon sur une pierre – il n'avait plus d'eau-des-hommes. Comme il ne pouvait pas reprendre sa forme humaine, il fut obligé de rester cigogne. Il vola jusqu'à la cheminée de sa maison mais une famille de cigognes y avait déjà construit son nid et il dut se chercher un autre nid. Il le construisit sur le vieux poirier dans la cour, et perché là-haut, il passait ses journées à observer sa famille qui travaillait et s'activait.

Il descendit de l'arbre dans la cour, pour être plus proche d'eux, et sema la panique parmi les agneaux de son fils. Celui-ci jeta une pierre à la cigogne et l'attrapa même par une patte en criant: «Maman, je vais attacher cette cigogne et jouer avec elle.» «Laisse donc la cigogne en paix, mon fils, elle ne t'a rien fait. Pourquoi lui faire du mal?»

Lorsque le grand-père partait labourer les champs avec son petit-fils la cigogne les suivait, restant toujours à quelques pas du petit garçon et se pavanant derrière eux dans les sillons. Et le petit garçon ne quittait pas l'oiseau des yeux: «Tu vois, grand-père, c'est notre nouvelle cigogne. Elle nous suit partout.» Il se retournait tout le temps pour voir si la cigogne était encore là, et oubliait complètement de faire avancer les bœufs. Le grand-père finit pas se fâcher et menaça la cigogne de son bâton pour la chasser. Le bâton lui échappa des mains et blessa la cigogne à la patte. Le soir, Siljan se tenait dans son nid sur sa seule patte valide et il entendit sa famille le plaindre, et le grand-père répéter qu'il n'avait pas voulu lui faire de mal.

Lorsque sa sœur vint s'asseoir dans la cour pour enfiler un collier de perles de verroterie et se faire un collier, Siljan ramassa un brin de ficelle qu'elle avait laissé tomber et l'emporta dans son nid. Lorsque sa femme s'assit dans la cour pour garnir d'un galon sa robe noire de veuvage, il emporta subrepticement une bobine de galon dans son nid en guise de souvenir. Sa sœur se maria, tous se réjouirent, burent et dansèrent, seuls sa femme et son fils, dans leur coin, pleuraient le mari et le père qu'ils avaient perdus. Et là-haut, dans son nid, Siljan pleurait à chaudes larmes. A l'automne, Siljan retourna avec les autres cigognes sur l'île, où ils vécurent et travaillèrent jusqu'au printemps, après avoir repris leur forme humaine, avant de s'envoler à nouveau sous forme de cigognes. Siljan avait solidement attaché une bouteille remplie d'eau-des-hommes autour de son cou et cette fois-ci, il fit bien attention. Il atterrit très doucement dans la cour, s'aspergea avec l'eau-des-hommes et entra dans la maison. Le chien s'apprêtait à aboyer, il le calma: «Allons, allons, on n'aboie pas quand son maître revient à la maison!» Sa famille reconnut sa voix et tous se précipitèrent vers lui.

Ah, quelle joie ! Ils s'étreignaient et s'embrassaient, ils n'en finissaient pas de se raconter des histoires. Même les voisins étaient venus, et tous buvaient à la santé de celui qui était enfin de retour. Seul Siljan ne touchait pas à son verre. Et tout le monde s'en réjouit encore davantage. Siljan leur raconta son histoire, mais elle était tellement invraisemblable que personne ne voulut le croire. Ce n'est que lorsqu'il grimpa sur le poirier et qu'il ramena le bout de ficelle et le galon qu'il avait cachés, et qu'il leur raconta en détail comment son père l'avait par mégarde blessé à la patte qu'ils furent enfin convaincus.

Et comme il reprit avec eux une vie pleine de sagesse, qu'il travaillait bien, qu'il s'occupait de sa famille et qu'il ne buvait plus, ils acceptèrent également de croire qu'il était devenu meilleur. A partir de ce jour, ils traitèrent les cigognes avec respect et firent attention de ne plus abîmer leurs nids.

LES CHEMINS
SOUS LES MERS

Les enfants sont les enfants. Qu'ils soient petits ou grands, bêtes ou intelligents, paresseux ou travailleurs, ils désobéissent de temps en temps. Sinon, ce ne seraient pas des enfants. Et les mères sont les mères. Même si elles s'éreintent pour leurs enfants du matin jusqu'au soir, même si elles sont capables de donner leur vie pour eux, même si leur mansuétude et leur indulgence sont infinies – de temps en temps, elles perdent patience. Sinon, ce ne seraient pas des mères.

Un jour, le roi Salomon lui-même, alors qu'il était enfant, agaça tant sa mère qu'elle se fâcha tout rouge. Personne ne sait plus de quoi il retournait au juste, mais ce qui est certain, c'est que sa mère, dans sa colère, leva en l'air ses bras dans un geste théâtral et s'écria: «Le sage Salomon ne mourra pas avant d'avoir touché le fond de la mer et la voûte des cieux!»

Durant son enfance, Salomon ne se soucia guère de cette malédiction. Mais plus tard, elle lui revint souvent en mémoire. Il était déjà vieux et attendait la mort comme une délivrance. Il était las de vivre; tout lui faisait mal; les hommes ne tiraient jamais parti des leçons de la vie et recommençaient toujours les mêmes erreurs – que faisait-il encore sur cette terre? Mais la malédiction de sa mère était toujours là, qui le poursuivait.

Il fit forger un énorme caisson en fer et une lourde chaîne, tellement longue qu'elle touchait le fond de la mer. Après avoir attaché la chaîne, il prit place dans le caisson. Sa femme ferma le couvercle, jeta la caisse dans la mer en tenant la chaîne à la main. Elle devait, lorsque la caisse aurait touché le fond de la mer, la remonter à la surface en tirant sur la chaîne. Mais comme elle était aussi bête que Salomon était sage, elle écouta ceux qui lui disaient que Salomon devait avoir depuis longtemps rendu l'âme, car aucun homme ne pouvait résister à une telle épreuve – rester enfermé aussi longtemps dans une caisse qui, de plus, se trouvait au fond de la mer. Elle lâcha donc la chaîne et retourna chez elle. Quant à Salomon, il était dans sa caisse au fond de la mer, et se torturait les méninges pour essayer de comprendre pourquoi les imbéciles, au lieu d'écouter le sage, n'écoutent que leurs semblables.

Et il serait encore au fond de la mer si trois diables n'avaient pas eu besoin de lui demander conseil. Ils descendirent jusqu'au fond de la mer pour que le roi Salomon leur dise comment ils devaient se partager le bâton, le chapeau et le manteau d'un saint, qu'ils avaient trouvé sur un chemin. Salomon répondit de l'intérieur de sa caisse: «Comment pourrais-je faire l'arbitre, alors que je ne peux voir ni les parties en présence, c'est-à-dire vous, ni les objets de votre litige?» «Attends, nous allons te ramener à terre», dirent les diables, et c'était justement ce que voulait Salomon. Une fois sur la terre ferme, il sortit de la caisse; il fit trois signes de croix et les diables retournèrent en enfer.

Il avait donc touché le fond de la mer, il lui restait maintenant à toucher la voûte des cieux. Il captura deux autruches et les priva de nourriture à tel point qu'elles se seraient presque entre-dévorées tellement elles avaient faim. Puis il les attela, leur attacha une corbeille sous le ventre, grimpa dedans, et leur tendit devant le bec un long bâton au bout duquel pendait un agneau rôti. Les oiseaux affamés tendirent le cou dans l'espoir d'attraper cet appétissant repas, et dans leur élan, ils s'envolèrent, toujours plus haut, jusqu'à ce que le roi Salomon touche la voûte des cieux de son bâton. Alors, il abaissa son bâton, et les autruches redescendirent vers le sol, jusqu'à ce que le bâton s'enfonce dans la terre. Sous le choc, le roi Salomon tomba de la corbeille, mais il était heureux d'avoir enfin accompli son destin. Quant aux autruches, elles faisaient claquer leur bec avec colère, car malgré tout le mal qu'elles s'étaient donné, elles n'avaient toujours rien pu manger.

Le roi Salomon, le plus sage d'entre les sages, put enfin mourir en paix. Mais il dut reconnaître qu'en proférant sa malédiction, sa mère l'avait vraiment bien puni.

À LA RECHERCHE
DU PÈRE

Il y a très longtemps vivaient un homme et une femme qui avaient une hutte, mais pas d'enfant. Un jour la femme sut qu'elle attendait un enfant. Elle annonça la bonne nouvelle à son mari, et celui-ci, fou de joie, lui promit d'exaucer tous ses souhaits. «Je veux un bon repas», dit la femme. Son mari lui répondit: «Tu n'as qu'à me dire ce que veux et je te l'apporterai.» Mais quand la femme lui demanda des œufs, son mari sursauta. «Tu sais bien que dans notre pays, une femme qui attend un enfant n'a pas le droit de manger des œufs.» «Mais moi, je ne veux rien manger d'autre», insista la femme. «Ils ont de si belles couleurs, et j'aime tant l'oiseau qui les pond. Le plumage de son ventre est gris clair comme une fumée légère, son dos et sa queue sont aussi noirs que du charbon de bois. Et ses ailes sont rayées de gris comme un ciel de soleil couchant. Il a un bec noir et des pattes rouges. Et il a aussi une huppe, une huppe grise!» Tout excitée de bonheur, la femme tapait dans ses mains et continuait de parler de l'oiseau avec enthousiasme. Mais le visage de son mari, qui était sombre comme le charbon de bois, devint subitement couleur de cendre. «Tais-toi, femme!» cria-t-il, saisi d'une peur mortelle. «En plus, l'oiseau dont tu parles est sacré!»

Mais la femme avait une telle envie de manger ces œufs qu'elle en tomba malade. Alors, l'homme se mit en route et arriva au bord d'un lac. Au milieu du lac se trouvait une petite île; sur cette île il y avait un arbre, et sur cet arbre se trouvait le nid de l'oiseau gris et noir. L'homme parvint jusqu'à l'île en marchant sur les rochers qui affleuraient à la surface de l'eau, et il grimpa sur l'arbre. Il espérait de toute son âme que le nid était vide. Mais il y avait bel et bien quatre œufs dedans, d'un bleu délicat et transparent comme le bleu du ciel lorsque le jour vient à peine de se lever, et mouchetés de petits points bruns et rouges, comme de minuscules bouts d'écorce. L'homme tendit la main en soupirant vers le nid pour prendre les œufs, mais à ce moment, son pied glissa, peut-être pour le punir, et l'homme tomba dans le lac, où un crocodile le dévora. Peut-être en guise de châtiment.

Peu de temps après, la femme mit au monde des triplés, tous des garçons. Elle leur donna des noms étranges: le premier s'appelait Rapporteur, le deuxième Assembleur et le troisième Résurrecteur. La mère ne savait certainement pas, elle non plus, pourquoi de tels noms lui étaient venus à l'esprit. Elle pleurait la perte de son mari et se reprochait amèrement d'avoir causé sa mort.

Les garçons, en grandissant, lui demandèrent ce qui était arrivé à leur père. Et la mère leur raconta la vérité, qu'il était parti avant leur naissance chercher les œufs de l'oiseau sacré et qu'il n'était pas revenu.

«Mais il est interdit de voler les œufs de l'oiseau sacré!» s'écrièrent les fils. «Il est certainement mort d'avoir commis ce péché.»

«S'il a fait quelque chose d'interdit, c'est à cause de moi, parce que je le lui avais demandé. Et aussi à cause de vous, que je portais dans mon ventre», leur dit la mère en pleurant. «C'était un homme qui avait bon cœur.»

«Nous allons partir à sa recherche», dirent les garçons, et ils marchèrent jusqu'au lac. Ils virent l'île, l'arbre sur l'île, et sur l'arbre, le nid. Un oiseau gris et noir était perché sur le nid, ses pattes étaient d'un rouge lumineux et il portait une huppe hérissée sur sa tête. Il y avait une enclave profonde dans l'île si bien que le lac arrivait jusque sous l'arbre. Ils marchèrent jusqu'à l'île en sautant de rocher en rocher; Rapporteur plongea, nagea dans l'eau jusque dans la profondeur de la grotte qui prolongeait l'enclave; il réunit tous les ossements de son père et les rapporta sur l'île. Assembleur assembla tous les ossements et Résurrecteur insuffla la vie au squelette, comme le fait le vent quand il souffle dans les branches de palmier.

Le père était revenu à la vie et il était tellement heureux qu'il voulut absolument exaucer le premier souhait de ses fils. «Offre-nous un veau à manger!» lui demandèrent-ils.

Le père les envoya au village, pour qu'ils apportent aux gens la nouvelle de sa résurrection, et, lorsqu'il arriva à son tour, il tua un veau, le rôtit et offrit la viande à ses fils. Mais ses fils lui dirent: «Père, il manque encore quelqu'un. Accompagne-nous à la maison». Et ils le conduisirent dans la hutte. La mère bredouilla en sanglotant: «Je vous ai préparé des légumes et des feuilles fraîches sur lesquels vous pourrez poser votre viande. Venez et régalez-vous!» Quant à elle, elle s'assit dans un coin. Alors, le père lui dit: «Viens, femme, et mange avec nous, pour que nous soyons tous ensemble!»

Le repas se déroula dans la joie, et tous étaient satisfaits et heureux. La mère ne profita plus jamais du bon cœur de son mari et ne lui demanda plus jamais de faire quelque chose qu'il n'approuvait pas.

Il y a longtemps, très longtemps, vivait à Imaklika le doyen du village. Il avait
une sœur, une femme et un seul enfant, un petit garçon. Les Esquimaux aiment
beaucoup les enfants. Les autres familles avaient beaucoup d'enfants, mais dans
l'igloo du doyen du village, il n'y avait qu'un seul enfant.

Le père allait chaque jour dans les rochers chasser les poules volantes. Ces
animaux ne sont pas des poules, mais plutôt des poissons volants qui bondissent
au-dessus de la mer et volent de vague en vague. Et le père les attrapait. Lorsqu'il
en avait capturé une, il l'accrochait à sa ceinture, très fier de sa prise. C'était
très joli à voir, car les poules volantes avaient des nageoires aux couleurs si vives
et si chatoyantes qu'on ne pouvait imaginer de plus belle parure.

Quant au jeune garçon, son seul enfant, il préférait rester sur la plage. Lorsque
la mer se retirait, elle abandonnait sur le sable du varech et des crabes, une
multitude de petits crabes avec lesquels il jouait. Mais, un jour, parmi tous les
crabes, il aperçut un crabe vraiment particulier, un grand crabe qui se hâtait
de regagner la mer. Au moment où le jeune garçon allait le rattraper, il se sentit
comme poussé malgré lui à tendre la main vers le crabe. Ce dernier lui saisit la
main avec sa pince et la serra fermement, si fermement que le jeune homme,
malgré tous ses efforts pour se dégager, ne put empêcher le crabe de l'entraîner
dans la mer.

Le soir, le jeune garçon ne rentra pas à la maison. Ses parents l'attendirent
longtemps avant d'aller dormir. Mais, le lendemain matin, il n'était pas revenu, et
ses parents étaient très inquiets. Le père avait la gorge serrée et n'arrivait plus
à avaler une bouchée. Il allait sans cesse sur la plage et appelait le jeune garçon.
Seul le bruit des vagues lui répondait, le vent aussi murmurait à ses oreilles, et
les mouettes ricanaient. Mais nulle part il n'entendait la voix de son fils.

Le doyen du village cria très fort le nom de son fils. Il était en colère contre la
terre, car son fils n'y était pas. Il était en colère contre la mer, car elle lui avait
pris son fils. «Moi aussi, je vais y aller», dit-il en défiant du regard l'immensité
de la mer.

«Ne fais pas cela!» lui dit sa sœur. Elle aimait son frère plus que tout, et son
frère l'aimait aussi. Sa sœur devinait toujours les idées qui lui trottaient dans la
tête. «Quelle idée!» lui dit-elle. «Tu vas tomber malade si tu entres dans cette
eau glaciale.» Il s'en retourna avec elle dans son igloo, où il faisait chaud, car
c'était un bon igloo.

Il attendit la nuit, et, lorsque tous furent endormis, il se glissa dehors et se
dirigea vers la mer. Il fallait qu'il aille chercher son fils dans la mer. L'eau était
glaciale, elle lui piquait le corps comme mille aiguilles de glace. Elle atteignait
déjà son menton. Il sentit alors sous ses pieds un sol plus ferme, comme s'il y
avait là un chemin déjà tracé. Et il suivit ce chemin, pendant très longtemps, en
appelant de temps en temps son fils.

Tout à coup, il vit devant lui une pierre plate qui semblait flotter sur la mer. Il grimpa sur la pierre et continua à appeler son fils. Il était fatigué, fatigué depuis l'instant où il s'était aperçu de la disparition de son fils, depuis que les soucis et la tristesse lui avaient coupé l'appétit. Il entendit soudain des voix qui montaient du fond de la mer, une multitude de voix. C'est alors qu'une vague balaya le rocher et l'emporta sous l'eau. Il y avait là une grande échelle, et il la descendit.

Il arriva dans un village qui ressemblait tout à fait au sien, si ce n'est que les huttes se trouvaient sous la terre. Et le village entier était sous l'eau, sous la mer.

Un homme aquatique était assis devant l'une des huttes: «Que fais-tu donc ici?» lui demanda-t-il. «Ton bateau a-t-il fait naufrage?» «Non, je n'ai pas fait naufrage, je cherche mon fils. C'est mon fils unique», lui dit le doyen du village d'un air malheureux. «Au milieu du village, tu verras une grande hutte. Le crabe, seigneur des mers, y habite. Chez lui, tu trouveras ton fils.»

Le père se rendit là où on lui avait dit d'aller. C'était vraiment une grande hutte et, au milieu de la hutte, était un géant. Sa chevelure, très longue et abondante, lui recouvrait le visage. Il était absolument hirsute. «Que viens-tu faire ici?» lui demanda le seigneur de la mer. «Je suis venu chercher mon fils, qui est mon fils unique.» «Il est venu ici de son plein gré, pourquoi diable te le rendrais-je?» bougonna le seigneur de la mer.

Le père regarda autour de lui dans la hutte. A l'étage supérieur, il vit deux jeunes garçons assis qui l'observaient. L'un d'eux était son fils. «Je te donnerai tout ce que tu veux en échange de mon fils», dit précipitamment le doyen du village. «Je n'ai besoin de rien et ne te rendrai rien», hurla le seigneur de la mer.

Le père lui proposa un manteau en peau de renne, un bonnet en fourrure de renard et des chaussures en peau de phoque, un couteau en os, une lampe à huile et un harpon. Il lui offrit bien d'autres choses encore, tout ce qui lui venait à l'esprit, et tout ce qu'il avait chez lui. Mais le seigneur des mers n'en voulait pas et il lui répondait d'un air méchant: «Je l'ai déjà. Je n'en veux pas. Je ne te rendrai rien.»

Tout à coup, le père eut une idée: «Je te donnerai toutes mes poules volantes. je les garde toujours avec moi. Regarde! Jamais je ne m'en sépare. Pourtant, je te les donnerai si tu me rends mon fils.» Le seigneur de la mer regarda les poules volantes et demanda l'avis de ses gens: «Qu'en pensez-vous? Est-ce que cela vous plaît?» Tout le monde admirait les poules volantes et prétendait n'avoir jamais rien vu d'aussi beau. Le seigneur de le mer fut soudain irrité par l'intérêt général qu'éveillaient ces animaux, car il les voulait pour lui tout seul. «Habille-toi», dit-il au fils du doyen du village. «Et toi, apporte-moi tes poules volantes», fit-il à l'adresse du père. Le fils s'habilla en un tournemain, ainsi que son compagnon. Puis, tous trois s'en allèrent, le doyen du village, son fils et le jeune garçon.

En traversant le village aquatique, ils rencontrèrent à nouveau l'homme des mers qui avait indiqué au père où trouver son enfant. «Fermez les yeux, creusez trois trous, et vous serez chez vous», leur conseilla-t-il.

Ils firent ce qu'il leur avait dit et se retrouvèrent à Imaklika. Ils vécurent ensuite dans le bonheur et dans la joie, le père, son fils, avec leur nouveau compagnon. Quant au seigneur de la mer, il restait assis au fond de la mer, dans sa hutte, et ne se lassait pas de contempler ses poules volantes.

LA VÉRITÉ
DE L'ARAIGNÉE

Aux temps jadis, les animaux, eux aussi, vivaient dans des villages, de même que les hommes. Un jour, il y eut une telle sécheresse qu'on ne distribuait plus l'eau qu'au compte-gouttes, et que tous étaient presque morts de soif. L'araignée et ses petits souffraient, eux aussi, de la soif. Elle décida donc, un beau matin, que cela ne pouvait continuer et qu'il fallait qu'elle fasse quelque chose. Elle ne mit pas longtemps à trouver une idée. Dans la forêt vierge, il y avait un étang rempli d'une eau fraîche et claire comme le cristal. Mais personne n'osait y aller, car c'était là qu'habitaient aussi les mauvais esprits, qui mettaient en pièces tous ceux qui essayaient de boire de son eau.

«On dit qu'il y de l'eau là-bas, est-ce bien la vérité?» se demandait l'araignée. «Et si c'est vrai, y a-t-il quelqu'un qui puisse nier que je suis plus maligne que tous les mauvais esprits? Bien sûr que non!» Elle saisit sans plus tarder deux calebasses reliées par une ficelle, comme celles que les enfants portent sous les bras lorsqu'ils vont se baigner, et creusa un petit trou dans chacune d'elles. Et elle s'en alla sans plus attendre vers le lac.

Lorsqu'elle arriva, le village des esprits était comme mort, seuls deux enfants-esprits montaient la garde. L'araignée leur dit: «Regardez comme je suis sale! Je vous en prie, permettez-moi de me baigner dans l'étang pour que je me lave un peu.» Les enfants-esprits n'avaient rien contre, mais ils interdirent à l'araignée d'emporter une seule goutte d'eau.

«Vous pouvez me faire confiance», leur promit l'araignée tout en nageant et en batifolant dans le lac. Tandis qu'elle s'amusait dans l'eau, les calebasses se remplissaient peu à peu, et, lorsqu'elles furent pleines, l'araignée sortit de l'étang et rentra chez elle, satisfaite. Comme ses enfants étaient heureux de pouvoir enfin boire à satiété! «J'ai bien fait de vérifier que c'était la vérité!» se dit l'araignée, et elle savait qu'à l'avenir, elle saurait toujours où trouver de l'eau.

Au village, les autres animaux se rendirent bien vite compte, évidemment, que l'araignée avait de l'eau, et ils lui demandèrent où elle l'avait trouvée. «Il faut que vous trouviez vous-mêmes la vérité», dit l'araignée, sans en dire davantage. Mais la hyène décida de jouer un vilain tour à l'araignée. Elle prit un œuf dans sa gueule et le coinça contre sa joue. Alors, elle alla voir l'araignée et lui dit: «Chère voisine, j'ai terriblement mal aux dents. Arrache-moi donc cette dent malade.» Et lorsque l'araignée, qui était une personne serviable, plongea sa main dans la gueule de la hyène, celle-ci referma les dents et lui dit mécham-

ment:«Si tu ne me dis pas où tu as trouvé de l'eau, je te coupe la main.» L'araignée fut obligée de parler, et elle proposa même à la hyène de l'accompagner jusqu'au village des esprits.

Mais la hyène était insatiable. Elle trouvait les calebasses trop petites et se
procura deux grandes boules creuses en terre cuite pour ramener l'eau. Après

les avoir reliées par une ficelle et creusées d'un petit trou, elle se mit en route avec
l'araignée.

Arrivée près de l'étang, l'araignée demanda aux deux enfants-esprits, qui
montaient toujours la garde, si elle-même et la hyène pouvaient se baigner. Les
jeunes esprits acceptèrent cette fois encore, à la condition que l'araignée et la
hyène n'emportent pas une seule goutte d'eau. Elles nagèrent et batifolèrent
dans le lac. Les calebasses de l'araignée furent bientôt remplies, elle sortit de
l'eau et rentra rapidement chez elle.

Mais les grosses boules de terre cuite de la hyène se remplissaient très lentement,
et, lorsqu'elle voulut sortir de l'eau, elle se prit les pattes dans la ficelle, si bien
qu'elle n'arrivait pas à sortir de l'eau, malgré tous ses efforts. Lorsque les enfants-
esprits virent qu'il y avait quelque chose d'anormal, ils se dépêchèrent d'aller
avertir leurs parents-esprits.

La hyène dans le lac gémissait lamentablement, et comme la peur lui avait
fait perdre la tête, elle laissa échapper: «Nous voulions simplement ramener de
l'eau, et me voilà prisonnière!» Quand les esprits entendirent cela, leur colère
fut terrible. Ils coupèrent la ficelle, brisèrent les boules en terre cuite et adminis-
trèrent une bonne râclée à la hyène. Celle-ci réussit de justesse à sauver sa vie et

s'enfuit dans la forêt vierge. Et depuis ce jour, on ne l'a plus jamais revue dans le village.

L'araignée, elle, était très fière d'être la seule à posséder la vérité. Et lorsque la saison sèche fut terminée et qu'il se remit à pleuvoir, elle décida de s'en aller avec sa vérité dans le vaste monde. Elle prit une des calebasses, agrandit le trou, et cria à l'intérieur: «Vérité!» Puis, elle posa la calebasse sur sa tête, comme le font les femmes lorsqu'elles portent quelque chose, et se mit en route. Et tout en marchant, elle se disait: «Si je porte la vérité sur la tête, cela signifie aussi qu'elle m'appartient et que personne d'autre ne peut la détenir!»

Au premier ruisseau qu'elle croisa, elle vit des bananes magnifiques qui se reflétaient dans l'eau. L'araignée plongea aussitôt dans le ruisseau, mais elle n'y trouva pas de bananes. Elle sortit de l'eau, et, une fois debout, elle vit à nouveau les bananes dans le ruisseau. Elle plongea encore et encore jusqu'à ce qu'elle soit à bout de souffle. Epuisée, elle s'allongea près du ruisseau, dans l'herbe, et ôta la calebasse de dessus sa tête. Et que vit-elle, tandis qu'elle levait les yeux? Les bananes étaient au-dessus d'elle, accrochées aux branches d'un arbre, et elle ne s'en était pas aperçue, à cause de la calebasse sur sa tête.

Alors, elle brisa avec colère la calebasse en mille morceaux, tout en s'interrogeant: «Est-ce que j'avais la vérité sur la tête? Et même si c'est vrai! La vérité sur ma tête était-elle vraiment la seule et unique vérité? Certainement pas!»

L'araignée avait enfin compris qu'en ce qui concerne la vérité, rien n'est simple.

COMMENT LE VACHER PARTIT
VERS LE NORD

Il était une fois un vacher qui n'avait plus personne au monde, excepté une méchante belle-mère. Elle l'obligeait à partir aux aurores dans la prairie pour garder les vaches et ne lui donnait pour toute la journée qu'un morceau de pain sec. Chaque jour, il emmenait les vaches à travers la forêt jusqu'à une verte clairière, où l'herbe, même par grande chaleur, restait fraîche comme la rosée sous l'ombre des arbres. Un jour pourtant, le vacher vit un endroit où l'herbe était foulée et toute desséchée, et lorsqu'il approcha, il vit une montre en verre qui brillait au soleil. Le jeune vacher la ramassa et joua toute la journée avec elle, et il en oublia même qu'il avait faim.

Comme le soleil baissait à l'horizon et qu'il ramenait son troupeau à l'étable, il rencontra en chemin un petit homme qui lui souhaita le bonsoir et lui dit: «Ah, rends-moi ma montre, je l'ai perdue dans la clairière. En échange, je te donnerai une belle récompense.» Le jeune garçon demanda au petit homme de lui laisser la montre, car il voulait en faire cadeau à sa belle-mère. Peut-être serait-elle ainsi plus gentille avec lui, peut-être ne le laisserait-elle plus souffrir de la faim. Mais le petit homme était tellement triste à l'idée de perdre sa montre que le vacher préféra la lui rendre. Comme il rentrait très tard, ce soir-là, sa belle-mère lui fit une scène. «Tu trouveras de la bouillie de gruau dans la marmite, mais maintenant elle est froide, et ensuite, au lit, pour que tu sois réveillé tôt demain matin!» maugréa sa belle-mère. Le garçon se recroquevilla sur son sac de paille et rêva toute la nuit de la montre.

Les glapissements de sa belle-mère le réveillèrent avant même le lever du jour, et il partit avec ses vaches, le ventre creux, avec un bout de pain sec dans la poche. Dans la clairière, l'herbe avait encore été piétinée, et il trouva une paire de minuscules pantoufles en verre. Il ne se lassait pas de les regarder et joua avec elles toute la journée.

Lorsqu'il rentra le troupeau, le soir venu, il rencontra une minuscule et ravissante jeune fille qui le salua et lui demanda ses petites pantoufles, qu'elle avait perdues dans la clairière. En échange, elle lui promit une forte récompense. Il aurait vraiment aimé garder les petites pantoufles pour les donner à sa belle-mère contre un peu de nourriture, mais quand il vit le visage attristé de la jeune fille, il préféra les lui rendre. Lorsqu'il arriva en retard à la maison, sa belle-mère était d'une humeur massacrante. «Il y a de la bouillie dans la marmite, et ensuite, au lit, pour que tu sois réveillé tôt demain matin!» Le garçon se recroquevilla sur son sac de paille et rêva toute la nuit de la petite jeune fille et de ses adorables petites pantoufles de verre.

«Debout, garnement! Veux-tu laisser les vaches mourir de faim?» lui cria sa belle-mère pour le réveiller, avant même le lever du jour. Elle le mit dehors avec ces mots: «Un vaurien comme toi ne mérite pas de pain!» Cette fois-ci, l'herbe de la clairière était piétinée comme si quelqu'un y avait dansé toute la nuit. Tout à coup, le jeune garçon heurta du pied une clochette en verre. Il la ramassa et joua avec elle, et le son de cette clochette était tellement charmant que toutes les vaches approchèrent et dansèrent autour de lui.

Sur le chemin du retour, il rencontra un minuscule petit vieux qui le salua et lui demanda de lui rendre la clochette, mais le vacher refusa, en disant que les deux premiers lui avaient promis une forte récompense et qu'ils n'avaient pas tenu parole. «Donne-moi au moins une récompense!» dit-il enfin. «Je vais te donner beaucoup plus», répondit le vieux. «Je suis le roi des elfes, tu n'as qu'à faire trois vœux et ils seront exaucés!»

Le vacher se réjouit et souhaita ni plus ni moins être roi, vivre dans un grand château, et épouser une belle princesse. «Bien», répondit le roi des elfes. «Va vers le nord sans jamais t'arrêter jusqu'à ce que tu arrives à un grand château. Là, tu trouveras un sifflet en os, et si tu es en danger, siffle dedans. Tu peux même siffler une deuxième fois. Mais la troisième fois, le sifflet se brisera, et je te viendrai en aide.» Le vacher remercia le roi des elfes et ramena les vaches à l'étable. Le soir, pour seul repas, il reçut des coups. Il se recroquevilla sur son sac de paille et s'endormit.

Juste après minuit, il se leva sans faire de bruit et partit vers le nord. Le soleil se coucha deux fois, et le troisième jour, il arriva devant un grand château royal. Il alla tout droit dans la cuisine du château et demanda s'il n'y avait pas de travail pour lui. «Notre roi cherche un vacher, mais pas n'importe quel vacher: il faut que ni le loup ni l'ours ne réussissent à voler un seul animal du troupeau!» répondit le chef-cuisinier. «Je n'ai encore jamais perdu une vache», assura le jeune garçon, et il resta.

Chaque matin, il emmenait le troupeau dans les prés, et chaque soir, il le ramenait à l'étable. Il s'était aperçu en chemin qu'une jolie jeune fille le regardait, derrière une fenêtre du château. Jour après jour, la fenêtre s'ouvrait à chaque fois qu'il passait et la jeune fille l'écoutait chanter. Quelque temps plus tard, elle lui apporta un mouton à garder. Ils devinrent bientôt amis. Ce ne fut que lorsqu'il entendit les gens du château se lamenter et se plaindre de la disparition de la fille unique du roi qu'il comprit avec qui il s'était lié d'amitié.

Les princes et les nobles gentilshommes partirent à cheval dans toutes les directions pour retrouver la princesse. Mais tous rentraient bredouilles, ou bien n'osaient même pas se présenter devant le roi, que le chagrin faisait grisonner. Le jeune vacher rêvait chaque soir de sa belle amie, et toutes ses pensées allaient vers elle. Un jour, le roi des elfes lui apparut en rêve et lui dit: «Vers le nord! Va vers le nord, et tu trouveras ta princesse.»

Il se mit en route avec la permission du roi, sous les quolibets de toute la cour. Il marcha pendant des jours et des jours, tellement longtemps qu'il ne savait même plus depuis quand il était parti. Il arriva alors devant la mer, et au milieu de la mer, il vit une île, et sur cette île, un château, beaucoup plus grand que le château de son roi.

Mais comment aller là-bas? Il se souvint alors du sifflet en os, et il souffla dedans. A cet instant, le petit homme à qui il avait rendu la montre en verre apparut devant lui et se transforma en un gros poisson. Il prit le jeune garçon sur son dos et l'emporta sur l'île.

Arrivé au château, il demanda s'il n'y avait pas de travail pour lui, et il reçut la réponse suivante: «Notre géant cherche un vacher, mais pas n'importe quel vacher: il faut qu'il soit assez fort pour que ni le loup ni l'ours n'arrive à voler une seule bête du troupeau!» Il accepta. Tous les matins, il conduisait le troupeau dans les prés, et tous les soirs, il le ramenait à l'étable. Et tout au long de sa route, il gardait les yeux fixés sur la haute tour du château, à la fenêtre de laquelle se trouvait une très belle jeune fille – la princesse disparue. Elle lui fit savoir d'un geste qu'il ne fallait dire à personne qu'ils se connaissaient.

Chaque soir, le géant sautait dans son bateau et faisait trois fois le tour de l'île pour s'assurer qu'aucun intrus n'essayait de s'y introduire. La princesse profitait de cette heure d'absence pour chanter de sa fenêtre:

«*La nuit est sombre*
Sans la lueur des étoiles,
Viens jusqu'à moi,
Et je serai à toi.»

Le vacher entendit la chanson et comprit son sens: il fallait qu'il enlève la princesse. Il se posta sous la fenêtre et chanta doucement:

«La nuit est sombre
Sans la lueur des étoiles,
Attends-moi,
Je te ramènerai bientôt chez toi.»

Puis il souffla dans le sifflet et demanda l'aide du roi des elfes. Il traversa le portail sans être obligé de l'ouvrir, traversa la porte sans être obligé de la pousser, et se trouva devant la cage où la princesse était retenue prisonnière. Le cadenas sauta de lui-même, les chaînes se brisèrent toutes seules, et tous deux se retrouvèrent près de la mer. Le petit elfe était déjà là qui les attendait. «Je vais vous emmener de l'autre côté de la mer, sur la terre ferme, mais il ne faut pas que la princesse ait peur», dit-il. Il se métamorphosa en énorme brochet, les prit sur son dos et fendit la mer comme une flèche.

Mais entre-temps, le géant était rentré, et lorsqu'il vit que la princesse s'était enfuie, il sauta dans son bateau et ne mit pas longemps à rattraper les fugitifs. Le brochet plongea aussitôt sous l'eau, mais la princesse prit peur – et le pouvoir magique de l'elfe s'évanouit. Le géant les captura tous deux, enferma le jeune homme dans un cachot à cinquante brasses sous terre et la princesse retourna dans sa cage. Et le lendemain, il fit annoncer qu'il allait épouser la princesse.

Le vacher commençait déjà à désespérer quand il se rappela qu'il avait encore le sifflet en os, et il le brisa. A cet instant, le roi des elfes apparut devant lui et lui dit: «Je suis venu t'aider pour la dernière fois.» Il le fit passer à travers toutes les portes cadenassées, sans les ouvrir, à travers tous les murs comme s'ils n'existaient pas, jusqu'à la forge du château. Là, le roi des elfes attisa le feu, brûla tous les vieux habits du jeune homme et lui forgea une armure en or. Puis, il lui mit un sabre dans les mains et dit: «Avec ce sabre, tu vaincras tous ceux qui t'attaqueront, et cette armure te protégera de tous les coups, même des plus rudes!»

Ensuite, le roi des elfes le fit passer à nouveau à travers toutes les portes et tous les murs jusqu'à ce qu'ils arrivent dans la salle du mariage. Les musiciens jouaient avec entrain; le géant et sa suite semblaient de la meilleure humeur. Mais la princesse pleurait à chaudes larmes; des larmes tellement chaudes qu'elles étaient brûlantes comme le feu. A ce moment, le géant remarqua le chevalier à l'armure dorée et cria, hors de lui: «Encore un tour de ce lutin bouffon! Attends un peu, je vais bientôt te faire rendre ton dernier souffle!» Il se rua sur le chevalier qui brandit son sabre, et, à l'instant même, ce fut comme si une immense torche s'enflammait. La salle s'emplit d'un grand vacarme, tous s'enfuirent, terrifiés, et le géant s'effondra sur le sol, comme foudroyé.

Le jeune homme et la princesse se prirent par la main, sortirent du château et se dirigèrent vers la mer, où un bateau magique les attendait. Ils traversèrent la mer au plus profond des eaux. Et le voyage dura longtemps, longtemps... Les poissons et les sirènes les regardaient passer, bouche bée. Arrivés sur l'autre rive, ils continuèrent leur marche dans le pays, et furent bientôt arrivés chez eux.

On les accueillit avec des cris de joie, et on parle aujourd'hui encore de leur mariage. Ils montrent souvent à leurs enfants le sifflet en os et la clochette en argent que le roi des elfes leur a donnés comme cadeau d'adieu, mais ils ne leur permettent pas de s'en servir.

LES CHEMINS
DU CIEL

Il était une fois une mère et un père qui avaient trois fils. Un jour, Mrile, le fils aîné, accompagna sa mère dans les champs. Alors qu'ils étaient occupés à déterrer des tubercules à coups de pioche, Mrile dit tout à coup à sa mère: «Regarde, maman, comme ce tubercule est joli. On dirait un petit enfant.» «Depuis quand les tubercules ressemblent-ils à des enfants?» rétorqua sa mère en hochant la tête, et elle noua les plantes qu'ils avaient ramassées en une grosse botte, car il était temps de rentrer à la maison.

Mrile déposa prestement le tubercule dans un arbre creux, pour que sa mère ne le voie pas, et il murmura en utilisant une formule incantatoire: «Je te mets dans ce tronc d'arbre, enfant, désormais tu es à moi.» Lorsqu'il revint trois jours après, il y avait un petit enfant dans le tronc d'arbre.

A partir de ce jour, Mrile toucha à peine aux repas que sa mère lui donnait, et il portait en secret sa part de nourriture à l'enfant dans l'arbre creux. Ses parents s'étonnaient de le voir chaque jour plus maigre.

Un jour, les deux plus jeunes frères de Mrile le suivirent sans se faire voir, pour savoir de quoi il retournait. Quand ils rentrèrent à la maison, ils dirent à leur mère: «Il apporte ses repas à un petit enfant qui vit dans un arbre creux. Viens avec nous et tu verras que c'est vrai.» La mère les accompagna, plongea la main dans le tronc d'arbre, et en ressortit l'enfant. Il remuait et se mit à pleurer. La mère eut peur et le lança aussi loin qu'elle put. A ce moment, un tourbillon de vent emmena l'enfant, toujours plus haut, jusqu'au ciel. La mère hurla de peur et rentra chez elle en courant. Mais elle n'en dit rien à son fils.

Lorsque Mrile retourna près de l'arbre le lendemain, il ne trouva pas l'enfant. Mais il vit ses traces dans l'air, car l'enfant ne s'était pas envolé de son plein gré, et il avait essayé de s'accrocher à l'air lorsque le tourbillon l'avait emporté. Mrile rentra chez lui et pleura amèrement.

«Pourquoi pleures-tu?» lui demandèrent ses frères. «Je ne pleure pas, c'est à cause de la fumée qui me pique les yeux.» Ils lui donnèrent une autre place, mais là aussi, les larmes lui venaient aux yeux. Ils lui demandèrent à nouveau: «Pourquoi pleures-tu?» «Je ne pleure pas, c'est simplement cette fumée qui me pique les yeux.» Ils portèrent alors dans la cour la chaise paternelle et dirent à Mrile: «Assieds-toi ici et pense à quelque chose de beau.»

Il s'assit sur la chaise, fixa le ciel de ses yeux pleins de larmes et dit à la chaise: «Emporte-moi là-haut, comme la corde soulève le pot de miel lorsque mon père le suspend dans la forêt vierge. Emporte-moi là où le vent a emporté l'enfant que ma mère a rejeté.» Et au même instant, il s'envola très haut, toujours plus haut, dans le ciel.

Ses frères sortirent en courant de la hutte et s'écrièrent: «Mrile va au ciel!» La mère était restée dans la hutte. «Ne dites pas de bêtises, il n'y a pas de chemin qui mène au ciel!» répondit-elle. «Viens donc, et tu verras que c'est vrai!» Elle sortit, vit son fils aîné haut dans le ciel, et lui cria:

> *« Mrile, mon petit cœur,*
> *Arrête cette plaisanterie,*
> *Reviens vite près de ta mère!«*

Mrile regarda en bas et chanta:

> *« Je suis heureux et je suis gai,*
> *Plus jamais je ne rentrerai!»*

et il s'envola encore plus haut. Ses frères l'appelèrent aussi, et finalement, son père arriva et cria:

> *« Mrile, mon petit cœur,*
> *Ne nous fais pas peur*
> *Reviens vite près de ton père!»*

Et Mrile, qui était déjà très loin, répondit en chantant:

> *« Je suis heureux et je suis gai,*
> *Plus jamais je ne rentrerai!»*

Ses camarades accoururent, et son oncle aussi, tous l'implorèrent de rentrer, mais il leur répondait toujours la même chose, tandis qu'il s'envolait de plus en plus haut, jusqu'à ce qu'il disparaisse dans les cieux. Il arriva près de ceux qui ramassent le bois dans le ciel et leur cria: «Montrez-moi le chemin qui mène jusqu'au roi de la lune. C'est là-bas que se trouve l'enfant dont ma mère n'a pas voulu.» Mais ils lui répondirent: «Aide-nous d'abord un peu à ramasser du bois, et nous te montrerons le chemin.» Quand tout le bois fut ramassé, ils lui dirent de continuer à voler jusqu'à ceux qui labourent les champs.

Il reprit ainsi son vol jusqu'à ce qu'il rencontre les laboureurs et ceux-ci exigèrent qu'il laboure une partie du champ, puis ils l'envoyèrent chez les bergers. Il les aida quelque temps à garder le troupeau. Il vola ainsi de l'un à l'autre, des planteurs de haricots aux semeurs d'orge, des cueilleurs de banane aux porteurs d'eau, et chacun l'envoyait ailleurs, jusqu'à ce qu'il arrive enfin au but.

Là, il y avait des hommes qui ne savaient pas faire cuire leur nourriture. «Pourquoi ne cuisez-vous pas votre repas?» leur demanda-t-il. Ils se rassemblèrent tous autour de lui, le roi de la lune était là, lui aussi, et ils lui demandèrent ce que signifiait le mot «cuire».

«Ne connaissez-vous donc pas le feu? Je vais vous apprendre à en faire, mais que me donnerez-vous en échange?» dit Mrile. «Nous te donnerons des bêtes, des grandes et des petites», lui promit le roi de la lune, et tous se dépêchèrent de lui apporter de l'amadou.

Mrile prit un morceau de bois bien plat et une petite baguette, et il frotta la baguette en bois sur la planchette jusqu'à ce que des étincelles jaillissent et enflamment l'amadou. Lorsque le bois commença à brûler, il posa dessus des bananes vertes et les fit cuire, puis il rôtit de la viande sur le feu et tendit au roi ces plats odorants. Ils y goûtèrent, et tous étaient au comble de la satisfaction. Le roi ordonna à tous les hommes de son peuple d'apporter un présent pour remercier celui qui leur avait fait un si beau cadeau. L'un apportait une chèvre, l'autre une vache, et le troisième des provisions.

Mais personne ne savait rien de l'enfant.

Il décida alors de rentrer chez lui, mais il estima qu'il valait mieux envoyer à l'avance un messager qui annoncerait aux siens son retour, afin que sa famille se prépare à l'accueillir. Il appela les oiseaux les uns après les autres. Il demanda au corbeau: «Que diras-tu à ma famille?» «Krah, Krah», dit le corbeau. Et Mrile le chassa. Il interrogea le calao, et celui-ci lui répondit: «Ngaa-ngaa-ngaa», et il le chassa aussi. Puis il interrogea la grue, et elle répondit: «Kiak-kiak-kiak.» Il la chassa aussi. Il interrogea la buse. «Hiaa-hiaa», répondit la buse – et il la chassa elle aussi. Et quand il eut interrogé tous les oiseaux, il appela enfin la blanche colombe: «Quelle nouvelle apporteras-tu à ma famille si je t'envoie chez eux?» lui demanda-t-il, et la colombe répondit: «Je chanterai:

> *"Mrile vous fait savoir*
> *qu'il arrive dans deux jours*
> *il arrive après-demain,*
> *il est grand temps déjà, préparez le festin!"*

Voilà ce que je dirai quand j'arriverai chez toi.» Et elle s'envola, se posa dans la cour des parents et chanta son message. Le père sortit de la hutte et cria: «Que nous chantes-tu là, bel oiseau? Voilà déjà longtemps que Mrile a disparu.» Mais l'oiseau recommença à chanter et s'envola.

Mrile rassembla toutes les bêtes qu'on lui avait offertes, les grandes et les petites; c'était un très beau troupeau. Et il partit avec son troupeau. Mais le chemin était long, et après quelque temps, il se sentit fatigué, aussi faible qu'un brin d'herbe. Un bélier du troupeau s'en aperçut et lui proposa de le porter sur son dos s'il lui promettait en retour de ne jamais manger de sa viande. Mrile lui donna sa parole d'honneur de ne jamais manger de sa viande. Alors, le bélier le prit sur son dos et le porta jusqu'à sa maison.

Tout le village l'attendait déjà, et Mrile entonna une chanson:

> «*Mrile est rentré avec un cadeau*
> *On lui a donné un beau troupeau,*
> *aujourd'hui c'est après-demain,*
> *Dépêchez-vous, préparez le festin!*»

La graisse était déjà prête dans la marmite; le père et la mère en frottèrent le corps de leur fils, et il se sentit renaître. Il vécut dans la hutte comme avant, si ce n'est qu'il ne parlait presque plus à sa mère, car il n'avait pas oublié l'histoire de l'enfant dans l'arbre creux.

Le temps passait, le bélier était devenu un très vieux bélier, et le père fut obligé de l'abattre. Mrile dit qu'on n'avait pas le droit de le manger. Mais cela faisait de la peine à la mère de voir toute cette belle viande perdue. Elle mit la viande et sa graisse dans une cachette, sans que personne ne s'en aperçoive, et quelque temps après, elle mélangea la viande et la graisse avec de la farine et servit ce repas à Mrile.

Mrile n'avait pas avalé la première bouchée que déjà, la viande se mit à lui parler: «Tu avais promis de ne pas me manger quand je t'ai pris sur mon dos. Mais maintenant, tu me manges, et c'est pourquoi toi aussi tu vas être mangé.» Mrile sentit que sa jambe disparaissait et qu'il devenait de plus en plus faible. Alors, il chanta à voix basse:

> *«Ma mère, ma pauvre mère, tu as donc oublié*
> *que je ne devais pas manger de ce bélier.»*

Et la main de Mrile disparut elle aussi, son chant s'affaiblit de plus en plus, jusqu'à ce que Mrile ait totalement disparu.

LE VOYAGE
DANS LA CORBEILLE

Un jour, il y a très longtemps de cela, un homme se maria, et quelque temps après, sa femme attendit un enfant. Mais deux années passèrent et l'enfant n'était toujours pas venu au monde. L'homme demanda à sa femme ce qui n'allait pas et elle lui répondit: «Il faut que je boive de l'eau où aucune grenouille n'ait jamais nagé.»

«Il y a certainement quelque part une eau où aucune grenouille n'a jamais nagé, nous allons la chercher», dit l'homme, et ils partirent dans les montagnes voisines, où les sources étaient nombreuses.

Ils cherchèrent longtemps jusqu'à ce qu'ils arrivent à une source, et l'esprit de la source fit comprendre à la femme qu'il l'aiderait à mettre son enfant au monde. «Homme, aucune grenouille n'a jamais nagé dans cette eau», lui cria sa femme avec joie tout en montrant la source du doigt. L'homme s'agenouilla pour goûter l'eau de la source.

Mais à ce moment, deux lions bondirent d'un buisson et grondèrent: «Pourquoi bois-tu à notre source?» L'homme leur dit que sa femme portait en elle un enfant depuis deux ans déjà, et qu'elle ne pourrait le mettre au monde que si elle buvait l'eau de cette source.

«Vous ne nous avez pas demandé la permission!» grondèrent les lions, et ils le dévorèrent. Un des lions voulait aussi dévorer la femme, mais l'autre lui dit: «Ne la mange pas maintenant! Si elle met son enfant au monde, tu en auras deux à manger au lieu d'une seule!» Ils lui laissèrent donc la vie, mais l'emmenèrent avec eux.

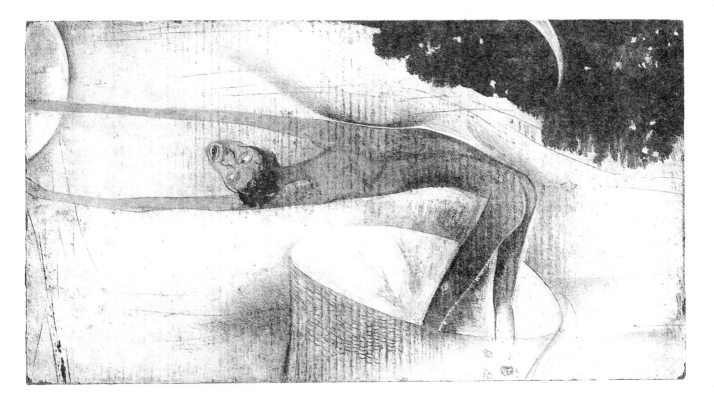

Les lions enfermèrent la femme dans une hutte aux barreaux de fer, et peu
de temps après, elle donna le jour à un petit garçon, qu'elle prénomma du nom
de l'esprit de la source, Nzunzu. Le lion appela un lapin et lui ordonna de bien
monter la garde sur ses deux prisonniers, et surtout de bien les nourrir. «Et fais
en sorte que le petit ne pleure pas, ça l'empêcherait de grossir!» dit-il encore au

lapin en se réjouissant à l'avance de toute cette provision de viande. Nzunzu
grandit rapidement; il était devenu aussi fort qu'un éléphant.

Un jour, le jeune garçon se mit à pousser des hurlements. «Pourquoi crie-t-il?»
demanda le lion. «Il est déjà grand, il veut une hache», lui dit le lapin. Le lion
n'avait rien contre, et il fit apporter au garçon une petite hache. Nzunzu frappa
de sa hache les barreaux en fer, mais la hache se brisa. Il se remit à crier de toutes
ses forces. «Pourquoi crie-t-il?» demanda le lion au lapin. «C'est qu'il est déjà
grand, il veut une grande hache.» Le lion lui fit apporter la plus grande hache
qu'il pût trouver. Nzunzu frappa de sa grande hache les barreaux en fer, tellement fort que ceux-ci se tordirent. «Que fabrique-t-il?» demanda le lion au lapin
en entendant ce vacarme. «Oh, rien, il est tout simplement en train de fendre du
bois», répondit le lapin. Mais aussitôt après, il conseilla à la femme: «Allez-vous
en, aussi vite que vous pouvez, si vous ne voulez pas finir dans le ventre du lion!»
La mère et le fils se précipitèrent hors de la hutte aussi vite qu'ils purent.

Le lendemain, le lion s'étonna de ne pas entendre le garçon, et envoya le lapin
en reconnaissance. Et celui-ci annonça au lion: «Ton repas s'est enfui!» Le lion
partit lui aussi en courant sur les traces de la mère et de son fils. Tous deux couraient aussi vite qu'ils pouvaient, et le lion, lui aussi, courait aussi vite qu'il

pouvait. A l'endroit où la mère et son fils couraient, le soleil brillait. A l'endroit où le lion courait, la pluie tombait. Malgré cela, il se rapprochait toujours d'eux; il les avait presque rattrapés.

Nzunzu sortit de la forêt et vit une corbeille dans la prairie. Il sauta dedans, aida sa mère à y grimper et chanta:

« Monte, ma petite corbeille, monte dans les airs,
Emporte-nous tout là-haut dans le ciel!»

La corbeille qui contenait les deux fugitifs s'envola dans les airs. A ce moment-là, le lion surgit de la forêt en courant, vit la corbeille dans le ciel et se précipita après elle en rugissant. La corbeille où avaient pris place la mère et son fils s'envola jusqu'à un grand village, et ils s'y posèrent. Quant au lion, il rentra chez lui, le queue basse.

Le chef du village s'appelait Makoni. Makoni eut peur du pouvoir magique du jeune garçon et réfléchit à la manière dont il pourrait se débarrasser de lui; il demanda à son magicien de lui donner du poison qu'il mélangea à une sauce aux haricots, et il posa devant la mère et son fils un plat de haricots. Mais ils ne mangèrent que les haricots, et ils donnèrent la sauce au chien du chef de la tribu. Celui-ci tomba aussitôt raide mort, les quatre pattes en l'air. Le lendemain, le chef du village envoya le jeune garçon dormir dans un lit, mais Nzunzu préféra dormir dans un autre lit. Au milieu de la nuit, une énorme pierre creva le toit de la hutte et s'écrasa sur le lit où Nzunzu aurait dû dormir.

Lorsque Nzunzu se leva le lendemain matin frais et dispos, le chef du village pâlit de colère autant que de crainte. Il l'envoya travailler dans un champ qui était visité quotidiennement par des lions en quête d'une proie. Mais ils ne pouvaient pas faire de mal à Nzunzu, puisque l'esprit de la source, qui l'avait aidé à venir au monde, était à ses côtés. L'esprit de la source le métamorphosa en papillon et le garçon put ainsi rentrer chez lui, près de sa mère, où il se métamorphosa à nouveau en Nzunzu.

Le sorcier était hors de lui, et il donna l'ordre à ses gens de chasser à jamais Nzunzu du village. Nzunzu alla vers sa corbeille, s'assit à l'intérieur et chanta:

« Vole, ma petite corbeille, monte dans les airs,
Emporte-moi tout là-haut, dans le ciel!»

Et la corbeille s'envola de plus en plus haut, jusqu'à ce que Nzunzu se cogne la tête à la voûte des cieux. Il sauta de la corbeille et vit sous lui une multitude de grosses pierres blanches. D'où pouvaient-elles bien venir? Il attacha sa corbeille à l'une de ces pierres, puis il sauta de pierre en pierre jusqu'au soleil. Il prit le soleil sous son bras et revint à sa corbeille. Et lorsqu'il la détacha, il remarqua que la pierre n'était pas une pierre, mais un nuage. Toutes ces pierres n'étaient en réalité que des nuages.

Nzunzu mit le soleil dans la corbeille, si bien que la terre fut brusquement

plongée dans l'obscurité, puis il murmura quelques mots à la corbeille et vola
à travers la nuit noire.

En bas, Makoni sortit en courant de sa hutte de chef, trébucha dans l'obscurité,
s'affala de tout son long. Des frissons d'épouvante lui parcouraient le corps. Au
bout d'un moment, il se releva et cria en direction du ciel: «Nzunzu, rends-nous
le soleil!» Et il tomba à nouveau.

Nzunzu poussa légèrement le soleil au bord de la corbeille, et la nuit devint
moins noire. Makoni cria alors: «Nzunzu, tu ne nous a rendu qu'un peu de soleil,
rends-nous tout le soleil! En échange, je te donnerai les dix plus belles filles de
mon royaume!» «C'est bon», répondit le jeune homme. «Mais je veux les choisir
moi-même. Fais mettre en rang toutes les jeunes filles de ton royaume, afin que je
puisse les voir.»

Le chef du village fit venir toutes les jeunes filles et leur dit de s'aligner sur
une longue file. Et Nzunzu choisit les dix plus belles de toutes ces belles jeunes
filles. Puis il libéra le soleil, et le jour revint sur terre. Nzunzu, qui entre-temps
était redevenu un homme, descendit sur la terre et s'en alla, avec ses dix femmes,
pour créer son propre foyer.

LA JEUNE FILLE
DANS LA CALEBASSE

Un jour, dans un village, un père avait construit une grande hutte pour ses
fils, et ceux-ci y vivaient en paix. Mais parmi ses fils, il y en avait un qui, chaque
soir, avant d'aller dormir, contemplait le ciel étoilé. Parmi toutes les étoiles,
il y en avait une qui lui plaisait tout particulièrement. Elle brillait tellement, avec
un tel scintillement, qu'on aurait cru qu'elle voulait lui dire quelque chose.
«Ah, si seulement elle pouvait m'appartenir à moi tout seul», soupirait-il avant
de s'endormir. Et même pendant son sommeil, il voyait cette étoile, il la voyait
descendre du ciel et se rapprocher toujours plus près de lui.

Un jour, il se réveilla au milieu de la nuit: au-dessus de lui, il y avait une mer-
veilleuse jeune fille aux yeux étincelants et clairs, et elle le regardait. Il était
paralysé par la peur, croyant tout d'abord que c'était un fantôme. Alors, il
essaya de le chasser, mais la jeune fille lui dit doucement: «Ne me reconnais-tu
pas? Je suis l'étoile brillante, celle avec qui tu t'entretiens si volontiers avant
d'aller dormir.»

Le jeune homme en resta sidéré. La surprise l'empêchait de prononcer la moindre parole. Mais ensuite, il retrouva ses esprits et dit à l'étoile: «J'aimerais que
tu restes avec moi pour toujours.» «Ce n'est pas impossible», répondit-elle.
«Je vais me cacher dans ta calebasse.» Il prit sa calebasse, l'ouvrit, et la jeune
fille se glissa à l'intérieur. Elle leva les yeux vers lui, et ils étaient si brillants et si
beaux qu'il lui semblait que son cœur allait éclater. Ils se souhaitèrent bonne nuit,
et il referma la calebasse.

A partir de ce jour, le jeune homme ne trouva plus la paix. Il ne pensait plus à rien d'autre qu'à l'étoile dans la calebasse.

Il aimait faire de longues promenades solitaires à travers la forêt, et il était partagé entre le regret d'avoir exprimé un souhait aussi absurde et le désir ardent de pouvoir encore plonger ses yeux dans le regard étincelant.

Il ne parlait pratiquement plus avec ses frères, et c'est pourquoi vous ne vous étonnerez pas qu'ils aient eu envie de lui jouer un bon tour. Ils avaient remarqué qu'il ne laissait plus traîner négligemment sa calebasse comme avant, mais qu'il l'accrochait à chaque fois avec soin à une poutre du toit. Evidemment, ils pensaient qu'il y avait caché une quelconque friandise qu'il voulait garder pour lui tout seul, probablement des noix, et ils décidèrent de vider la calebasse à son insu. Un jour, alors qu'il était allé dans la forêt, un de ses frères grimpa jusqu'à la poutre, détacha la calebasse et la tendit à un autre de ses frères. Il l'ouvrit, poussa un hurlement et la laissa tomber. Tous s'enfuirent dehors, terrorisés, et celui qui avait ouvert la calebasse cria: «Il y a a une bête là-dedans avec des yeux flamboyants!»

Lorsque le jeune homme rentra à la maison, ils l'attendaient dehors et essayèrent de le retenir, en lui disant de ne pas toucher à la calebasse. «Vous êtes fous», dit-il. Il entra dans la hutte, ramassa la calebasse et l'accrocha à sa place. Et cette nuit-là, alors que tous dormaient, la jeune fille sortit à nouveau de la calebasse, le regarda amoureusement et lui murmura qu'elle voulait l'accompagner à la chasse le lendemain.

Le lendemain, le jeune homme attendit que tous soient partis, puis il sortit la jeune fille de la calebasse, et tous deux partirent dans la forêt. Quand ils arrivèrent près d'un grand palmier, la jeune fille lui dit: «Grimpe, et rapporte-moi quelques fruits!» Il grimpa jusqu'au sommet, et alors qu'il était occupé à cueillir les fruits, la jeune fille sauta à son tour sur le tronc, frappa le palmier d'un coup de baguette magique et cria au jeune homme: «Tiens ferme!» Le palmier se mit à grandir, à grandir, il devint de plus en plus mince et de plus en plus long, jusqu'à ce qu'il cogne contre une surface dure. La jeune fille attacha l'arbre avec quelques feuilles de palmier, et tous deux sautèrent dans le ciel.

C'était une plaine immense et dénudée, vide de tout. Dans le lointain pourtant, on distinguait une hutte isolée. Le jeune homme avait grand peur et n'osait pas bouger, mais la jeune fille s'éloigna vers la hutte, et il finit par la perdre de vue. Mais elle revint, en lui apportant de quoi manger, et elle lui dit: «Si tu entends quelque part de la musique et des gens qui dansent, n'y va pas. Attends-moi ici, je vais revenir.» Il le lui promit et attendit. Il se sentait seul et abandonné, et toute cette aventure lui donnait un peu le vertige.

A ce moment-là, il entendit résonner dans le lointain des cors de chasse et des chansons. Il y avait quelque part une fête, où l'on dansait et où l'on chantait. Il se sentait trop abandonné, et il était aussi d'un naturel trop curieux pour résister au désir de trouver un peu de compagnie, et il marcha en direction de la musique, bien que la jeune fille à l'étoile le lui ait interdit. Et il fut bien déçu. Lorsqu'il arriva à l'endroit où se tenait la fête, il vit non pas des hommes, mais des squelettes qui entrechoquaient leurs tibias et tournaient en rond en faisant claquer leurs mâchoires. Il en avait des frissons dans le dos. Terrorisé, il s'enfuit de cet endroit affreux. Il courut comme un fou, sans se soucier de la direction dans laquelle il allait, jusqu'à ce qu'il rencontre la jeune fille à l'étoile. Elle lui reprocha de ne

pas l'avoir écoutée et le conduisit à un endroit où il pouvait se baigner et se purifier de tout péché.

Ici encore, elle le supplia de l'attendre, et promit de revenir bientôt. Mais à peine s'était-elle éloignée qu'il courut jusqu'à l'endroit où elle avait attaché le palmier, et, lorsque la jeune fille à l'étoile se retourna, elle eut juste le temps de le voir détacher le palmier et s'agripper au tronc. Au même instant, le tronc raccourcit et le ramena sur terre. La jeune fille le regarda partir d'un air triste et dit doucement: «Rien ne sert de t'enfuir, tu reviendras bientôt!»

Lorsqu'il sentit enfin la terre ferme sous ses pieds, le jeune homme courut par le plus court chemin jusqu'à la hutte où il habitait avec ses frères. Là, il s'allongea sur sa couche et voulut tout oublier de ce qu'il avait vu et entendu. Mais sa tête lui faisait très mal, et il n'arrivait pas à retrouver son calme.

Il voyait sans cesse devant lui le regard éclatant de sa femme-étoile, qu'il soit éveillé ou endormi. Elle le regardait d'un air triste jour et nuit, comme si elle voulait lui dire: «Tu nous a abandonnés, mais tu t'es enfui en vain, tu es l'homme à l'étoile, et l'étoile t'appelle.»

Son père et ses frères l'entouraient constamment de leurs soins, lui donnaient toutes les herbes et toutes les potions imaginables. Ils appelèrent même le sorcier de la tribu. Dans les rares moments où il retrouvait ses esprits, il leur parlait du royaume céleste et de la peur qu'il avait d'un certain pays, où il ne voulait pour rien au monde retourner. Et il leur demandait d'appeler sa femme sur terre, car il pensait que c'était le seul endroit où il pourrait vivre heureux avec elle. Mais comment auraient-ils pu lui transmettre ce message?

Un matin, les frères trouvèrent son lit vide. Ils coururent dehors pour le chercher. Il était allongé là, devant la hutte, et dans son regard fixe, ouvert sur le ciel, se reflétait la plus brillante des étoiles.

Il souriait, mais lorsqu'ils voulurent le réveiller, ils s'aperçurent que son sourire était figé par le froid de la mort. La jeune fille à l'étoile l'avait rappelé à elle pour toujours.

LE CHEMIN
VERS LE CIEL

Il était une fois, dans le jardin d'un noble comte, un poirier. Il grandit tant et tant qu'il atteignit le ciel et traversa la voûte céleste jusque dans l'au-delà. Son tronc était tellement gros qu'il occupait presque tout le jardin. A l'automme, les poires étaient mûres, mais qui aurait pu les cueillir à une telle hauteur? Et comme il n'y avait pas âme qui vive dans les environs, le comte fit annoncer dans tout le pays qu'il donnerait une calèche pleine de ducats et un attelage de bœufs à celui qui grimperait sur l'arbre et récolterait ses poires.

On vit alors arriver de toutes parts de joyeux drilles prêts à tenter l'aventure. Mais aucun d'entre eux ne put dépasser une certaine hauteur et ils retombèrent tous par terre comme des poires trop mûres. Ils pouvaient s'estimer heureux que le comte ait fait entasser des monceaux de copeaux de bois sous l'arbre. Les amateurs d'escalade se firent donc plus rares, et les poires continuèrent à mûrir en paix.

Tout près de là, dans la forêt épaisse, vivait Vassili, le gardien de cochons. Toute sa science se bornait à savoir garder les cochons. Il n'en décida pas moins de tenter sa chance, quand cette histoire lui vint aux oreilles. «Tu ferais mieux de rester près de tes cochons, et de laisser les poires tranquilles», lui conseilla son père, lorsqu'il apprit la décision de son fils. Mais celui-ci lui dit: «Mes vêtements sont de vraies loques, et mes chaussures prennent l'eau. Qui m'achètera des vêtements neufs pour l'hiver?» Et il partit.

Il arriva dans le jardin, salua poliment, et le comte lui montra l'arbre. Vassili ne fut guère impressionné: «Un arbre reste un arbre, et jusqu'à ce jour, j'ai grimpé à n'importe quel arbre. Vous allez voir, Monsieur le comte!» Et il jeta son baluchon sur l'herbe, enleva ses vieilles chaussures, cracha dans ses mains et commença à grimper. Peu de temps après, il disparut dans les nuages et arriva au ciel.

Il se promena sur la voûte des cieux jusqu'à la maison de Vendredi. A l'intérieur, il n'y avait personne, Vendredi était certainement parti chercher de l'eau. Le porcher se cacha derrière le poêle. Lorsque Vendredi rentra chez lui, il parcourut la pièce en reniflant et s'écria: «Je sens qu'il y a quelqu'un, ici! Si tu es bon, tu n'as rien à craindre, tu peux te montrer, mais si tu es mauvais, je te réduirai en bouillie.» Vassili sortit de sa cachette, salua poliment Vendredi et lui

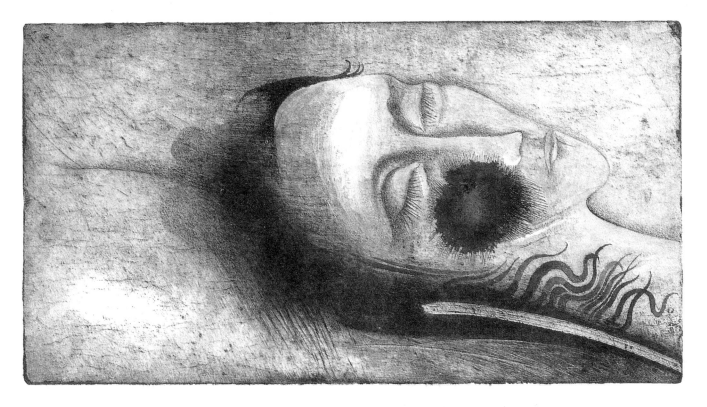

raconta ce qui l'avait amené ici. Il lui dit aussi qu'il avait beau chercher, il n'arrivait pas à trouver les branches du poirier qui portaient les fruits. Vendredi ne savait pas non plus où elles étaient, et il l'envoya chez Samedi.

Vassili arriva à la maison de Samedi, et comme, là non plus, il n'y avait personne, il se cacha à nouveau derrière le poêle. Peu après, Samedi rentra et, aussitôt, il s'écria: «Je sens qu'il y a un être humain ici! Si tu es bon, tu peux te montrer sans crainte. Mais si tu es mauvais, je te réduirai en bouillie.» Vassili sortit de sa cachette, salua poliment Samedi et lui demanda s'il connaissait le chemin vers l'au-delà, car il devait cueillir les poires de Monsieur le comte, qui devaient être mûres depuis longtemps déjà. Mais Samedi ne savait rien, lui non plus, et il lui donna ce conseil: «Va chez Dimanche, c'est le cousin germain du soleil, il pourra certainement t'aider.»

Vassili se remit donc en route jusqu'à ce qu'il arrive à la maison de Dimanche, et comme celui-ci était parti à la messe, Vassili se cacha derrière le poêle. Peu de temps après, Dimanche rentra et s'écria bien avant d'arriver chez lui: «Je sens qu'il y a quelqu'un, ici! Si tu es bon, tu n'as rien à craindre, tu peux te montrer. Mais si tu es mauvais, je te réduirai en bouillie!» Le porcher sortit de derrière le poêle, salua poliment Dimanche et lui demanda où se trouvaient les poires. «Écoute attentivement», lui dit Dimanche, «il faut que tu continues toujours sur ta droite, jusqu'à ce que tu arrives dans une maison magnifique. C'est le palais de la déesse Ileana. Tout autour, il y a des gardes, alignés en rangs serrés. Ils ne laissent passer personne. A midi, ils s'endorment profondément C'est à ce moment qu'il faut que tu entres, car les branches de ton poirier sont dans la cour du palais.»

Le porcher remercia et s'en alla, comme Dimanche le lui avait conseillé, toujours sur la droite, jusqu'à ce qu'il arrive devant le palais de la déesse Ileana. Lorsque les douze coups de midi retentirent, il traversa sans encombre le porche et entra dans la cour. Il fut aveuglé par la lumière dorée qui y resplendissait: les branches de l'arbre et les poires étaient en or. Vassili lui aussi resplendissait de joie. Il cueillit toutes les poires et les fourra dans sa chemise, comme il avait l'habitude de le faire sur la terre.

Il voulut ensuite jeter un coup d'œil rapide dans la maison et s'arrêta, stupéfait. Au milieu de la pièce, Ileana était allongée dans un hamac de soie qui était suspendu au plafond. Elle dormait, et elle était tellement belle qu'il en eut le souffle coupé. Et cela n'avait rien d'étonnant, puisque Ileana était la déesse de la beauté. Vassili la contempla longuement d'un air recueilli et n'osait pas la toucher. Finalement, il ne put s'empêcher de l'embrasser sur la joue. Et au même instant, la joue se colora en noir. Il était prêt à s'enfuir, mais il embrassa vite l'autre joue, et elle se colora aussi en noir. Ensuite seulement, il courut dehors – mais il était trop tard. Une heure venait de sonner, les soldats s'étaient réveillés et montaient à nouveau la garde.

Vassili fit trois tours sur lui-même pour se métamorphoser en fourmi et se cacha dans une motte de terre. A cet instant même, Ileana se précipita hors de la maison et s'écria: «Capturez le misérable ver de terre qui a noirci mes joues! Et si vous ne l'attrapez pas, capturez au moins quelque chose, un animal, ne serait-ce qu'une fourmi!»

Les gardes cherchèrent dans les moindres recoins, mais ils ne trouvaient personne. Finalement, un des gardes découvrit la motte de terre et la jeta aux pieds d'Ileana. A son tour, la fourmi fit trois tours sur elle-même et Vassili reprit ainsi forme humaine, mais il n'était plus un misérable loqueteux, il avait l'allure d'un beau jeune homme. Ileana, dont les joues avaient depuis longtemps retrouvé leur blancheur, le regarda en souriant et lui demanda: «Souhaites-tu que je devienne ton épouse, et veux-tu être mon maître?» Vous pensez s'il voulait! Et tous deux fêtèrent leurs noces.

Après la noce, Vassili se dit à lui-même: «Dois-je livrer les poires? Oui, il le faut. Est-ce que j'ai envie de m'en aller d'ici? Non, je n'en ai pas envie. Allons, je vais y aller, car il faut que j'y aille.» «Tu seras bientôt rentré», le consola Ileana en lui donnant un cheval qui volait aussi vite que la pensée. «Mais tu ne devras pas descendre de cheval, promets-le moi», exigea-t-elle. Il promit et se retrouva au même instant chez le comte. Il lui donna les poires, et le comte fit aussitôt amener une calèche pleine de ducats et un attelage de bœufs. Mais comment Vassili pouvait-il l'emmener sans descendre de cheval? Le comte mit un domestique à sa disposition qui conduisit la calèche jusqu'au domicile des parents du porcher. Vassili avançait à ses côtés, sur son cheval.

Lorsqu'il rentra chez lui, tous se réjouirent de son retour, et ils se réjouirent encore davantage lorsqu'il leur apprit qu'ils pouvaient garder les bœufs et la calèche pleine de ducats. Comme la joie de sa famille était contagieuse, il finit par céder à sa sœur, qui lui demandait de s'asseoir un peu parmi eux et de laisser son cheval boire pendant ce temps. Mais à peine eut-il posé le pied par terre que son cheval s'envola dans le ciel.

C'est alors que commença une dure période pour Vassili. Pendant trois ans, il parcourut le monde, sans trouver de chemin qui l'aurait ramené aux cieux, auprès de sa chère Ileana. Un jour, son cheval s'enlissa jusqu'au poitrail dans un marais. «Veux-tu t'en sortir? Tu le veux! Alors viens!» dit Vassili en aidant son cheval et en le tirant de toutes ses forces. Alors qu'il l'avait déjà à moitié sorti de la vase, Vassili se sentit vidé de ses forces et abandonna. Mais à peine était-il parti qu'il revint sur ses pas, ému par la pauvre bête. Et il essaya à nouveau; tirant de toutes ses forces, il réussit pratiquement à sortir le cheval de la vase, seuls ses sabots restaient encore prisonniers. Mais il fut soudain pris d'une telle faiblesse qu'il renonça et abandonna le cheval à son triste sort. Pourtant, cette fois encore, il revint sur ses pas presque aussitôt, rassembla encore une fois toutes ses forces et tira complètement le pauvre animal hors du marais. Le cheval s'affala sur un tas de paille, épuisé. Quand il eut récupéré, il sauta d'un seul coup sur ses pattes et Vassili vit se dresser devant lui un cheval fringant et splendide.

Vassili sauta en selle, et ils repartirent dans leur course folle. Tout à coup, le cheval lança Vassili en l'air, tellement haut qu'il faillit perdre conscience, et lui dit: «Ça, c'est pour te punir d'avoir voulu m'abandonner une première fois, espèce de paysan!» Ils continuèrent à galoper et, un peu plus tard, le cheval lança de nouveau le garçon si haut qu'il faillit s'évanouir. «Et ça, c'est pour te punir d'avoir voulu m'abandonner une deuxième fois», lui dit le cheval. Il le lança encore une fois mais ensuite, il cessa ses caprices et galopa aussi vite que la pensée jusqu'à Ileana. Et Vassili et sa belle Ileana vécurent heureux au paradis.

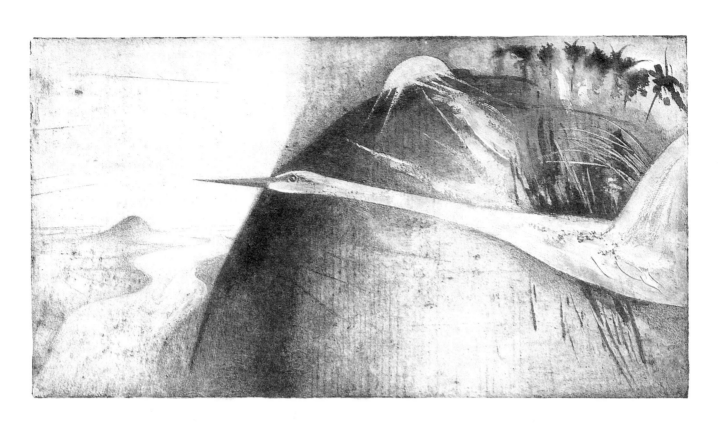

LE CHEMIN
DES AIRS

LE COLIBRI
ET LA CIGOGNE

Il était une fois un grand fleuve, tellement large qu'on ne pouvait pas voir l'autre rive. Et il y avait tellement d'eau dans ce fleuve qu'il n'a pas complètement disparu aujourd'hui. Près du fleuve, un colibri et une cigogne se rencontraient parfois. Le colibri n'arrêtait pas de jacasser, et la cigogne se taisait pratiquement tout le temps. Le petit oiseau multicolore avait la réputation dans toute la région d'adorer les compétitions. A tous ceux qu'il rencontrait sur son chemin, il se vantait de ses victoires à l'occasion de divers concours; à l'entendre, c'était toujours lui qui volait le plus vite et qui était le plus beau. En général, il terminait son discours par un: «Et si nous faisions la course?» Mais, jusque-là, il n'avait jamais osé lancer un défi à un oiseau aussi gros que la cigogne. Un jour, ils se promenaient tous deux, comme d'habitude, le long du fleuve, et le colibri restait silencieux. Contrairement à son habitude, il ne disait rien, comme s'il avait quelque chose sur le cœur. Tout à coup, il laissa échapper:

«Écoute, cigogne, et si nous faisions la course, toi et moi?»

«Ce n'est pas une mauvaise idée», répondit la cigogne en faisent claquer son bec, pour montrer au colibri combien cette proposition lui plaisait. Ils continuèrent à se promener et, après quelques instants, la cigogne lui demanda: «Mais ne présumes-tu pas de tes forces?» tout en contemplant l'immensité du fleuve.

Le colibri sautillait à côté d'elle et son plumage brillait au soleil comme un bijou précieux. «Mais qu'est-ce que tu crois!» répondit-il d'un air à la fois fier et mécontent. «Cela fait déjà longtemps que je voulais te dire que je suis le premier de tous les oiseaux, le plus fort et le plus rapide de tous.» Et il s'envola à la verticale dans le ciel, attrapa une petite mouche, l'avala, redescendit en piqué, et atterrit avec élégance près de la cigogne. Celle-ci avait avancé d'un quart de pas, elle regarda le colibri, fit à nouveau un quart de pas et dit: «Bon, si tu veux.» Puis elle fit un grand pas et demanda: «Et quand partons-nous?»

«Demain matin!»

«D'accord», répondit la cigogne, et ils rentrèrent chez eux.

Le lendemain matin, ils se retrouvèrent près du fleuve, et le colibri voulut aussitôt savoir quand ils allaient commencer la course.

«Maintenant, par exemple», dit la cigogne, et elle fit encore quelques pas en se pavanant. Elle s'arrêta, regarda l'immense étendue d'eau, puis son petit compagnon, et eut pitié de lui.

«Pars d'abord, je te rejoindrai», proposa-t-elle.

Le colibri monta à la verticale, scintilla dans l'air comme une pierre précieuse au soleil et s'envola, aussi rapide que l'éclair.

La cigogne, elle, prit lentement son envol, déploya prudemment ses ailes et navigua dans l'air comme un voilier, en allongeant ses longues pattes derrière elle comme un gouvernail.

Il se passa beaucoup de temps avant que le colibri arrive à la moitié du fleuve.

Et il était déjà très affaibli. Mais il ne voyait nulle part ni pierre ni branche sur laquelle il aurait pu se reposer un peu. Au-dessous de lui, il n'y avait que de l'eau. Il volait de toute la vigueur de ses petites ailes, mais le soleil était brûlant, et il se sentait tellement faible et fatigué qu'il finit par tomber dans le fleuve. Par chance, comme il était très léger, il flottait à la surface de l'eau.

A ce moment, la cigogne arriva, battant lentement et prudemment de ses grandes ailes, et se dirigeant avec ses pattes. Elle était encore loin quand elle se mit à chercher des yeux son petit ami. Et, lorsqu'elle l'aperçut, elle tourna en rond au-dessus de lui et cria: «Eh, que se passe-t-il?»

«J'en ai assez!» répondit le colibri.

«Comme tu veux!» lui cria la cigogne tout en continuant à tourner en rond. «Et de quoi as-tu assez?»

«J'en ai assez de l'eau, de la course, et de tout!» lui répondit le colibri en toussant, car il venait juste de boire la tasse. Il ne se sentait plus du tout le plus fort, il avait l'impression d'être laid et bête. Lorsqu'il eut fini de tousser, il demanda à la cigogne: «Accepterais-tu de me prendre un petit peu avec toi?»

«Mais volontiers.» La cigogne vola tout près de la surface de l'eau, et le colibri, rassemblant ses dernières forces, s'accrocha à l'une des pattes de la cigogne.

Ils volèrent longtemps. Au début, ils avaient le soleil au-dessus de la tête, puis ils eurent le soleil dans le dos, et lorsqu'ils atteignirent enfin l'autre rive, le soleil se couchait.

Le lendemain ils allèrent se promener sur la rive, en silence. «Écoute», dit tout à coup le colibri. «Ne pourrions-nous pas...», mais il se tut brusquement.

«C'est une excellente idée», dit la cigogne. «Mais cette fois-ci, tu t'accrocheras à mon autre patte.»

«Je n'ai rien contre», répondit le colibri.

Car même un petit oiseau peut comprendre que l'air n'est pas comme la terre. Et apprendre à connaître ses limites. Surtout quand il a un ami prêt à l'aider.

LE VOYAGE
AVEC LA GRENOUILLE

Un homme et une femme s'étaient mariés et vivaient ensemble, depuis quelque temps déjà.

Un jour, la femme dit à son mari: «J'aimerais bien rendre visite à mes parents, cela fait longtemps que je ne les ai pas vus.» Mais son mari trouvait que cela ne pressait pas, et il ne voulut pas la laisser partir. Quelque temps après, la femme lui demanda à nouveau: «Cela fait longtemps que je n'ai pas vu mes parents, j'irais volontiers leur rendre visite.» Mais son mari, cette fois non plus, ne la laissa pas partir, car il trouvait qu'ils avaient encore bien le temps.

La femme était mécontente et se dit: «Il semble bien qu'il ne va jamais me laisser aller voir mes parents. Il ne me reste qu'une solution, c'est de partir sans lui demander son avis.» Elle mit de côté de la nourriture en cachette, et un jour où son mari était absent, elle se mit en route.

Elle marchait très vite, et arriva au bord d'un grand fleuve. C'était la période des crues. Le fleuve avait débordé et avait également inondé le gué. La femme comprit qu'elle n'arriverait jamais à traverser seule, et, comme elle avait peur de son mari, elle se mit à courir en tous sens sur la berge, l'air hagard. Elle se tordait les mains et criait sans arrêt: «Ah, quelle malchance! Comment passer de l'autre côté?»

Sur la rive, il y a avait justement une petite grenouille, et elle dit à la femme: «Faut-il absolument que tu traverses le fleuve dès maintenant? Attends que l'eau ait baissé, et tu passeras plus facilement de l'autre côté.» «Ce n'est pas possible», répondit la femme. «Mon mari est à ma poursuite. Cela fait déjà longtemps que nous vivons ensemble, mais il ne veut pas que je rende visite à mes parents. C'est pourquoi je me suis sauvée, et je vais chez mes parents.» «Et si je t'aide, que me donneras-tu?» demanda la grenouille. «Je t'épouserai», répondit la femme. La grenouille l'avala, se glissa dans le manche d'une vieille hache rouillée qui reposait dans l'herbe, et s'y installa confortablement.

Il était temps, déjà le mari arrivait en courant, et lorsqu'il vit que les traces de sa femme s'arrêtaient près de l'eau, il eut un geste de colère, et, croyant la voir sur l'autre rive, il lui lança la vieille hache abandonnée. Et il l'envoya avec une telle violence que la hache vola non seulement jusqu'à l'autre rive du fleuve, mais qu'elle continua, toujours plus loin, jusqu'à la maison des parents. Là, la grenouille sortit du manche de la hache, le femme sortit de la gueule de la grenouille, et entrèrent toutes deux dans la maison.

Et la femme y vécut heureuse et en paix, avec sa grenouille. Cela valait beaucoup mieux que de se disputer continuellement avec son mari.

LE VOYAGE
DANS LE SAC VOLANT

Soyez bien sages et écoutez ce conte qui vient de loin, de par-delà les mers, et qui raconte comment un sac volant a puni un méchant homme.

Un jour, Schau-en-Pok vint voir Naneken et lui dit: «Viens, nous allons fabriquer un filet géant et avec, nous allons prendre une énorme quantité de poissons.» Ils fabriquèrent ensemble un grand, un immense filet, et, lorsque le soleil se coucha, ils l'emportèrent dans le bateau de Naneken. Schau-en-Pok mit, lui aussi, son bateau à la mer, et ils ramèrent jusqu'à une île lointaine. Là, ils jetèrent le filet dans l'eau et décidèrent de passer la nuit sur l'île et, le lendemain, lorsque le soleil se lèverait à nouveau, de ramener le filet et l'énorme quantité de poissons qu'il contiendrait. Naneken amarra son bateau sur la plage et il s'y allongea, tandis que Schau-en-Pok s'allongeait à même la terre. Comme il voulait avoir les poissons pour lui tout seul, il ne s'endormit pas; il gardait les yeux ouverts et il prêtait l'oreille à la respiration de Naneken, attendant qu'il soit profondément endormi, que son corps, ses mains et ses yeux soient comme les poissons et les moules qui vivent au fond de la mer. Alors, il se faufila, sans faire de bruit, jusqu'au bateau de Naneken, retira les rames et l'abandonna à la mer et au vent.

Lorsque Naneken s'éveilla, le soleil venait tout juste de poindre à l'horizon et pendant un instant, il lança un rayon, vert comme l'herbe des champs. Naneken ne voyait alentour que la mer et le soleil, et il n'entendait que le vent. Seules les vagues pénétraient son regard, et son cœur se serrait à lui en faire mal. Et l'eau sortait de ses yeux en larmes amères, et le vent sortait de sa bouche en longs soupirs.

C'est alors qu'un gigantesque oiseau descendit du ciel, saisit le bateau dans ses serres et l'emporta sur une île, au milieu de l'océan. L'oiseau déposa le bateau sur un grand arbre, car il voulait en faire son nid. Il s'envola à nouveau. Naneken, qui était resté dans son bateau, en sortit et descendit de l'arbre.

Alors qu'il posait le pied sur le sol, un crabe sortit d'un trou entre les racines et lui pinça la jambe. Naneken fit un bond en arrière et s'écria: «Ne me pince pas, arbre, je veux descendre.» «Ce n'est pas l'arbre qui t'a pincé, c'est moi, le crabe, qui t'ai pincé, mais tu n'as rien à craindre de moi. Tu peux descendre tranquille!»

Naneken descendit, et le crabe le guida sous les racines de l'arbre géant. Il y avait là un vrai village. Le crabe l'emmena dans sa hutte et lui donna à manger. Quelque temps après, la terre se mit à gronder, comme lorsque la montagne qui crache le feu se met en colère, et des géants arrivèrent dans le village. C'étaient les fils du crabe. «Ça sent la chair humaine», dit un géant. «Ça sent la chair humaine», dit également le second géant, et tous les autres disaient comme eux.

«Ce qui se passe», leur dit le crabe, «c'est que vous passez toute la journée parmi les hommes, et que leur odeur finit par vous importuner.» Mais les géants continuèrent à affirmer que cela sentait la chair humaine. «Et même s'il y a un homme ici, vous n'allez tout de même pas le dévorer?» demanda finalement le crabe. «N'aie pas peur, si tu l'as recueilli comme ton propre fils, nous ne lui ferons pas de mal», le rassurèrent-ils.

Alors, Naneken sortit de la hutte, et les géants jouèrent avec lui jusqu'à ce que le soleil se couche, puis ils s'endormirent, jusqu'au lendemain matin. Le matin, le crabe dit: «Pour honorer notre hôte, nous allons faire une grande fête.»

Le crabe et ses fils s'en allèrent. L'un partit à la pêche tandis que les autres creusaient des foyers qu'ils garniraient de pierres plates, sur lesquelles on ferait griller les poissons. Naneken resta seul dans la hutte avec le plus jeune des géants. Naneken lui demanda avec curiosité: «Qu'est-ce qui pend du plafond, là-bas?» «Ce sont des sacs volants, regarde bien!» Le jeune géant entra dans un sac et dit au sac: «Vole jusqu'à la porte et fais trois fois le tour de la hutte!» Et le sac vola vraiment hors de la hutte. Naneken se précipita vers les autres sacs et les ouvrit tous d'un coup de couteau. Puis il sortit devant la porte et regarda le géant voler autour de la hutte.

Et, lorsqu'il redescendit, Naneken lui demanda de lui prêter un peu son sac,

car il voulait essayer lui aussi de voler. «C'est bon, je te le prête, mais quelques minutes seulement», lui dit le géant. Naneken entra dans le sac et sortit de la hutte en volant. Lorsque le géant vit qu'il ne revenait pas, il attrapa un autre sac, entra à l'intérieur et voulut partir à sa recherche. Mais le sac était largement déchiré et ne pouvait plus voler. Dans le ciel, Naneken disait à son sac: «Vole haut dans le ciel, ne vole pas vers la terre, emmène-moi chez moi!» Et en bas, le géant regardait Naneken partir et se disait d'un air plein de regrets: «Dommage, il aurait fait un bon rôti!»

Naneken vola longtemps, jusqu'à ce qu'il arrive en vue de son village natal. Il atterrit et cacha le sac à proximité du village, entre deux rochers. Ses enfants le virent arriver de loin et crièrent: «Hourra, notre père revient!», et ils coururent vers lui en poussant des cris de joie. Schau-en-Pok leur avait dit que leur père était mort. Et il les avait dépossédés de tous leurs biens, eux et leur mère, et ne leur avait pratiquement rien laissé à manger.

Mais maintenant, leur père était rentré, et tout était comme avant. Un jour, Naneken dit à Schau-en-Pok: «Viens avec moi, je sais comment nous pouvons attraper beaucoup d'oiseaux.» Ils allèrent ensemble jusqu'aux rochers, et Naneken brandit le sac en disant: «Monte dedans.» Mais à peine Schau-en-Pok fut-il dans le sac que Naneken cria: «Vole avec lui jusque chez les géants, de l'autre côté de la mer, et ne reviens jamais.»

Le sac monta dans le ciel, toujours plus haut, et s'envola pour toujours en emportant le méchant Schau-en-Pok.

LE SABBAT
DES SORCIÈRES

Dans un village au pied des montagnes vivaient jadis deux frères, deux orphelins, qui certes n'avaient plus l'âge d'aller à l'école, mais qui n'étaient pas encore assez grands pour subvenir seuls à leurs besoins, pour s'acheter de quoi manger et de quoi se vêtir. C'est pourquoi les gens des villages avoisinants leur confiaient la garde de leurs troupeaux de moutons, et les deux frères emmenaient paître les troupeaux dans la prairie en échange d'un peu de nourriture et de quelques vieux vêtements. Lorsque les moutons paissaient tranquillement et que les frères trouvaient le temps long ils jouaient du pipeau, ou bien bavardaient de choses et d'autres. Une question en particulier excitait leur imagination juvénile et leur donnait des frissons d'épouvante: combien y avait-il de sorcières dans leur village, et qui étaient-elles?

A cette époque, la région était le paradis des sorcières: tout autour se dressaient de hautes montagnes, traversées de vallées ténébreuses; sur les montagnes, on apercevait des éclaircies qui trouaient la forêt, et des prairies sauvages où se dressaient des arbres vieux comme le monde et immenses comme des murailles. Il aurait été étonnant qu'il n'y ait pas de sorcières dans un tel endroit. Et tous les gens du pays savaient qu'il y en avait, simplement, ils ne savaient pas vraiment qui elles étaient. Chacun en soupçonnait une, différente de celle que soupçonnait le voisin, mais personne n'avait de preuves. Évidemment, si on avait pu assister au sabbat des sorcières, cette fête païenne qui réunissait toutes les sorcières, on en aurait certainement appris davantage. Mais c'était hors de question. D'une part, un simple mortel ne pouvait pas savoir où les sorcières se réunissaient pour le sabbat, d'autre part, il aurait été difficile de trouver quelqu'un qui accepte d'y aller en personne, et pour finir, une telle entreprise risquait de mal finir, car les sorcières ne toléraient pas d'intrus chez elles, et un homme aussi téméraire aurait certainement dû payer sa témérité de sa vie.

Mais les deux jeunes bergers n'avaient pas réfléchi à tout cela. Ils s'étaient mis en tête d'aller au sabbat des sorcières afin de savoir qui, dans leur village, était disciple de Satan. A ce moment, ils ignoraient encore que leur curiosité allait leur coûter cher.

Cette année-là, le printemps fut très pluvieux, l'herbe était verte et dense, et les moutons étaient de fort belles bêtes. C'était les premiers jours de mai. Bientôt ce fut le douze mai, connu dans tous le pays sous le nom de «nuit de Walpurgis». Cette nuit-là, on faisait monter dans les alpages les troupeaux de moutons, de chèvres et de bœufs qui paissaient dans la vallée. Les frères eux aussi avaient grimpé toute la journée au flanc de la montagne, et ils ne s'étaient arrêtés qu'à la lisière de la forêt, au-dessus de la vallée. Et là, ils firent le serment solennel de trouver l'emplacement du sabbat des sorcières.

Quand le soir arriva, les deux frères se mirent autour du cou des guirlandes d'herbe-au-dragon et d'herbe-au-crapaud, car on disait que ces herbes avaient des pouvoirs magiques. Et ils partirent.

Quand le soleil plongea derrière les arbres, les deux frères étaient déjà très haut dans la montagne et ils grimpaient toujours plus haut par des sentiers escarpés. Par chance, la lune brillait dans le ciel et baignait de sa lumière argentée les bois et les clairières, sinon ils se seraient certainement perdus ou bien seraient tombés dans un ravin.

Ils entendirent dix heures sonner – le vent leur apportait la voix faible et lointaine du veilleur de nuit d'un village, là-bas, dans la vallée. Peu après, ils entendirent tout autour d'eux des bruits étranges, des bruissements et des chuchotements, ici et là une exclamation ou un juron. A la lumière de la lune, ils virent de tous côtés des sorcières, les unes sur leur balai, les autres sur une fourche à fumier, sur un râteau ou sur tout autre instrument qu'elles avaient trouvé chez elles. Les jeunes garçons, épouvantés, en avaient les cheveux qui se dressaient sur la tête, et ils se seraient volontiers enfuis à toutes jambes, dans la vallée. Mais aucun d'eux ne volulait être le premier à rompre le serment et à reconnaître qu'il avait peur.

Ils grimpèrent plus haut, toujours plus haut, sautant par-dessus les éboulis et les arbres déracinés; les branches leur fouettaient le visage, leur griffaient les épaules et le cou, et ils ne sentaient presque plus leurs pieds; ils finirent par arriver dans une grande clairière. Tout à coup, ils entendirent derrière eux comme un roulement. Ils n'en croyaient pas leurs yeux: c'était leur voisine qui conduisait un chariot à ridelles rempli de foin, mais sans attelage. Les jeunes garçons sentirent leurs genoux trembler, tellement ils avaient peur, mais l'aîné reprit courage et cria: «Voisine, emmène-nous!»

La femme sursauta, leur lança un regard noir, mais quand elle reconnut ses deux voisins, elle leur dit: «Allez, montez dans le chariot!»

Les frères s'assirent dans le foin, disposèrent leurs colliers d'herbes autour d'eux en un cercle magique, et la folle course commença: le chariot volait dans les airs comme s'il avait des ailes. Au-dessus de leur tête, la lune pâle et les étoiles étincelantes filaient, et sous leurs pieds défilaient les sombres forêts.

Lorsqu'ils reprirent leurs esprits, le chariot se posait avec fracas sur la terre. Ils étaient dans une clairière, sur une haute montagne, et tout autour d'eux étaient allumés des feux. On entendait une musique infernale, et d'innombrables silhouettes dansaient à la lueur des flammes. Et il en arrivait toujours davantage sur leurs engins volants, des balais, des fourches à fumier et même des meules de foin.

Parmi toutes ces sorcières et ces sorciers, une silhouette se détachait – c'était Satan en personne, avec ses deux gigantesques cornes sur le front, qui gesticulait dans une danse effrénée – c'était lui, en effet, qui dirigeait la musique infernale. La voisine sauta de son chariot et dit: «Inclinez-vous devant notre seigneur!» Elle désignait ainsi Satan. Mais les jeunes garçons préféraient rester assis dans le foin, à l'intérieur de leurs colliers d'herbe aux pouvoirs magiques. Ils sortirent leurs pipeaux et jouèrent à qui mieux mieux.

Le diable cornu apparut soudain près du chariot et leur dit qu'ils jouaient vraiment bien, mais que leurs instruments ne valaient pas grand-chose. Il leur lança à chacun un pipeau, à l'intérieur de leur cercle magique, et les jeunes garçons jouèrent alors une musique tellement entraînante que les vieilles sorcières poussaient des cris de joie et sautaient, tournaient sur elles-mêmes et faisaient la farandole, jusqu'à ce qu'elles tombent d'épuisement. Mais elles se relevaient aussitôt et recommençaient à danser.

D'un seul coup, la musique s'arrêta, ainsi que le chant des pipeaux. Les danseurs et les danseuses tombèrent à genoux et se courbèrent devant un grand autel noir que les deux frères n'avaient pas encore vu. Satan remplit un baquet d'eau de source, et tous s'y baignèrent. Satan en personne prenait soin que chaque sorcière et chaque sorcier monte dans le baquet, et ils les aspergeait d'eau. Puis, ils recommençaient à danser.

A minuit, le vacarme cessa brusquement. Les chants et la musique se turent, et toute la compagnie repartit par les airs, chacun de son côté. Les deux jeunes gens se retrouvèrent tout d'un coup assis par terre, car le chariot à ridelles avait lui aussi disparu. Alors, Satan s'avança vers eux, les remercia pour leur belle musique et leur demanda ce qu'ils souhaitaient en récompense.

Les garçons tremblaient de terreur. Ils agrippèrent leurs colliers et bredouillèrent qu'ils ne voulaient absolument rien, sauf peut-être les merveilleux pipeaux qu'ils auraient volontiers gardés. Satan esquissa un rictus, leur dit au revoir en agitant la main et s'en retourna aux enfers.

Les deux frères restèrent encore quelque temps assis, là, abasourdis par ce qui leur était arrivé, mais le froid les força bientôt à partir. Ils voulurent emmener leurs nouveaux pipeaux, mais à la place de pipeaux, ils avaient chacun un affreux chat noir sur les genoux, qui s'échappa en crachant, et disparut. Les deux garçons s'enfuirent eux aussi dans la direction opposée, comme si le diable en personne était à leurs trousses. Le chemin du retour fut plus pénible – il n'y avait plus l'attrait du mystère, la lune s'était cachée derrière les nuages, et tous deux trébuchaient à travers les champs. Enfin, le jour se leva. Au matin, ils arrivèrent enfin à la croisée des chemins qui indiquait leur village. Ils gravèrent leurs noms sur le poteau et firent à nouveau un serment, mais cette fois, ils jurèrent de ne plus souffler mot jusqu'à leur mort du sabbat des sorcières.

Mais ce fut en vain. A peine trois jours après, le plus jeune frère tomba gravement malade, et personne ne savait ce qu'il avait. Lorsqu'on lui retira sa chemise, on vit sur sa poitrine une marque, comme celle d'une énorme griffe de coq.

Pendant plus d'une semaine, il eut une forte fièvre. Il se débattait dans son sommeil, en proie à d'horribles cauchemars. Chacun pensait qu'il allait mourir. Son frère aîné restait assis jour et nuit près de son lit et jurait que, si son frère retrouvait la santé, ils quitteraient pour toujours ce village et cette région, où seuls le malheur et les dangers les attendaient.

Il observait chaque jour la cicatrice sur la poitrine de son frère. Au bout de quelques jours, elle commença à disparaître, et la fièvre elle aussi tomba lentement. Le maléfice était brisé, le jeune homme était sauvé. Dès qu'il put marcher, les deux frères quittèrent le village, et personne dans la région ne les a jamais revus. Seuls leurs noms, gravés sur le poteau, à la croisée des chemins, nous rappellent qu'ils ont bien existé.

LE CHEVAL
VOLANT

Il y a très longtemps vivaient dans les montagnes un pauvre Kazak et sa femme. Il passait toutes ses journées à chasser avec ses faucons dans les bois ou à pêcher des poissons dans les ruisseaux de montagne, et sa femme tressait des filets, reprisait ceux qui étaient troués et filait la laine. Ils menaient ainsi une vie plutôt difficile et sans grandes joies. Alors que tous deux sentaient approcher la vieillesse, et qu'ils avaient depuis longtemps renoncé à avoir un enfant, la femme mit au monde un magnifique petit garçon qu'ils appelèrent Kendebaj.

L'homme et la femme, émerveillés, ne se lassaient pas de contempler leur enfant. A six jours, il riait déjà, à six mois, il marchait, et à six ans, c'était un djighite accompli, un cavalier et un guerrier habile et solide. Il sortait toujours vainqueur des concours de lutte et, il n'y avait pas de meilleur chasseur à trois lieues

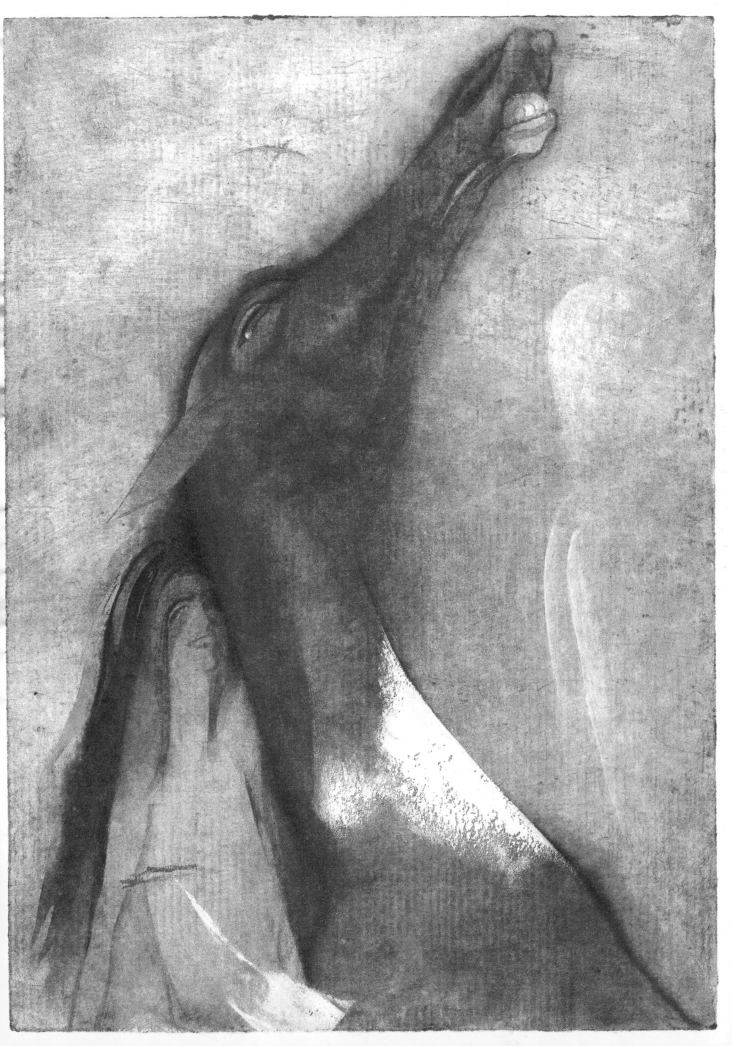

à la ronde: il tuait d'une flèche dans l'œil la saïga rapide et bondissante, et les cerfs, les chamois et les moutons sauvages étaient pour lui des proies faciles.

Un jour qu'il observait un troupeau de chevaux, il vit tout à coup un loup sortir de la forêt et attaquer une jument pleine. Il s'élança, captura le loup par les pattes de derrière, le fit voltiger avec son lasso et lui brisa le crâne sur un rocher. La jument était perdue, mais son poulain vint au monde sain et sauf et reçut le nom de Kergula. Kendebaj l'emporta chez lui et l'éleva lui-même. Et le poulain ne fut pas moins précoce que son maître. A six mois déjà, c'était un cheval de combat de belle prestance que personne ne pouvait rattraper et que personne ne pouvait distancer. Il attrapait entre ses dents les oiseaux en plein vol, et il galopait à une telle vitesse que son maître pouvait capturer n'importe quel cheval sauvage.

Les hommes s'habituèrent à les voir tout le temps ensemble, et les noms de Kendebaj et de Kergula devinrent pour eux synonymes de bravoure et de bonté.

Un jour, Kendebaj et Kergula s'en allèrent chasser très loin. Ils rencontrèrent un petit berger, tellement sale, tellement maigre et déguenillé qu'il faisait peine à voir. Il raconta en pleurant son histoire au djighite: «J'ai maintenant six ans. Lorsque j'avais deux ans, des guerriers étrangers ont attaqué nos huttes, capturé notre bétail et enlevé mon père Mergenbaj et ma mère. Mon maître m'a recueilli et m'a confié la garde de ses agneaux.»

«Ne pleure plus», dit Kendebaj au petit pour le consoler. «Je vais aller chercher tes parents et je te les ramènerai.» Et il resta quelques jours avec le petit berger. Celui-ci menait chaque jour ses agneaux dans la prairie, et pendant ce temps, Kendebaj allait à la chasse et préparait le repas. Mais un jour, le petit berger rentra très tard, et le lendemain, il ne revint pas du tout. Kendebaj, inquiet, partit à sa recherche dans la steppe. Et il trouva le petit garçon étendu dans l'herbe, comme mort. Lorsqu'il revint à lui, il raconta au djighite: «Hier et aujourd'hui, six grands cygnes noirs ont volé jusqu'à moi et ils ont tourné six fois autour de mon troupeau en criant:

"N'est-ce pas Kendebaj, le fameux Kendebaj,
Et son cheval, le fameux Kergula?
Sa crinière vole dans le vent, et,
Dans les rayons du soleil,
L'armure de Kendebaj a des reflets d'or!"

et je leur ai répondu:

"Oui, c'est moi Kendebaj, le fameux Kendebaj,
Et mon cheval s'appelle Kergula.
Sa crinière vole dans le vent, et,
Dans les rayons du soleil,
Mon armure a des reflets d'or!"

Alors, ils se sont abattus sur moi et m'on frappé de leurs ailes jusqu'à ce que je perde conscience. C'est tout ce que je peux dire.»

Le lendemain, Kendebaj revêtit les guenilles du berger et emmena lui-même les agneaux dans la prairie. Et tout se passa comme le berger lui avait dit. Mais les cygnes ne purent pas faire de mal au djighite, car il savait comment se défendre. Il attrapa par les pattes le plus agressif et le plus sauvage d'entre eux, mais celui-ci s'échappa, et Kendebaj se retrouva avec une petite pantoufle dans la main. Le lendemain, les cygnes ne revinrent pas. Kendebaj rentra donc chez lui, fit cadeau à ses parents d'une provision de viande pour un an, et partit à la recherche des parents du jeune berger.

Quand Kergula emportait son maître Kendebaj, il parcourait, à chaque bond, autant de chemin qu'un cheval ordinaire en un mois. Il franchissait sans peine les montagnes et les lacs; les marais et les plaines filaient à toute vitesse sous ses sabots, les jours et les nuits se succédaient à un rythme rapide. Kendebaj et Kergula galopèrent ainsi pendant un mois, jusqu'à ce qu'ils voient se dresser devant eux une haute montagne dont le sommet se perdait dans les nuages.

Le cheval s'arrêta et dit à son maître, avec une voix humaine: «Tu approches du but. Derrière cette montagne coule un grand fleuve, et, au milieu du fleuve se trouve une île, et sur cette île, il y a le prince des diables. Maintenant, continue seul. Quand tu seras de l'autre côté de la montagne, tu rencontreras un homme, un prisonnier du prince, qui garde les vaches. Achète-lui ses vêtements, rends-lui la liberté et garde les moutons à sa place. Avant que nous nous séparions, laisse ici tes armes et ton armure, et arrache un poil de ma crinière. Quand tu auras besoin de moi, tu n'auras qu'à faire brûler ce crin de ma crinière, et j'arriverai.»

Tout se passa comme Kergula avait dit. Kendebaj garda les vaches pendant toute la journée, et le soir, ses pas le guidèrent vers le fleuve. Kendebaj cria alors: «Fleuve, ouvre-toi devant moi!» comme le lui avait conseillé le prisonnier, et il traversa le fleuve à pied sec avec son troupeau jusqu'à l'île.

Kendebaj était un tellement bon berger que le prince finit par lui confier la garde de sa jument noire, au sujet de laquelle on racontait une bien étrange histoire. A chaque fois qu'elle mettait un poulain au monde, celui-ci disparaissait la nuit même et personne ne savait pourquoi ni comment. Kendebaj installa son lit dans l'écurie, tout près de la jument, et monta la garde. Vers le matin, la jument mit au monde un poulain ailé, à la queue d'or et à la fourrure soyeuse. A ce moment, un nuage noir descendit du ciel, et enleva le poulain. Kendebaj réussit à lui attraper la queue, mais elle lui resta dans les mains, et le nuage s'envola avec le poulain. Le lendemain, il alla voir le prince, lui montra la queue d'or en guise de preuve et lui raconta ce qui s'était passé pendant la nuit. Alors, le prince lui donna l'ordre de lui ramener le poulain.

Kendebaj sortit du palais, il brûla le crin de son cheval, et aussitôt, son fidèle Kergula apparut devant lui. Ils galopèrent longtemps, tout le jour clair et toute la nuit sombre. Alors, le cheval s'arrêta et dit à son maître, avec une voix humaine: «Les flammes et la fumée que tu vois devant toi, là-bas, c'est la mer de feu, il faut que nous la traversions. Ferme bien les yeux et ne les ouvre pas avant que je te le dise, car si tu les ouvrais avant, cela serait notre arrêt de mort, à tous deux.»

Kendebaj suivit les conseils de Kergula et ils traversèrent sans encombre la mer brûlante. Ils arrivèrent ainsi sur une île où neuf chevaux avec une queue d'or et un petit poulain sans queue s'abreuvaient dans une auge en or. Là, le cheval fidèle dit à nouveau à son maître: «L'aigle à deux têtes qui niche dans ce grand peuplier, là-bas, est parti à la chasse. Prends vite les chevaux, le poulain et l'auge, il faut nous hâter, nous avons une route de six mois et six heures devant nous. Et tu auras encore à te battre contre un géant à sept têtes, un lion redoutable et une sorcière perfide.»

Et cette fois encore, tout se passa comme Kergula l'avait prédit. Peu de temps après, ils arrivèrent devant une montagne. C'était le géant à sept têtes. A sept reprises, Kendebaj se jeta contre lui, il brandit sept fois sa massue, et à chaque fois, le géant avait une tête en moins. Le jeune homme coupa les chevelures des sept têtes et les pendit à sa ceinture, puis il reprit sa course.

C'est alors qu'un rugissement terrible fit trembler l'air et la terre. C'était le lion qui, la gueule grande ouverte, fonçait sur Kendebaj. Le guerrier brandit son épée de diamant et coupa le lion en deux. Il lui arracha une dent, la serra contre son cœur et continua à galoper.

Subitement, l'obscurité fut totale. Seules brillaient encore dans le noir les queues dorées des chevaux. Lorsque la lumière revint, Kendebaj vit apparaître une belle jeune fille qui lui dit: «Tu es certainement très fatigué d'un si long voyage; viens avec moi dans ma hutte te reposer un peu.» «Volontiers», répondit Kendebaj. Mais, dès que la jeune fille se fut retournée, il lui trancha la tête avec son épée. A l'instant même, un éclair déchira le ciel, et tout disparut sous un épais nuage noir. Quand ce nuage se dissipa, ce n'était plus une belle jeune fille, mais une sorcière qui gisait là sur le sol. Kendebaj ajouta la tête de la sorcière à ses autres trophées, et il s'accorda, à lui-même et à Kergula, trois jours de repos. Le quatrième jour, il enfourcha à nouveau son fidèle cheval, et celui-ci le ramena d'un seul bond dans l'île du prince des diables.

Le prince le reçut avec tous les honneurs, et, lorsque le jeune homme lui montra les cheveux des géants, la dent du lion et la tête de la sorcière, il fut transporté de joie, embrassa Kendebaj comme un fils et lui avoua que s'il avait attaqué le village, s'il avait enlevé les parents du petit berger et s'il lui avait envoyé ses filles – les grands cygnes noirs – c'était parce qu'il savait que seul Kendebaj réussirait à tuer les géants, le lion et la méchante sorcière. Il appela alors sa cadette, la jeune fille à qui appartenait la pantoufle que Kendebaj avait attrapée, il lui donna sa main et leur fit des noces magnifiques.

Kendebaj rentra chez lui couvert de gloire, avec une belle femme et de grandes richesses. Il avait rendu au petit berger son père et sa mère et ramené à son maître les chevaux que les soldats du prince avaient volés. Aujourd'hui encore, on chante l'histoire du grand djighite Kendebaj, le guerrier qui avait le cœur bon, et qui avait un bon cheval, le fidèle Kergula.

En des temps très anciens vivait Dédale, à la fois peintre et sculpteur, célèbre
entre tous, dans le monde entier. C'était l'époque ancienne où les dieux regardaient encore avec plaisir et mansuétude les artistes qui, de leurs mains, faisaient
naître des sculptures, de beaux monuments et des tableaux splendides. Dédale
sculptait des statues de marbre blanc qui suscitaient l'admiration et l'étonnement de tous. On avait l'impression à tout moment qu'elles allaient se mettre
à parler, à sourire, et se lever pour descendre de leur socle, tellement elles étaient
parfaites. Les temples construits par Dédale surpassaient tous les autres en splendeur. Ils étaient du plus bel effet, au milieu des bois sacrés, un peu comme des
perles dans un écrin de verdure.

Dédale jouissait non seulement de la grâce des dieux, mais aussi de la bienveillance et de l'amitié des gens simples de son pays. Il les aimait et s'intéressait
à ce qui pouvait leur manquer et à ce dont ils avaient besoin pour vivre. Ainsi,
il inventa pour eux le fil à plomb, le foret et la hache du menuisier. Il leur apprit
à construire des mâts et des vergues, si bien que leurs bateaux purent voguer
fièrement à travers la mer. Il aimait par-dessus tout recevoir les compliments
de ceux qui avaient besoin de ses inventions, et les remerciements des artisans
à qui il avait simplifié la tâche.

Il n'y avait qu'une idée qui lui était insupportable: que quelqu'un d'autre, un
jour, prenne sa place, que quelqu'un porte ombrage à la renommée de son esprit
inventif et à la célébrité de ses mains bénies des dieux. C'est pourquoi il ne tolé-
rait dans son atelier aucun jeune apprenti qui aurait pu copier son art. Mais
quand Thalus, le fils de sa sœur, qui promettait lui aussi d'être un artisan doué
et habile, fut en âge d'être apprenti, Dédale accepta de le prendre dans son atelier,
comme sa sœur le lui avait demandé.

Mais il ne tarda pas à le regretter. Thalus avait des yeux qui voyaient au cœur
des choses, et des mains qui savaient créer ce que nul n'avait jamais vu. Un jour,
sur le marché, Thalus observa la colonne vertébrale d'un animal écorché. Il
courut aussitôt chez lui et fabriqua la première scie. Une autre fois, avec deux
crayons réunis, il fit un compas, et ce fut la naissance du cercle. Pour finir, il
inventa un tour de potier bien supérieur à tous ceux qui existaient jusque-là.

La sympathie que Thalus inspirait déjà, lui qui était si jeune encore, les remerciements et les éloges que tous lui adressaient étaient comme une épine dans
l'œil de son maître. Dédale essaya bien d'extirper l'envie de son cœur, mais en
vain: il redoutait terriblement le jour où Thalus ferait mieux que lui, où les
dieux et les hommes se détourneraient de Dédale.

Un soir, alors qu'ils avaient rangé leurs burins, l'oncle proposa à son neveu de
lui montrer les splendeurs de la ville. Ils marchèrent jusqu'à l'Acropole et avancèrent au bord de la falaise afin d'avoir une vue panoramique de la ville. Ils étaient

seuls, et Dédale en profita pour pousser le jeune homme dans le vide. Puis il 169
descendit jusqu'à l'endroit où le corps s'était écrasé et l'emporta pour l'enterrer
dans un endroit désert. Mais il rencontra en chemin quelques Athéniens qui
l'emmenèrent devant les archontes.

D'un seul coup, toute envie et toute malveillance avaient disparu du cœur

de Dédale. Et il se désolait de l'horrible crime dont il avait été capable. Il décida
de fuir, de fuir les archontes et de se fuir lui-même. Il emmena son jeune fils
en pleine nuit dans un bateau et partit avant le lever du jour.

Ils naviguèrent longtemps à travers la mer, ils croisèrent une multitude d'îles
jusqu'à ce que la terre apparaisse devant eux. Mais cette terre était en réalité
une île très étendue qui s'appelait la Crète. Lorsque Minos, le roi de Crète, apprit
que Dédale venait d'arriver, il invita le maître chez lui. Il le traita royalement et
le combla de faveurs, comme en reçoivent les hommes célèbres et choyés des
dieux. Car Minos lui aussi entendait depuis longtemps parler des statues magnifiques et des temples splendides que Dédale avait construits. C'est pourquoi il lui
offrit asile et protection.

La Crète est une île riche, et à cette époque, c'était un royaume puissant. Ses
villes faisaient l'objet de fables plus extraordinaires les unes que les autres.
Minos voulait que la renommée de son pays parvienne jusqu'aux cieux et suscite
ainsi l'admiration de son père, qui n'était autre que Zeus, le dieu qui lance la
foudre et les éclairs, le roi de l'Olympe. Sur l'ordre du roi, Dédale fit des statues
et construisit des palais et des temples dont la perfection étonnait même
les dieux. Il contribuait ainsi à renforcer la renommée du roi Minos. Pendant

plusieurs années, il embellit l'île magnifique à la satisfaction de Zeus, le dieu-père, et pour la joie des hommes à qui il offrait son travail.

L'épouse du roi Minos, Pasiphae, avait mis un fils au monde quelques années plus tôt. Mais ce n'était pas un enfant avec lequel sa mère aurait pu jouer tendrement, qu'elle aurait pu choyer et cajoler. C'était un monstre qui avait le corps d'un homme et la tête d'un taureau, et qui n'acceptait pas d'autre nourriture que la chair humaine. Pour dissimuler cette tare aux yeux du monde le roi Minos ordonna à Dédale de construire pour le monstre, le Minotaure, une maison où personne ne pourrait l'apercevoir du dehors. Dédale se mit au travail avec zèle et déploya des trésors d'ingéniosité. Avec l'aide de nombreux serviteurs, il construisit dans la ville de Knossos un bâtiment comme il n'y en avait encore jamais eu au monde. Et il l'appela labyrinthe. On y entrait par des couloirs tortueux et innombrables qui se croisaient entre eux, si bien que nul mortel, une fois dedans, ne pouvait retrouver la sortie. Et, au centre du labyrinthe, dans une cour jonchée d'ossements humains, se trouvait le Minotaure.

Au bout de quelque temps, Dédale eut le mal du pays. Il désirait ardemment regagner sa patrie. Il demanda au roi de bien vouloir le démettre de ses fonctions. Mais Minos n'était pas de cet avis. A partir de ce jour au contraire, il fit constamment surveiller Dédale, car il voulait garder l'habile architecte pour lui seul et pour son pays. Et comme il craignait, en plus, qu'il trahisse le secret du Minotaure, il le fit enfermer avec son fils Icare dans le labyrinthe.

Dédale réfléchit très longtemps avant de trouver la façon de s'échapper du labyrinthe. Il ne connaisait que trop les obstacles qui contrariaient sa fuite: un labyrinthe de couloirs, des murailles infranchissables et des soldats armés jusqu'aux dents, patrouillant sur terre et sur mer. Dédale avait le cœur rempli de haine contre son geôlier et souhaitait ardemment retrouver sa liberté et sa patrie.

Un jour, il dit à son fils: «Icare, tu souffres avec moi dans cette cage immense, humide et glacée, qui devait dépasser en ingéniosité tout ce que j'avais réalisé jusque-là, qui était toute ma fierté. Maintenant pourtant, je la hais comme mon pire ennemi. Le roi Minos nous a interdit toutes les issues, et nous ne lui échapperons ni par la mer ni par la terre. Nous ne pourrons retrouver la liberté que par la voie des airs. Minos contrôle tout, mais l'air échappe à son pouvoir.»

Et pour la première fois depuis qu'il était enfermé, il sourit à son fils, et celui-ci murmura: «Mais comment penses-tu y arriver?»

Dédale mit son doigt sur sa bouche. Puis il alla vers les gardes et leur demanda de lui apporter une grande quantité de plumes, une grande quantité de fil de lin, et une grande quantité de cire, car il voulait fabriquer quelque chose de merveilleux pour le roi.

Il n'attendit pas longtemps, et on lui donna bientôt ce qu'il avait demandé. Icare regardait tout cela de ses yeux d'enfant, il s'amusait comme un fou parmi les plumes, les faisait voler en l'air, et les rattrapait en riant. Dédale, lui, se mit au travail. Il concentra toute son énergie pour faire resurgir dans sa mémoire l'apparence et la structure des ailes des oiseaux les plus variés, et ses mains bénies des dieux assemblèrent les plumes, des plus petites jusqu'aux plus grandes en

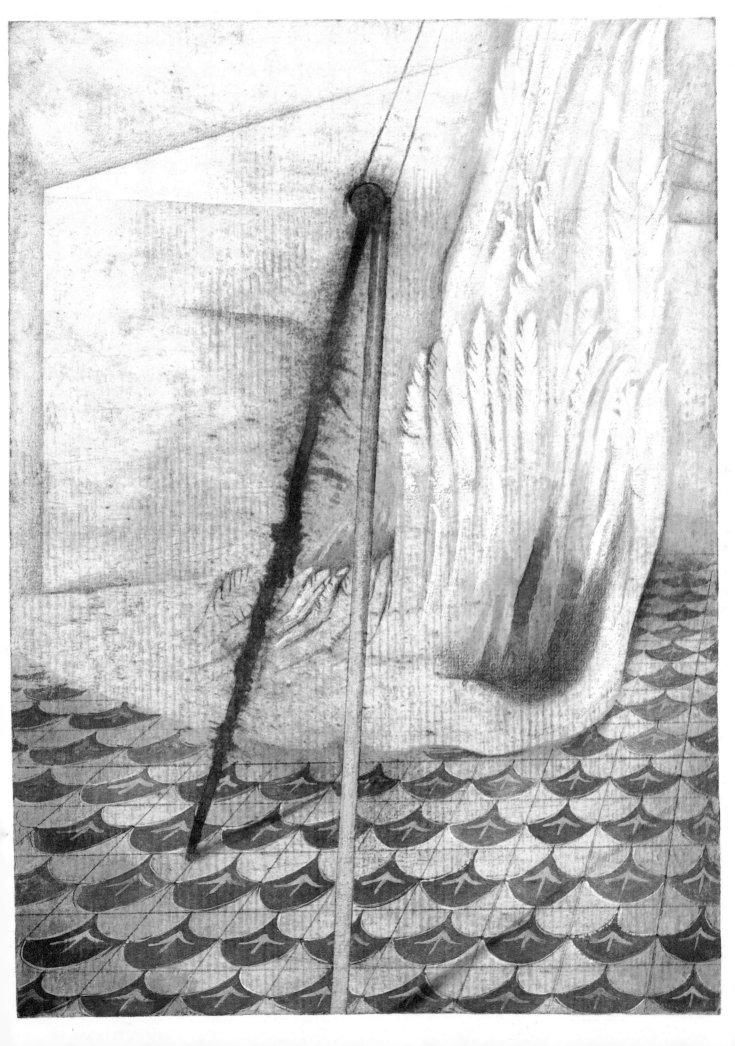

passant par les moyennes. Puis il les noua par le milieu avec le fil de lin et colla ensemble les tiges avec de la cire. Tout en travaillant, il se représentait comment les oiseaux prennent leur envol, face au vent, pour que celui-ci les emporte, et comment ils utilisent les courants ascendants pour glisser à travers les airs.

Il fit une aile, puis une deuxième, une troisième et une quatrième, mais cette dernière paire était un peu plus petite. Lorsque les ailes furent terminées, Icare tapa dans ses mains, ravi, et il se serait volontiers aussitôt envolé. Mais Dédale voulait d'abord les essayer. Il attacha les deux grandes ailes à ses épaules, passa ses bras dans les boucles qu'il avait fixées sous chaque aile et battit des bras de toutes ses forces, aussi vite qu'il put. Et, en effet, les ailes le soulevèrent du sol. Il vola en cercle au-dessus de son fils, comme un immense oiseau – à petite hauteur, bien sûr, pour ne pas attirer l'attention des gardes – et Icare le regarda, au comble de l'admiration. Lorsque Dédale se fut posé à nouveau sur le sol, il dit à Icare avec enthousiasme: «Icare, mon fils, demain nous pourrons nous enfuir.»

Ils se reposèrent et le lendemain matin, à l'aube, Dédale fixa les petites ailes sur le dos d'Icare. Ses mains tremblaient d'impatience et d'inquiétude, et il lui disait: «Ecoute-moi bien, car il y va de ta vie! Nous allons maintenant nous envoler au-dessus du labyrinthe, puis nous survolerons la ville et toute la Crète, nous traverserons la mer jusqu'à notre pays. Il ne faut pas que tu voles trop près du sol, sinon les soldats du roi t'atteindraient de leurs flèches. Et ne vole pas trop bas non plus au-dessus de la mer, sinon les éclaboussures de l'eau et les embruns alourdiraient tes ailes et tu ne pourrais plus voler. Mais ne vole pas trop près du soleil, car plus on est haut, plus le soleil brûle; tes ailes brûleraient elles aussi, et toi avec. Vole toujours derrière moi, à mi-chemin entre ciel et terre. Ne me quitte pas des yeux, et ne lève pas la tête vers les étoiles, sinon leur éclat t'aveuglerait.»

Dédale sentit des larmes couler sur ses joues, mais il se ressaisit, fixa ses ailes sur ses épaules, et ils s'envolèrent ensemble. Ils volèrent au-dessus du labyrinthe, tandis que le cri à la fois humain et bestial du Minotaure résonnait à leurs oreilles, volèrent au-dessus de la ville et de toute la Crète. Les fermiers dans leurs champs, les hommes dans la rue, les pêcheurs sur la mer arrêtaient leur travail et regardaient, étonnés, ces deux créatures ailées passer dans le ciel, et il les prenaient pour des dieux.

Comme une hirondelle qui vole pour la première fois avec son petit, Dédale se retournait sans cesse vers son fils, pour voir s'il suivait ses conseils. Ils survolèrent ainsi l'île de Naxos, l'île de Delos, et Icare se grisait des sensations fantastiques que lui procurait le vol, il battait des ailes de plus en plus vite, volait toujours plus haut, vers le soleil brillant.

Mais les conseils de prudence que son père lui avait donnés n'étaient que trop justifiés. Les rayons brûlants du soleil firent fondre la cire qui maintenait la base des plumes. Les plumes se mirent à danser comme des flocons de neige autour de lui et, d'un seul coup, Icare se rendit compte avec terreur que ses ailes avaient disparu, et que désormais seuls ses bras battaient l'air qui ne leur opposait plus de résistance. Pris d'une peur panique, il appela son père. Il tombait de plus en plus vite, droit vers la terre, et son cri de détresse fendait l'air comme une trace fugitive. Il tomba comme une pierre dans l'eau, et se tut pour toujours.

Lorsque Dédale se retourna, il ne vit plus son fils. Seules les quelques touffes de plumes qui flottaient sur l'eau permirent au malheureux père de comprendre ce qui s'était passé. Il descendit vers l'eau, fit quelques cercles au-dessus de l'endroit où son fils avait disparu, et l'appela désespérément. Il espérait encore le voir sortir des vagues.

Mais comme celui qu'il appelait avec sa voix et avec son cœur restait invisible, il reprit son vol au-dessus de cette mer, qu'on appelle encore aujourd'hui la mer d'Icare.

Tandis qu'il volait, Dédale maudissait cette évasion. Il maudissait même l'idée qu'il avait eue de s'enfuir; il maudissait toute cette science qui lui avait permis de faire savoir aux hommes comment s'élever dans les airs. Il se fuyait lui-même, comme il s'était fui, jadis, après la mort de Thalus, et l'orgueil quittait son cœur comme les plumes tombées des ailes d'Icare.

Dédale vécut longtemps encore, il fuyait de ville en ville devant la colère des rois et retrouva leur faveur. Les palais et les temples qu'il a construits sur sa longue route à la gloire des rois et des dieux portent toujours témoignage de cette fuite perpétuelle.

L'histoire de Dédale et d'Icare nous montre, aujourd'hui encore, combien il est absurde de vouloir s'échapper du labyrinthe quand on porte en soi un labyrinthe, et que ceux qui ont l'audace de marcher sur le chemin de la liberté risquent de le payer de leur vie.

LE CHAPEAU VOLANT
ET LA BOULE DE CRISTAL

Il était une fois une vieille sorcière qui avait trois fils, tellement beaux, gentils, et qui s'entendaient si bien que c'en était à peine croyable. Et la sorcière les haïssait, car elle craignait en secret qu'ils réduisent à néant ses méchants maléfices, et elle voulait à tout prix se débarrasser d'eux. C'est pourquoi elle profita de la première occasion pour transformer l'aîné en aigle. Elle se frottait les mains à l'idée qu'il était condamné à vivre dans les montagnes lointaines et désolées, et qu'il allait désormais évoluer dans les hauteurs infinies du ciel. Elle prit ensuite prétexte d'une querelle futile pour transformer son fils cadet en baleine, et un rictus lui tordait le visage lorsqu'elle l'imaginait, nageant désormais dans les profondeurs de la mer et ne remontant que rarement jusqu'à la surface pour souffler comme un geyser.

Mais le plus jeune fils décida qu'il était grand temps pour lui de s'enfuir s'il ne voulait pas subir le même sort. Et il partit.

Tandis qu'il vagabondait ainsi à travers le pays, il entra dans une auberge qui se trouvait au cœur d'une forêt profonde, et il entendit quelqu'un parler du château du Soleil Doré. On racontait qu'une princesse ensorcelée y vivait, et qu'elle attendait que quelqu'un vienne la libérer. Vingt-trois jeunes hommes avaient déjà tenté leur chance sans succès: ou bien ils n'avaient pas trouvé la

princesse, ou bien on ne les avait jamais revus. Désormais, un seul prétendant pouvait encore tenter sa chance, et ce serait le dernier.

Tandis que le plus jeune fils de la sorcière poursuivait sa route, tout en repensant à cette histoire, il vit quelque chose passer en trombe à côté de lui et s'arrêter un peu plus loin sur une pierre. Notre jeune homme regarda avec plus d'attention et vit que c'était un nain coiffé d'un chapeau au large bord. Le lutin enleva son chapeau, le posa par terre dans la mousse, jeta des regards prudents autour de lui pour voir s'il était bien tout seul et disparut dans une grotte. Intrigué, le jeune garçon courut jusqu'à la pierre et ramassa le chapeau. Il ne pouvait pas savoir que ce chapeau avait le pouvoir magique d'emmener toute personne à l'endroit où elle souhaitait aller. Il le mit sur sa tête, et, comme il pensait au château du Soleil Doré, il se retrouva soudain dans les airs, survolant les fleuves et les rochers, les montagnes et les vallées, et même la mer jusqu'à une haute montagne où se trouvait le château.

Il traversa le portail puis les couloirs et les salles jusqu'à ce qu'il découvre enfin la princesse, dans la dernière salle. Mais quelle déception! Au lieu de la ravissante jeune fille qu'il s'attendait à voir, c'était une vieille femme ridée aux joues tombantes, aux yeux glauques et aux cheveux roux comme les poils du renard. Sa déception n'échappa pas à la princesse, qui lui parla en ces termes: «Ne t'effraie pas de mon apparence, en réalité, je suis très différente. Tu peux en juger par toi-même: regarde l'image reflétée par ce miroir; lui ne sait pas mentir.» Et elle lui tendit un miroir dans lequel rayonnait le visage le plus ravissant du monde. Et il vit aussi que des larmes brûlantes coulaient le long de ses joues. Il lui prit la main et lui demanda de lui dire comment il pouvait la délivrer.

Elle lui dit alors: «Il faut que tu descendes cette montagne jusqu'aux sources, et tu y trouveras un affreux aurochs... Il faudra que tu te battes avec lui. Si tu es le vainqueur, il se transformera en oiseau de feu et s'envolera. Cet oiseau a dans ses entrailles un œuf de feu et dans cet œuf, à la place du jaune, il y a une boule de cristal. Il faut que tu attrapes l'oiseau et que tu le forces à pondre l'œuf. Mais, fais attention, car si l'œuf tombe par terre, il prendra feu et brûlera tout alentour. Le plus grave, c'est que cette chaleur pourrait faire fondre la boule de cristal, et alors tu te serais donné toute cette peine pour rien. Il faut en effet que tu montres la boule de cristal au magicien qui m'a ensorcelée. C'est le seul moyen de briser son pouvoir, et c'est alors seulement que je reprendrai ma forme originelle.»

Le jeune homme descendit la montagne jusqu'à ce qu'il arrive aux sources. Soudain, la terre vibra, et il vit un aurochs gigantesque qui fonçait sur lui, les cornes baissées, et ses naseaux crachaient le feu. Le jeune homme dégaina prestement son épée et frappa le monstre à la gorge. Au même instant, l'aurochs se transforma en oiseau de feu et s'envola dans le ciel. Le jeune homme pensa tout à coup à son frère aîné; et il vit descendre du ciel un aigle immense qui pourchassa l'oiseau de feu jusqu'à la mer, et là, il ouvrit son bec d'un air tellement menaçant que le petit oiseau, dans sa peur, pondit un œuf. L'œuf ne tomba pas dans la mer, mais sur la plage, dans une hutte de pêcheur, et la hutte prit aussitôt feu. Le jeune homme pensa tout à coup à son frère cadet. Au même instant, il vit une gigantesque baleine qui nageait vers la plage en soulevant des vagues hautes comme des maisons. Les vagues balayèrent la plage et éteignirent le feu. Par chance, l'œuf n'avait pas encore fondu, seule sa coquille avait éclaté, si bien que le plus jeune frère n'eut aucune peine à en sortir la boule de cristal.

Il mit le chapeau magique sur sa tête et s'envola avec la boule de cristal par-dessus le château et la forêt, par-dessus la montagne et la vallée jusqu'à l'antre du magicien qui avait ensorcelé la princesse. Et lorsqu'il lui montra la boule de cristal, le magicien perdit son pouvoir maléfique sur la ravissante princesse et sur le château du Soleil Doré.

Les deux autres frères du jeune homme retrouvèrent également leur forme originelle et ils purent ainsi danser à la noce, car la boule de cristal avait aussi brisé le pouvoir de leur mère, la méchante sorcière.

Il était une fois, dans le royaume d'un tsar, un homme et une femme qui avaient trois fils. Deux de leurs fils étaient des enfants éveillés; leur père était fier de leur intelligence et s'entretenait avec eux à tout propos. Leur mère ne leur servait que des mets excellents et leur confectionnait des chemises blanches qu'elle exposait au soleil pour les rendre encore plus éclatantes. Mais dans la famille, tout le monde prenait le troisième pour un idiot. Le père ne se donnait jamais la peine de lui adresser la parole, la mère lui donnait à manger les épluchures et les déchets de la cuisine; elle l'habillait non pas de chemises blanches mais d'un sarrau de paysan. Ils l'appelaient Petit-idiot, et comme ils ne lui demandaient jamais rien, ils ne l'entendaient jamais, et ignoraient ce qui se passait dans sa tête bouclée.

Un jour, un marchand leur rendit visite. Il transportait des marchandises variées dans sa voiture, et il leur apprit une grande nouvelle: celui qui construirait un vaisseau capable de voler dans les airs comme les autres bateaux naviguent sur l'eau, celui-là recevrait en récompense la main de la fille du tsar, la ravissante Zarevna. Les deux frères aînés dirent aussitôt à leur père: «Père, nous voulons aller à la cour du tsar, nous voulons construire un bateau et tenter notre chance.» Le père leur donna sa bénédiction, tandis que la mère leur préparait des pirojki, des gâteaux et une bouteille de vin. Elle versa quelques larmes au moment de leur départ et agita longtemps la main en guise d'adieu.

Soudain, le plus jeune fils se posta devant elle et bredouilla: «Moi aussi, moi aussi.» «Que veux-tu donc?» «Je veux aussi m'en aller dans le vaste monde et construire un bateau, peut-être volera-t-il!» «Ne dis pas de bêtises, Petit-idiot. Tu ne connais rien du vaste monde. Si tu rencontres un loup dans les bois, tu le caresseras comme un chien, et le loup te dévorera. Tu ferais mieux de rester assis près du poêle comme tu en as l'habitude.» Mais Petit-idiot répétait sans cesse «Moi aussi, moi aussi», et la mère finit par accepter. Elle mit dans son sac deux galettes de blé noir et une bouteille d'eau.

C'est ainsi que Petit-idiot s'en alla dans le vaste monde. Arrivé à la lisière de la forêt, il se retourna encore une fois et agita la main en guise d'adieu. Il suivait le chemin, tout droit, à gauche, puis à droite; il montait et descendait, traversait des ponts et passerelles. Le monde est vaste, et Petit-idiot s'en allait toujours plus loin, et pendant qu'il marchait, il chantait en cadence pour se donner du cœur au ventre.

Il rencontra alors un vieil homme, le salua, lui demanda son chemin et lui dit: «Le tsar me donnera sa fille comme épouse si je construis un vaisseau qui vole dans les airs comme les bateaux naviguent sur l'eau.» «Et sais-tu construire un tel vaisseau?» s'étonna le vieillard. «Evidemment non, moi tout seul, je n'arrive à rien, mes parents pourraient vous en dire long là-dessus, mais qui est capable d'arriver à quelque chose à lui tout seul?» répondit Petit-idiot avec franchise. «Mais si Dieu est avec moi, la chance me sourira, et le vaisseau volera vraiment.» Le vieillard lui dit alors en souriant: «Viens, assieds-toi dans l'herbe, et mangeons ensemble ton pain blanc et ton vin; nous allons reprendre des forces, et peut-être saurai-je te conseiller utilement.» «Je partage volontiers ce que j'ai, mais il faudra que vous vous contentiez de galettes de blé noir et d'eau», répondit Petit-idiot en sortant son casse-croûte de son sac – et quelle surprise, à la place des galettes noires et de l'eau, il y avait maintenant des pirojki, des gâteaux, du miel, de la viande et une bouteille de vin. «Eh bien, ne vous l'avais-je pas dit, si Dieu est avec moi, la chance arrive elle aussi!» s'exclama le jeune garçon en riant.

Ils mangèrent, burent, donnèrent aux oiseaux quelques miettes, puis le vieillard prit la parole: «Continue toujours tout droit, jusqu'à ce que tu arrives devant une forêt. Arrête-toi devant le premier arbre de cette forêt et incline-toi profondément devant lui, puis allonge-toi sur la terre, notre mère à tous, ferme les yeux et endors-toi. Quand tu te réveilleras, tu monteras dans ce que tu verras à côté de toi et tu t'envoleras avec. Et emmène avec toi tous ceux que tu rencontreras sur ta route. Aide-toi, le ciel t'aidera.»

Petit-idiot remercia le vieillard et continua sa route jusqu'à ce qu'il arrive à une forêt. Il fit tout ce que le vieil homme lui avait conseillé de faire, et, lorsqu'il se réveilla le lendemain matin et qu'il se frotta les yeux, il vit devant lui un vaisseau aux blanches voiles avec une sirène en bois sur la proue. Sous le bateau, il y avait de l'herbe, autour de lui, c'était la forêt. Mais tout cela n'étonnait nullement Petit-idiot. Il s'inclina profondément, remercia en son for intérieur le vieil homme, et monta dans le bateau. Et le vaisseau naviqua avec lui dans les airs comme les autres bateaux naviguent sur l'eau. Sa carène fendait l'air; de chaque côté, les nuages moutonnaient comme des vagues, et au lieu de poissons, c'était des oiseaux que l'on voyait bondir, de nuage en nuage. Et le vaisseau volait, mais le vaste monde au-dessous de lui avait l'air d'un monde en miniature: les arbres n'étaient pas plus hauts que des brins d'herbes, les villages étaient petits comme une tête d'épingle, les villes comme une goutte de miel, les montagnes pas plus hautes que le doigt et à travers tout cela serpentait la route, pas plus grosse qu'un fil blanc. Petit-idiot vit alors un moujik allongé sur le chemin, l'oreille collée contre la terre. «Bonjour, brave homme!» lui cria Petit-idiot, «que fais-tu là?» «Rien, je prête simplement l'oreille. Et j'entends tout ce qui se passe dans le monde.» Entendre le monde entier, c'est quelque chose, mais cela n'impressionnait nullement Petit-idiot. «Viens avec moi!» dit-il à l'homme. «Il fait chaud, et ici au moins, on a de l'air frais!» Il fit descendre une corbeille au bout d'une corde, hissa Fine-oreille à bord et ils continuèrent à voler, l'un à bâbord, l'autre à tribord, en observant de là-haut le fil blanc du chemin. Ils virent alors un homme qui sautillait sur une jambe.

«Bonjour, brave homme!» cria Petit-idiot. «Où as-tu donc perdu ton autre jambe?» «Pourquoi voulez-vous que je l'aie perdue? Je me la suis attachée à l'oreille. Avec les deux jambes, je ferais le tour de monde en moins de temps

qu'il n'en faut pour le dire.» «Viens avec moi, tu pourras au moins te reposer un peu.» Patte-folle accepta, et d'un seul bond, il fut dans le vaisseau. Ils reprirent leur vol, et comme ils regardaient en bas, ils virent un homme sur le chemin blanc, un moujik qui tenait une carabine et visait l'horizon.

«Bonjour, brave homme! Je ne vois ni oiseau ni gibier alentour, sur quoi tires-tu donc?» «Je tire sur un cygne qui nage dans un lac bleu à mille verstes d'ici. Car je suis très bon tireur.» «Laisse le cygne en paix, viens plutôt avec nous», dit Petit-idiot en prenant à bord Tireur d'élite. Ils étaient maintenant quatre dans le vaisseau volant. Deux d'entre eux observaient la terre de bâbord, et les deux autres l'observaient de tribord. Ils virent alors un sac immense rempli de pains qui avançait sur le chemin blanc.

«Bonjour, sac, où vas-tu donc?» cria Petit-idiot. «Où pourrait-il aller, si ce n'est là où moi, Ventre-creux, je vais?», répondit le moujik qui transportait le sac sur son dos. «J'ai toujours terriblement faim, et je n'emporte jamais assez de nourriture avec moi.» «Viens avec moi, tu auras toujours assez de quoi manger avec moi, dès que le tsar m'aura donné en mariage sa fille, la belle Zarevna.» Ils hissèrent d'abord le sac de pains, puis Ventre-creux dans leur vaisseau volant.

Ils prirent encore à bord Grand-gosier, un homme qui pouvait boire un lac entier sans pour autant étancher sa soif. Et, après lui, ils emmenèrent Porte-fagot, avec son fagot de petit bois sur le dos. Mais c'était un type de bois bien particulier: quand on le jetait sur le sol et qu'on sifflait en même temps, une armée de soldats sortait du sol. Et enfin, Porte-paille les rejoignit; il portait sur son dos une botte de paille tout à fait originale: tant que la botte était liée, elle rafraîchissait tout ce qui l'entourait, et quand on la déliait et qu'on répandait la paille, le neige se mettait à tomber et la gelée blanche recouvrait le sol. «Le tsar pourrait bien avoir besoin de ta paille», dit Petit-idiot. «Elle lui permettra de rafraîchir son vin et les têtes brûlées de ses généraux...»

Ainsi, ils étaient déjà huit dans le vaisseau. Quatre d'entre eux scrutaient le sol de bâbord, et les quatre autres l'observaient de tribord. Le vaisseau volait avec eux à travers les airs. Ils voyaient filer sous eux le vaste monde et le chemin blanc mince comme un fil. Le vaisseau les emmena jusqu'à la cour du tsar, et ils atterrirent sur le toit doré de son château.

Le tsar était en train de déjeuner. Il essuya son menton luisant de graisse et envoya un serviteur dehors, pour voir qui lui rendait visite dans ce bateau. Mais il ne fut guère ravi par ce qu'on lui raconta. Un paysan en sarrau noir et sept moujiks – en voilà un beau marié pour une fille de tsar! Le serviteur fronça le nez, et le tsar réfléchit à la façon dont il pourrait se soustraire habilement à sa parole de tsar, car il n'avait pas la moindre envie de donner sa fille au premier venu.

Il coiffa sa couronne et dit: «Ce paysan a accompli la première épreuve. Mais il ne peut pas épouser ma fille sans lui faire un cadeau de noces. Avant même que j'aie fini mon repas, il faudra qu'il rapporte deux petits flacons d'eau pour la princesse, l'un rempli d'eau de guérison et l'autre d'eau de vie.» Le serviteur sortit pour exécuter son ordre, mais sur le bateau, ils étaient déjà au courant, car Fine-oreille était là. «Ce n'est pas possible!» soupira Petit-idiot. «Je ne trouverai jamais une eau pareille, même si je passe toute ma vie à courir aux quatre coins du monde. Tant pis pour la belle Zarevna.» «N'abandonne pas si vite», lui dit Patte-folle en riant. «Je m'en charge. Et là, je vais vraiment avoir besoin de mes deux jambes.» Et Petit-idiot fit savoir au tsar qu'il allait chercher l'eau.

Patte-folle détacha sa deuxième jambe de son oreille — et il partit, aussi rapide que l'éclair. Nous ne saurons sans doute jamais quelles contrées il traversa, ce qu'il y vit et tout ce qu'il fit, mais une chose est sûre, c'est qu'il trouva la source magique qui donnait l'eau de guérison, ainsi que celle qui donnait l'eau de vie. Et il en remplit deux flacons. Et comme il lui restait largement le temps, il s'allongea dans l'herbe pour faire une courte sieste et s'endormit.

Pendant ce temps, le tsar continuait son repas, son menton était à nouveau luisant de graisse. Le serviteur posa devant lui le dernier plat — et Patte-folle n'était toujours pas de retour. Petit-idiot baissait déjà la tête, mais Fine-oreille colla son oreille contre la terre et cria d'un air indigné:«Il s'est endormi, je l'entends ronfler!» Tireur d'élite saisit rapidement sa carabine et fit siffler une balle près de la tête du dormeur. Il sauta sur ses pieds, et, comme le tsar prenait sa serviette pour s'essuyer le menton, les deux flacons remplis d'eau magique étaient devant lui, sur la table.

Mais le tsar ne voulait toujours pas de ce gendre, et il imagina une nouvelle ruse. «Portez sur le bateau douze bœufs rôtis et douze pains aussi grands que des roues de voiture», dit-il à ses serviteurs. «Et il faudra qu'ils engloutissent tout immédiatement.» Fine-oreille avait à nouveau écouté et il servit la nouvelle toute fraîche à ses compagnons. «C'est un jeu d'enfant pour moi!» se réjouit Ventre-creux. «Mon estomac cesse enfin de réclamer.» Et avant même que les serviteurs soient retournés au château, Patte-folle rapportait déjà au tsar les sacs de pain vides en lui demandant s'il n'y avait pas encore quelque chose à manger au château.

«Envoyez-leur quarante fûts de vin, chacun d'une contenance de quarante seaux!» ordonna le tsar. «Et il faudra qu'ils les boivent d'un trait, jusqu'à la dernière goutte!» Fine-oreille annonça cette nouvelle à ses compagnons, et Grand-gosier fit une galipette tellement il était heureux, et cria:«Je m'en charge, je vais enfin pouvoir calmer ma terrible soif!» Il avala d'un seul trait le contenu des quarante fûts et dit qu'il n'aurait pas été mécontent d'en boire un peu plus. Et les serviteurs transmirent ce message au tsar.

«Je vais une bonne fois pour toutes me débarrasser de cet individu!» vociféra le tsar. Et il fit annoncer à Petit-idiot qu'il avait réussi toutes les épreuves et qu'il pouvait aller au bain afin de se nettoyer de la poussière du voyage avant les noces qui auraient lieu le lendemain. Le tsar avait sa petite idée derrière la tête. Il fit chauffer à blanc les parois de la baignoire, qui étaient en acier trempé, et donna l'ordre à ses serviteurs, dès que le fiancé entrerait dans la baignoire, de fermer les portes et de le laisser cuire à petit feu à l'intérieur. Mais Fine-oreille avait à nouveau tout entendu, évidemment, et Porte-paille entra tout d'abord, rafraîchit avec sa botte de paille l'eau du bain. Ensuite seulement, Petit-idiot entra dans la pièce. Il se savonna consciencieusement, rinça la mousse et se revigora en se fouettant le corps avec des rameaux de bouleau. Ah, cela faisait longtemps qu'il n'avait pas pris un aussi bon bain. Ensuite, Porte-paille délia la botte de paille, et l'eau gela dans le bassin. Mais derrière le poêle, il faisait encore chaud. Les deux camarades s'y installèrent confortablement et dormirent comme des loirs jusqu'au lendemain matin. Lorsque les serviteurs ouvrirent les portes de la salle de bains, ils faillirent tomber à la renverse quand ils virent les deux amis frais et dispos.

Le tsar ne savait pas s'il devait rire ou pleurer. C'est pourquoi il fit les deux à la fois. Puis il appela tous ses ministres, ses boyards et ses conseillers, et tous se creusèrent la cervelle pour trouver une idée. Ils appelèrent Petit-idiot, et le tsar lui fit des reproches: «Comment peux-tu demander la main de ma fille, alors que tu n'as pas un seul soldat! Qui combattra pour Zarevna, qui l'accueillera en faisant le salut militaire? Si tu n'as pas réussi à rassembler une armée d'ici demain matin, ne te risque plus devant moi!»

«Enfin une parole sensée!» rétorqua aussi net Petit-idiot. «Mais je te le dis, si tu ne me donnes pas alors ta fille, je brandirai mon épée et je donnerai l'ordre d'attaquer. Et je prendrai tout ce qui m'appartient depuis longtemps: Zarevna et tout l'empire. Quant à toi, Tsar, tu me revaudras ta mauvaise volonté, et toutes les épreuves que tu as sans cesse inventées!»

Vers minuit, Porte-fagot se rendit sur la pelouse devant le château du tsar. Il faisait nuit noire, le vent faisait bruire les branches, des nuages sombres couraient dans le ciel. Au-dessus de ces nuages, le vaisseau magique de Petit-idiot flottait, et la lune s'était cachée derrière lui. Porte-fagot fit le tour des murailles en jetant son bois, et il sifflait en même temps. Et là où le bois tombait, on entendait des bruits de voix et des cliquetis d'armes.

Au matin, le tsar se leva, s'étira et se dirigea vers la fenêtre pour voir le temps qu'il faisait. Il faillit s'évanouir de terreur: tout autour de sa belle cour blanche, aussi loin que son regard se portait, une armée immense se pressait. Au premier rang, de lourds canons, avec leurs gueules noires dirigées sur le château, et derrière, des bataillons de soldats. Au-dessus de chaque bataillon flottait un drapeau, et beaucoup plus haut dans le ciel, trônait le vaisseau. Petit-idiot, dans son sarrau noir de paysan, se dressait à côté de la proue, et ses amis étaient à côté de lui, avec leurs casaques de moujiks.

Le tsar, abasourdi, ne dit rien, ne mangea rien, et fit seulement comprendre par des gestes qu'il fallait envoyer rapidement de beaux vêtements et le meilleur cheval à Petit-idiot, pour qu'il puisse épouser la princesse. Mais Fine-oreille entendit malgré tout et annonça la bonne nouvelle à ses compagnons. Ils se réjouirent, embrassèrent Petit-idot et le félicitèrent. Celui-ci leur dit alors: «J'ai toujours dit que si Dieu était avec moi, la chance elle aussi me sourirait. C'est pourquoi le bateau vole, et c'est pourquoi j'épouse la belle Zarevna. Mais vous pouvez être sûrs d'une chose: vous avez toujours été mes compagnons fidèles, vous avez volé avec moi, vous m'avez aidé et vous avez passé toutes les épreuves à ma place. Je vais être le seul, certes, à épouser la belle **Zarevna**, mais nous gouvernerons ensemble.»

Puis ce fut la fête des noces. Les tables regorgeaient de victuailles, le vin coulait à flots, et tous s'emplirent le ventre jusqu'à n'en plus pouvoir. Même Ventre-creux, ce qui n'est pas peu dire.

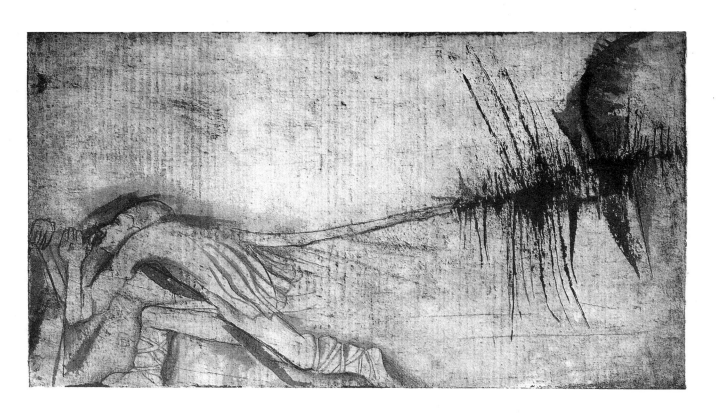

LES CHEMINS SOUS
LA TERRE

C'était pendant le mois du ramadan. Pendant ce mois, tous les musulmans, conformément aux ordres d'Allah, observent un jeûne sévère. Un homme à l'esprit libéral et au caractère enjoué, qui était membre de l'ordre monastique Bekentaschi, fut emprisonné et cité devant le Haut Tribunal, car on l'avait surpris en train de manger.

«Comment as-tu osé manger pendant la période du jeûne?» s'écria le cadi en brandissant l'index. «Je suis un pèlerin», expliqua l'homme pour s'excuser, nullement intimidé par l'index menaçant de son accusateur.

«Il ment!» cria un homme dans l'assemblée. «Comment peut-il être pèlerin, alors qu'il vit dans cette ville depuis quarante ans?»

«Quelqu'un pourrait-il par hasard affirmer», répondit l'inculpé, «que je vivrai encore dans cette ville dans deux jours? Je suis un pèlerin de l'au-delà», ajouta-t-il, et il était l'innocence en personne.

LE VOYAGE
AU PURGATOIRE

Comme je tiens cette histoire de la bouche même de Steenie Steenson, vous pouvez être absolument certains qu'elle est vraie, et que tout s'est passé exactement comme je vais vous le raconter. Mais évidemment, cela s'est passé il y a bien des années, car Steenie est mort depuis longtemps, et, à cette époque, il vivait encore.

C'était la veille de Noël, et Steenie se rendait chez le seigneur propriétaire de la petite ferme dont il était le métayer, afin de payer le fermage. Le seigneur était content de recevoir son argent à la date prévue, car ainsi, il pourrait fêter Noël avec encore plus de faste, mais en cette veille de Noël, Steenie ne reçut pas le reçu prouvant qu'il avait bien payé. Le seigneur ne savait où donner de la tête, comme cela arrive souvent pendant les jours de fête, et ils se mirent d'accord pour que Steenie passe prendre le reçu le dimanche suivant, en allant à la messe. Mais le destin en décida autrement – le lendemain, le seigneur mourut, ce qui fut une surprise pour tout le monde, et encore plus pour Steenie.

Dès le lendemain, il alla voir le fils du seigneur et lui dit: «J'ai déjà payé le fermage, c'était même la veille de Noël.»

«D'accord, Steenie. Tu n'as qu'à me montrer le reçu.»

«Voilà bien ce pour quoi je suis venu vous voir. Si j'en avais un, je ne serais pas venu vous dire que j'avais déjà payé. Je viens vous demander de me faire un reçu.»

«En voilà une histoire!» dit le jeune seigneur. «Mon père a reçu l'argent sans te faire de reçu! Et moi qui n'ai pas reçu d'argent, je devrais t'en faire un! Tu sais ce que nous allons faire? Tu vas me payer le fermage, et ensuite, je te donnerai un reçu.»

Pauvre Steenie! Il pleurait tellement qu'il ne voyait presque plus le chemin, tandis qu'il s'en retournait dans sa petite ferme. Où pourrait-il trouver à nouveau une telle somme d'argent, dans de si brefs délais? Il travaillait seul, il était vieux déjà, et son petit champ produisait à peine de quoi payer le fermage. Même en travaillant du matin au soir, il lui faudrait encore beaucoup de temps avant de pouvoir économiser un peu d'argent. Et pourtant, il vivait très modestement; son seul luxe était de s'offrir de temps en temps du tabac pour fumer la pipe. Qu'adviendrait-il de lui, si le jeune seigneur le chassait de la ferme?

Et Steenie se désolait ainsi tous les jours tout en gardant ses vaches; il essuyait les larmes qui ruisselaient sur son visage. Il était devenu absolument méconnaissable; depuis que le vieux seigneur était mort, il n'était plus que l'ombre de lui-même. Et lorsqu'un soir, dans la prairie, un inconnu lui demanda la cause de son chagrin, il lui raconta sa triste histoire.

«Mets tes mains dans les miennes et chausse ces sabots!» lui ordonna l'étranger d'une voix impérieuse.

Steenie obéit, et il se sentit soulevé du sol. Tous deux s'envolèrent au-dessus de la prairie, en faisant de larges cercles, toujours plus haut, et ils se mirent à voler à une vitesse prodigieuse. Steenie n'osait pas regarder en bas car il craignait d'avoir le vertige. Il s'agrippait de toutes ses forces à l'inconnu et sentait simplement l'air froid qui sifflait à ses oreilles. Il entendait des bruits et des voix étranges – des murmures, des soupirs, des grincements et des craquements, comme lorsqu'on ferme une grille avec une chaîne, puis ses narines s'emplirent d'effluves étranges et il eut très chaud, puis très froid.

D'un seul coup, les bruits cessèrent. Ils avaient à nouveau la terre ferme sous les pieds. Tout autour d'eux, le silence régnait, et devant eux s'élevait un palais. La grille s'ouvrit d'elle-même et ils traversèrent une enfilade de salles, toutes plus belles les unes que les autres. Mais il n'y avait nulle part trace de vie humaine, seul régnait cet étrange silence, et Steenie avait l'impression d'avoir du coton dans les oreilles. Dans la dernière salle pourtant, il vit le cadavre du seigneur, assis derrière une grande table, qui furetait dans un tas de papier.

«Comme je suis heureux que mon garde t'aie retrouvé. Je vais pouvoir te donner ce que je te dois», lui dit le seigneur, et il lui tendit une feuille.

«Et moi, je suis heureux de voir que vous allez aussi bien», répondit Steenie, et il mit aussitôt le papier dans sa poche.

«Crois-tu, Steenie?» Le seigneur ouvrit son manteau et le vieux paysan vit que la moitié de son corps était dévoré par les flammes. Le visage du seigneur prit d'un seul coup la couleur de la cendre, certainement à cause de la douleur, et ses yeux trahissaient une telle torture que le cœur de Steenie se serra de pitié.

«Alors, vous êtes au purgatoire?» s'écria le vieux paysan. Mais personne ne lui répondit. Il y eut un grand coup de tonnerre, comme lorsque quelqu'un s'en va aux enfers. Son guide lui saisit à nouveau les mains, et lorsque Steenie voulut chausser à nouveau les sabots, il s'aperçut que c'était en fait des sabots de cheval. Puis tout s'obscurcit autour de lui, et il perdit conscience.

Quand il revint à lui, il était allongé dans la prairie à côté de ses vaches. Il

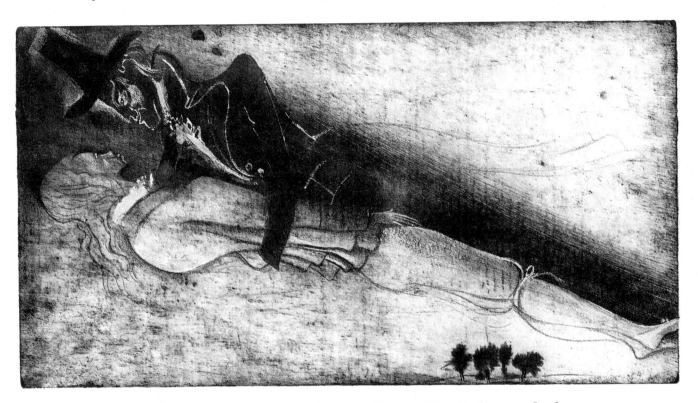

porta rapidement la main à sa poche – et il était bien là, le reçu du fermage qu'il avait payé.

LE CHEMIN
SOUS LA RACINE EN OR

Il était une fois un pauvre jardinier qui avait beau travailler encore et encore, il n'arrivait jamais à rien. Ce qui le préoccupait le plus, c'est qu'il n'avait même pas réussi à économiser une dot pour ses trois filles. C'est pourquoi il leur acheta à chacune un petit cochon de lait pour qu'elles les nourrissent et tirent un peu d'argent du produit de la vente.

Les deux sœurs plus âgées emmenaient chaque jour leur porcelet dans un endroit où il y avait beaucoup de glands. Mais elles y allaient en secret, pour que la plus jeune ne s'aperçoive de rien. Parmetella, elle, gardait son petit cochon de lait dans une clairière de la forêt, où jaillissait une source limpide. Un jour, elle découvrit dans cette clairière un arbre tout en or. Elle ne se lassait pas d'admirer sa splendeur et d'écouter la musique charmante des feuilles qui tintinnabulaient les unes contre les autres. Puis elle arracha une petite feuille et l'apporta à son père.

«Ne me demande pas où je l'ai trouvée, père, sinon ma chance pourrait disparaître.» Chaque jour, la petite fille arrachait une feuille, jusqu'à ce que l'arbre fût complètement dénudé. Elle coupa alors les branches, et quand il ne resta plus que le tronc, Parmetella prit une hache et le coupa. L'arbre tomba, et, entre ses racines, on apercevait un escalier tout en marbre qui descendait profondément dans la terre.

Parmetella descendit l'escalier et traversa un long couloir qui s'ouvrait sur un vaste plateau où se dressait un magnifique château dans lequel tout était en or, en argent, en perles et en pierres précieuses.

Dans une des salles, dont les murs étaient décorés par des peintures merveilleuses, il y avait une table couverte d'une profusion de plats, et comme la petite fille avait faim, elle s'arrêta pour goûter aux mets délicieux. A ce moment, un Maure entra dans la pièce. Il avait la peau aussi noire que la nuit, mais ses traits étaient fins, et il lui demanda de rester avec lui et de devenir sa femme. Elle ne devait pas le regretter. Evidemment, au début, Parmetella fut effrayée par cette apparition, mais le Maure avait une voix qui inspirait tellement confiance qu'elle finit par accepter. Il frappa dans ses mains, et une calèche apparut dehors. Elle était en diamant, avec un attelage de quatre chevaux d'or aux ailes d'émeraude et de rubis. La petite fille vola trois fois autour du plateau dans la calèche volante. A l'intérieur du château, une bande de singes en habits dorés l'attendaient déjà pour la parer des pieds jusqu'à la tête comme une reine.

Comme la nuit tombait, le Maure conduisit Parmetella dans sa chambre à coucher et dit: «Eteins la bougie, enfonce-toi sous tes couvertures et ferme bien les yeux, si tu ne veux pas nous porter malheur.»

Parmetella obéit, mais elle mit longtemps à s'endormir. Elle aurait bien aimé regarder le Maure pendant son sommeil, mais elle réussit à maîtriser sa curiosité. Pour cette fois du moins. La deuxième nuit pourtant, elle n'y tint plus. Tandis que le Maure était profondément endormi, elle alluma la bougie et la souleva au-dessus de lui. Elle vit alors que son visage était plus blanc que l'ivoire. Elle ne se lassait pas de contempler sa beauté.

Mais à ce moment, le jeune homme ouvrit les yeux et cria: «Va–t'en, malheureuse! A cause de ta curiosité, je vais devoir vivre encore sept ans avec l'apparence d'un Maure!» Et il la chassa.

Elle rencontra en route une fée qui lui dit: «Pauvre fillette, tu cours droit au malheur. Voici sept bobines, septs figues, du miel et sept paires de chaussures en fer. Quand tu auras usé les sept paires de chaussures, tu arriveras près d'un balcon. Sur ce balcon, tu verras sept femmes en train de filer en enroulant leur fil sur des os humains. Dès qu'un os tombe sur le plancher, remplace-le par une bobine, que tu auras enduite au préalable de miel, et garnie d'une figue. Les fileuses te remercieront pour ces friandises et essaieront de t'attirer à elles, mais ne te laisse pas faire. Accepte leur invitation uniquement lorsqu'elles t'auront juré, l'une après l'autre, qu'elles ne te mangeront pas».

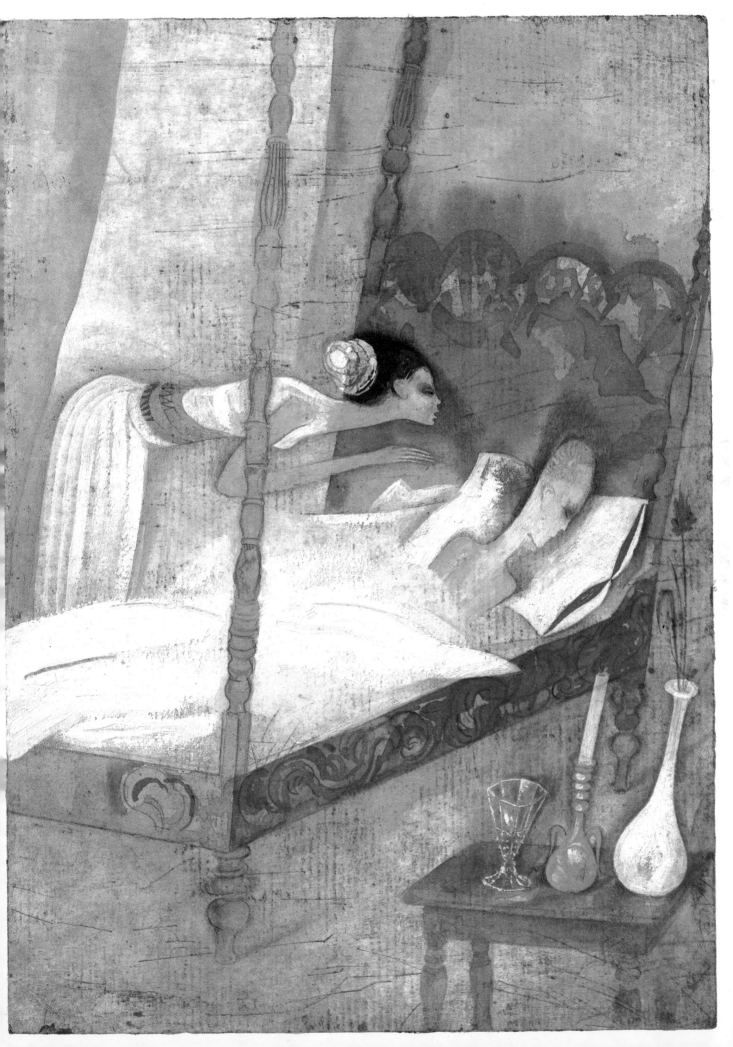

Parmetella marcha longtemps à travers le monde jusqu'à ce qu'elle ait usé
les sept paires de chaussures. Elle arriva enfin près du balcon. Tout se passa comme la fée le lui avait dit. Lorsque Parmetella fut sur le balcon, les fileuses lui firent la leçon car c'était par sa faute que leur frère était condamné à vivre sept ans de plus sous la forme d'un Maure. Elles lui dirent de se cacher derrière le bac à lessive. Quand leur mère rentrerait à la maison et qu'elle se dirigerait vers le bac à lessive pour se laver, Parmetella devrait bondir et lui serrer le cou jusqu'à ce que leur mère, la mangeuse d'hommes, lui promette de ne pas la manger. La vieille ogresse se tordit, lutta et chercha de toutes ses forces à se débarrasser de Parmetella, mais celle-ci tint bon et ne lâcha prise que lorsqu'elle eût la promesse de la vieille.

L'ogresse traitait la petite fille plus mal qu'une esclave. Un jour, elle lui donna douze sacs contenant un mélange de pois, de haricots, de lentilles, de riz et bien d'autres choses encore, qu'elle devrait avoir fini de trier le soir si elle tenait à la vie. Les larmes brûlantes de la petite fille tombaient sur les pois et sur les lentilles quand le Maure apparut, tout à coup. «Pourquoi te lamentes-tu comme à un enterrement, ma pauvre petite?» Certes, ils s'étaient séparés en mauvais termes, mais le cœur a ses raisons. Et il appela une colonie de fourmis qui fit le travail à sa place.

Le soir, l'ogresse faillit éclater de colère. Elle devinait aisément qui tirait les ficelles de toute cette histoire. Mais que pouvait-elle faire? Elle se borna à lui confier une tâche impossible: «Voici du coutil pour douze lits de plume. Remplis-les de plumes d'ici ce soir, sinon c'en est fini de toi!» La pauvre fille du jardinier se tordait les mains et ne savait que faire. A ce moment, le Maure réapparut et lui dit: «Ne recommence pas à gémir! Décoiffe tes cheveux, étends les coutils par terre, et ensuite, lamente-toi et gémis bien fort en disant: "Le roi des oiseaux est mort!"» Elle fit comme il lui avait dit et soudain, les oiseaux arrivèrent de tous côtés. Il y en avait tellement que le ciel en était tout obscurci, et tous battaient des ailes d'un air désespéré, si bien que leurs plumes tombèrent par milliers et que les lits ne tardèrent pas à être remplis.

Le soir, quand la mangeuse d'hommes vit le travail terminé, elle jura en son for intérieur, à l'intention de son fils, le Maure: «Attends un peu, mon garçon, tu vas me le payer!» Elle ordonna à Parmetella d'aller chez sa sœur chercher les instruments de musique qu'on avait préparés pour les noces de son fils. Mais en même temps, elle envoya un messager annoncer à sa sœur qu'elle pouvait faire chauffer sa marmite, car elle lui envoyait une jolie friandise à deux pattes.

Le Maure attendait la petite fille à mi-chemin. Il lui donna une miche de pain, une botte de foin et une pierre, et lui dit: «Tu jetteras le pain au chien, tu donneras le foin au cheval sauvage, et tu caleras la porte avec la pierre pour qu'elle ne se referme pas sur toi. Tu te dépêcheras de prendre les instruments qui sont accrochés derrière la porte, et alors, prends tes jambes à ton cou. Mais fais bien attention de ne pas chercher à voir ce qu'il y a à l'intérieur!» Parmetella arriva chez la sœur de l'ogresse et fit comme le Maure le lui avait dit. Mais sa curiosité faillit la perdre. Elle voulut jeter un petit coup d'œil à l'intérieur des instruments, et aussitôt, la cornemuse, la flûte et le pipeau s'enfuirent dans la cour et se mirent à jouer tellement fort que la sœur, alertée par ce vacarme, lâcha le chien, le cheval et referma la porte sur la petite fille. Mais celle-ci parvint à calmer le chien et le cheval avec le pain et le foin que le Maure lui avait donnés. Et, par chance, le Maure était là, et il se hâta d'enfermer les instruments. Puis, Parmetella partit en courant aussi vite qu'elle pouvait.

La fiancée que le Maure devait épouser était déjà arrivée à la maison de l'ogresse. Elle était laide comme un pou et bête comme une oie. La vieille avait disposé la table des noces tout autour du puits. Elle avait placé Parmetella au bord dupuits, car elle voulait l'y précipiter à la première occasion. Mais notre cher Maure était là, cette fois encore. Il entonna un chant que tous reprirent en chœur, et dans ce chant, il fallait que chacun change de place. Lorsque l'ogresse et la mariée furent sur le bord du puits, le Maure raconta une histoire tellement drôle que toutes deux se tordirent de rire, et qu'il lui suffit d'une simple pichenette... un double hurlement résonna dans le puits, puis un grand coup de tonnerre, et le maléfice fut brisé. L'ami cher au cœur de Parmetella reprit sa blancheur d'ivoire et dit en souriant: «Maintenant je suis à toi pour toujours, mon amour. Je ne t'abandonnerai plus jamais.»

Et pendant de longues années, ils vécurent heureux dans le château. Ils prenaient souvent la calèche en diamant pour aller survoler les vallées, les montagnes et les forêts, et ils riaient tellement fort qu'on les entendait de très loin.

LE VOYAGE
AVEC PÈRE TIGRE

Il était une fois un pauvre orphelin. Il avait à peine connu sa mère, et son père était mort depuis déjà trois ans. Si bien qu'il était seul au monde. Certes, il vivait chez son oncle et sa tante, mais il n'y était pas vraiment heureux. Une fois qu'il avait marché tout le jour derrière la charrue, il dit à la vache: «L'herbe que tu manges est-elle amère? Mon oncle et ma tante mangent de bonnes soupes savoureuses, et moi, ils ne me donnent que du millet et des racines amères. Et toujours plus de travail.» Il prit la vache par le cou et pleura à chaudes larmes.

A ce moment, un tigre qui était à la lisière de la forêt poussa un rugissement terrible. Puis il dit avec une voix humaine: «Petit Shia, viens avec moi et n'aie pas peur. Je suis ton père.» Shia surmonta sa peur et s'écria: «Et comment saurais-je que tu es vraiment mon père?» Le tigre sortit de la forêt, tendit une patte au jeune garçon, et celui-ci vit briller autour de la patte un bracelet d'argent. «Oui, père, c'est bien moi qui t'ai mis ce bracelet avant qu'on ne te porte en terre», dit le garçon d'une voix tremblante.

Il accompagna le tigre dans son antre et ils vécurent ensemble. Chaque jour, le père ramenait du gibier. Il avalait sa part toute crue, mais pour son fils, il faisait cuire la viande au soleil, sur un rocher. Ils vécurent ainsi pendant un an.

Alors, le tigre dit: «Petit Shia, je serais heureux que tu te maries, et je t'aiderais volontiers à trouver une bonne épouse.» Mais le garçon répondit: «Je suis encore trop petit, père, attends encore un peu.»

Ils vécurent ainsi quelques années dans la grotte, qui s'appelait «Image divine du cheval». Et un jour, le tigre dit: «Maintenant, je m'en vais te chercher une femme.» – «Attends encore un an, père, je t'en prie», répondit Shia. Quand l'année toucha à sa fin, ils se mirent en route vers une grande forteresse. Ils marchèrent pendant longtemps, et il était déjà minuit lorsqu'ils arrivèrent au pied des murailles d'une forteresse. A la lumière de la lune, ils virent de nombreuses belles jeunes filles qui riaient, chantaient et bavardaient. Shia et son père se cachèrent dans l'ombre profonde, et le tigre dit: «Concentre-toi et choisis bien!» Le fils resta longtemps assis sans bouger et observa attentivement les visages, les voix et les gestes des mains. Puis il dit: «Je ne veux pas de celles qui sont jolies. Je veux cette fille laide, qui est assise là-bas sans rien dire et qui semble savoir si bien filer la laine.» Le père lui dit d'aller vers elle, puis il poussa un terrible rugissement, qui résonna contre les murs comme le tonnerre. Les jeunes filles se sauvèrent à l'intérieur à toutes jambes, le tigre emporta la jeune fille laide et rejoignit Shia en trois bonds.

Les deux jeunes gens vécurent ensemble comme mari et femme, dans la grotte, pendant plus de trois ans. Un jour, le tigre dit à son fils: «Il est temps que vous rendiez visite aux parents de ta femme, comme il se doit.» «Oui, mais où trouverons-nous de quoi leur faire des cadeaux?» «Peigne-toi les cheveux, lave ton visage, mon fils, et fais-moi confiance pour tout le reste.» Le tigre courut jusqu'à la ville, poussa trois rugissements, et les rues furent aussitôt désertes. Les gens se précipitèrent à toute vitesse dans la forteresse. Le tigre attrapa un cochon gras chez le boucher, un sac de riz sur le marché et il emporta également une bouteille de vin. Et ce soir-là, sa belle-fille prépara des gâteaux de riz croustillants.

Au moment de partir, le lendemain matin, Shia dit qu'il craignait les bandes de voleurs qui pouvaient les attaquer pendant le chemin, c'est pourquoi père Tigre accepta de les accompagner. Les deux jeunes gens marcheraient sur le chemin, tandis qu'il les accompagnerait, caché dans la forêt.

Et ils partirent. Shia jouait de la flûte, et sa femme chantait pour l'accompagner. Vers midi, des bandits surgirent devant eux et leur barrèrent la route. «Femme, donne-nous tes gâteaux de riz!» exigèrent-ils. «Je ne peux pas, c'est un cadeau pour mes parents.» «Dommage que vous soyez si jeunes, mais vous l'aurez voulu!» dirent les bandits et ils s'approchèrent pour les frapper. Le fils cria alors: «Père!» et le tigre qui était caché dans la forêt toute proche fit entendre son terrible rugissement: «Shia, Shia!» Quand les voleurs entendirent le tigre, ils les laissèrent tranquilles, sans demander leur reste.

Alors que le soleil était déjà bien bas, des voleurs surgirent à nouveau et leur barrèrent le chemin. «Femme, donne-nous ta bouteille de vin!» exigèrent-ils. «Je ne peux pas, c'est un cadeau de mon beau-père pour mon père.» «Eh bien, nous allons le prendre, et toi avec!» dirent les voleurs en la menaçant du geste. Le fils cria: «Père, Père!» Et dans la forêt s'éleva le terrible rugissement: «Shia,

Shia!» Et les voleurs s'enfuirent, terrorisés. Il faisait presque nuit quand ils arrivèrent enfin à la maison des parents de la femme. «Allez-y seuls, je reste ici, et dites-leur que je préfère ne pas entrer car je suis très sale. Mais demande à ton père qu'il m'envoie le pichet de vin.»

La belle-fille ne comprit pas ce qu'il voulait dire et interrogea son mari en chuchotant à son oreille. «Dis à ton père qu'il doit lui offrir son chien à manger, et tout ira pour le mieux», répondit Shia. Quand ils entrèrent dans la maison, il y avait de nombreux invités qui chantaient au son de la flûte Liu Sheng, faite de six tuyaux de bambou. Ils jouaient du tambour en l'honneur des ancêtres. Ils firent à peine attention à eux et leur dirent d'aller dormir dans l'étable.

Vers minuit, le père envoya sa plus jeune fille dans l'étable pour voir comment allaient les vaches. La femme de Shia lui donna un gâteau de riz et dit: «Ne me reconnais-tu pas? Je suis pourtant ta sœur aînée.» La jeune sœur resta sans voix et courut vite auprès de sa mère. Celle-ci vint dans l'étable: «De quelle sœur aînée parles-tu, femme? Ne sais-tu pas que ma fille aînée a été emportée et dévorée il y a des années par un tigre?»

«Ah, maman chérie, le tigre m'a simplement emportée pour me donner à son fils.» Elles tombèrent dans les bras l'une de l'autre, et pleurèrent de joie.

La mère les ramena tous deux à la maison, et ils saluèrent aussi leur père. Celui-ci demanda s'ils étaient venus seuls. «Non, mon beau-père nous a accompagnés», répondit la fille. «Et comment se fait-il que je ne le voie pas?» «Il est trop sale, mais il te demande de lui offrir ton chien blanc en guise de repas.»

«C'est d'accord», dit le maître de maison, et il alla chercher le chien. Puis il ajouta qu'ils devaient demander au beau-père de venir dans la maison pour qu'il puisse le saluer, comme c'est la coutume.

Ils apportèrent le chien au tigre, et, lorsqu'il l'eut dévoré, il leur ordonna: «Prenez nos poules, le cochon, les gâteaux de riz, et offrez-les aux invités, et ensuite, prenez congé. Quand les invités seront partis, je viendrai.»

Quand les invités furent partis, le maître de maison dit: «Il fait déjà nuit, sortez tous les deux et allez chercher votre père.» Mais le tigre, repu par la chair parfumée du chien, s'était écroulé sur les cendres tièdes du foyer et s'était endormi. La nuit suivante, il appela son fils et sa belle-fille et leur dit: «Il faut maintenant que je vous quitte. J'avais pris la forme d'un tigre pour aider mon fils. Maintenant, j'ai rempli mon devoir. Partez demain matin à l'aube dans la forêt, et creusez sous l'arbre qui domine tous les autres arbres. Vous y trouverez trois cheveux blancs et trois cheveux d'or.»

Le lendemain matin, ils firent leurs adieux aux parents de la femme et s'en allèrent dans la forêt. Ils trouvèrent en effet trois cheveux blancs et trois cheveux d'or, et, lorsqu'ils creusèrent plus profondément, ils trouvèrent encore six gros pots en argile, trois remplis d'or et trois remplis d'argent. Avec cet argent, ils s'achetèrent une belle maison et une ferme. Le temps passa très rapidement, et avant même qu'ils s'en soient aperçus, la vieillesse était là. Shia jouait souvent de sa flûte Liu Sheng; il jouait tellement bien que Ntzi, le seigneur de tous les dieux, prit goût à sa musique et lui ordonna de venir dans son palais et de jouer pour lui. «Je suis trop vieux, Seigneur, et le chemin jusqu'à toi, dans le ciel, est trop fatigant pour moi.» Mais il dit à sa femme: «Dès que je serai endormi, pose la grande flûte Liu Sheng sur mon oreiller. Au bout de quarante-neuf jours, tu entendras le son de ma flûte dans la pièce vide du dessus. Ouvre alors la porte, soulève ma couverture et cherche-moi.»

Mais la plus jeune sœur, que sa sœur aînée avait appelée près d'elle pour qu'elle l'aide à soigner son mari malade, entendit la flûte jouer alors qu'il ne s'était pas encore écoulé la moitié du temps prévu. Elle se dit en son for intérieur: «Ce fou de Shia, à son âge! Il danse encore! Et en plus, il joue de la flûte Liu Sheng! C'est beaucoup trop fatigant pour lui!» Elle se rendit dans la chambre de son beau-frère, souleva la couverture, et quand elle vit son visage couvert de sueur, sans doute à cause de la danse sauvage, pensait-elle, elle oublia ce qu'il leur avait dit et lui essuya le visage avec le pan de sa robe, ce qui est un geste très humiliant.

Elle ne dit rien à sa sœur, et celle-ci attendit en vain le chant de la flûte. Lorsqu'elle entra, après quarante-neuf jours, dans la chambre de son mari et qu'elle souleva la couverture, elle vit que son visage avait pris la couleur de la cendre et que son corps était en train de se putréfier.

Horrifiée par ce spectacle, elle courut hors de la maison, toujours plus loin, elle voulait s'en aller dans le royaume du roi Ntzi, pour y retrouver Shia. Elle marcha jusqu'aux grandes montagnes, où se trouvaient les portes du royaume des morts. Là-bas, elle rencontra deux femmes-papillons. Elles lui conseillèrent d'attendre Shia à cet endroit même, jusqu'à ce qu'il rentre du château du roi

Ntzi, à qui il donnait des leçons de flûte. Elle attendit, et lorsqu'elle vit Shia, elle le prit par la main et lui dit: «Pourquoi ne rentres-tu pas près de moi?» «Ta sœur m'a infligé une grave humiliation, elle m'a essuyé le visage avec le pan de sa robe», répondit-il. «Est-ce un crime impardonnable?» «Oui, et je vais te montrer pourquoi.» Et il lui dit de la suivre.

Elle vit que l'herbe ne ployait pas sous les pas de son mari, tandis qu'elle s'écrasait sous les siens. Il avança ensuite en glissant à la surface du marais, tandis qu'elle s'enfonçait jusqu'aux genoux et criait à l'aide. Il l'aida à en sortir et lui dit: «Comprends-tu maintenant pourquoi je ne peux pas revenir?» – «Mais comment vais-je me débrouiller sans toi, avec les enfants, la maison et le bétail?» s'écria-t-elle en éclatant en sanglots.

Il prit une faux et coupa l'herbe sur la largeur d'une coudée, séparant ainsi l'au-delà et notre monde à nous. Puis il coupa en deux la passerelle qui les reliait, et disparut.

La femme rentra chez elle en pleurant, le cœur en peine, et enterra le cadavre de son mari, afin qu'il repose en paix. Depuis cette époque, les hommes de la terre et ceux du royaume des morts ne peuvent plus s'apercevoir les uns les autres.

L'HISTOIRE
DU GOBELET D'OR

Le riche et célèbre Khan Karaty était mort, et on l'avait porté jusqu'à son tombeau avec tout ce dont il n'avait pas voulu se séparer – ses esclaves favorites, ses animaux et ses trésors préférés. Depuis ce jour, le jeune Khan, son fils, errait d'un air sombre, et pas uniquement à cause du deuil de son père: il lui souhaitait de profiter au ciel de tout ce qu'il avait aimé et chéri sur cette terre, et qu'il avait emporté avec lui – sept chameaux, sept belles esclaves, sept danseuses et une profusion de peaux et de fourrures, une selle couverte de broderies d'argent, des récipients et des bijoux précieux. «Mais son gobelet d'or, il aurait vraiment pu me le laisser», se disait le jeune Khan, car ce gobelet lui était aussi précieux que le soleil, aussi indispensable que sa propre main. Sans ce gobelet, il lui semblait qu'il ne pouvait pas vivre. Sa femme elle aussi regrettait la disparition du gobelet d'or, comme si elle avait perdu sa propre mère. Finalement, le jeune Khan appela son esclave Ditu et lui ordonna: «Cours vite dans l'au-delà, va voir mon père défunt, le célèbre Khan Karaty, et rapporte-moi le gobelet d'or!»

Et Ditu obéit. Il était orphelin, avait grandi à la cour du Khan, et ne connaissait pas d'autre volonté que celle de son maître. Il alla où ses yeux le guidaient et où ses pieds le portaient. Il savait que dans le monde de l'au-delà, il y avait des monts Altaï encore plus hauts et plus escarpés que ceux qui se dressent sur la terre. Et dans ce monde vivaient ceux qui avaient quitté la terre. Mais Ditu ignorait où se trouvait la porte qui ouvrait sur ce monde sacré, et dans la cour du Khan, personne n'avait pu le renseigner.

Tout à coup, il vit devant lui une vieille grand-mère, grise et ridée comme un arbre desséché. Elle lui montra le chemin vers l'au-delà et, en plus, elle lui donna trois cadeaux: sept peignes aux longues dents, sept aiguilles avec de longs fils, et sept piquets de fer. Puis elle disparut aussitôt, comme si elle n'avait jamais existé, il ne resta même pas une trace de son passage dans l'herbe.

Ditu s'en alla comme elle le lui avait conseillé, marcha tout le jour sans repos et toute la nuit sans dormir, jusqu'à ce qu'il arrive au bout du monde, là où le soleil se couche. Il chercha très longtemps, jusqu'à ce qu'il trouve le grand trou noir. Il sauta dedans et se retrouva sur l'Altaï de l'au-delà, dans le royaume des morts.

Aussitôt, sept chanteuses aux cheveux emmêlés et hirsutes le saisirent par le col et crièrent d'une voix grinçante: «Toi qui es vivant, tu n'as rien à faire ici!» Ditu leur jeta les peignes aux longues dents, elles le lâchèrent et se peignèrent les cheveux. Et Ditu se remit en route. Puis, sept esclaves aux robes trouées et déchirées se précipitèrent sur lui et crièrent: «Déchirez-le! Anéantissez-le!» Ditu leur présenta les aiguilles, et elles le lâchèrent, lui arrachèrent les aiguilles des mains et se mirent à raccommoder leurs vêtements. Et Ditu repartit. Tout à coup, sept chameaux lui barrèrent la route et lui dirent en renâclant: «Enfin de quoi se frotter les dos! Tant que nous n'aurons pas une nouvelle fourrure, nous nous frotterons le cuir à ce garçon-là!» Ditu leur donna les sept piquets de fer, et ils le laissèrent partir, tandis qu'ils se frottaient le dos contre les piquets d'un air satisfait.

Ditu continua à courir, jusqu'à ce qu'il arrive près d'une grotte dans laquelle était assis le Khan Karaty, qui était justement en train de boire dans son gobelet d'or. «Voyez-vous cela! Ditu, mon esclave indigne! Comment vas-tu?» «Ça va bien. Et vous?» Et avant même que le Khan ne s'en soit aperçu, Ditu lui avait arraché le gobelet et s'enfuyait en courant, aussi vite qu'il pouvait. Le Khan sortit de la grotte et se lança à sa poursuite en criant: «Mort à Ditu!»

Les sept chameaux se frottaient le dos contre les poteaux de fer, les septs esclaves raccommodaient leurs vêtements, et aucun d'eux n'écoutait le Khan, cet affreux despote, car, ce que leur avait offert le pauvre esclave, jamais le Khan ne le leur aurait donné, tellement il était avare. Et ainsi, le Khan fut obligé de courir tout seul après Ditu.

Et Ditu courait comme si sa vie en dépendait. Il avait déjà traversé tout l'au-delà, il arrivait juste au grand trou noir quand le Khan le rattrapa et réussit à saisir un pan de son manteau. Mais Ditu se hissa de toutes ses forces hors du trou, posa les genoux au sol — et arriva dans notre monde ici-bas. Il entendit encore le Khan Karaty lui dire de saluer de sa part son fils et sa belle-fille et de leur transmettre son souvenir, puis il rentra par le plus court chemin chez ses maîtres afin de remettre le gobelet d'or au fils du Khan.

Un sourire traversa le visage du jeune Khan lorsqu'il prit dans ses mains le gobelet d'or de son père. «Tu as donc parlé à mon père, Ditu, esclave indigne?» «Oui, je lui ai parlé et il m'a parlé. Et il m'a dit de vous transmettre ses salutations et son souhait de vous voir tomber raide mort.»

A peine avait-il prononcé ces mots que le jeune Khan tomba à la renverse sur sa chaise, c'en était fait de lui. Ditu fut attristé par tout cela. Certes, le jeune Khan n'avait jamais été bon avec lui, mais il le plaignait pour ce qui l'attendait dans le royaume des morts, car il se doutait que son père, le Khan Karaty, ne lui réserverait certainement pas un bon accueil.

Par contre, la jeune femme du Khan ne fut pas le moins du monde affectée par la mort de son mari. Elle ne versa aucune larme. Bien au contraire. Elle se mit à rire aux éclats, se précipita comme une folle sur le gobelet d'or, que le mort tenait toujours serré dans sa main, et le serra contre elle.

Ditu se tourna vers la femme et lui dit: «Quant à vous, le puissant Khan vous fait dire qu'il souhaite que vous vous transformiez en une pie noire.» Et il en fut ainsi.

Aujourd'hui encore, la pie pousse des jacassements comme si elle voulait prendre Dieu et tous les hommes à témoin de l'injustice révoltante dont elle a été victime. Mais elle ne dit pas qu'elle donnerait sa vie pour l'éclat de l'or et qu'elle emporte dans son nid tout ce qui brille au soleil.

AU ROYAUME DES MORTS

Il était une fois un sacristain qui avait appris le métier de tailleur quand il était jeune, mais il n'avait pas persévéré et s'était enfui de chez son maître. Depuis, il allait chaque matin à l'église pour sonner les cloches de la première messe. Or, ces derniers temps, lorsqu'il montait dans le clocher, il trébuchait chaque jour sur la jambe d'un mort, qui gisait par terre. Comme cela s'était reproduit plusieurs fois, il réalisa que cela était inconvenant, et il dit à la jambe: «N'as-tu pas honte de t'exhiber ici toute nue? Tu pourrais au moins t'habiller!» La jambe lui répondit: «Volontiers, si tu me couds un habit. Mais il faut qu'il soit terminé dans trois heures.» Et le sacristain accepta.

Le sacristain et la jambe entrèrent ensemble dans la tombe de la jambe, et descendirent profondément sous la terre. Là, un cheval et une voiture les attendaient. Ils traversèrent une belle allée bordée de chaque côté d'arbres en fleurs et de roses. Tout à coup, un homme surgit au bord du chemin. C'était lui qui avait pris sa femme au sacristain, des années auparavant. Il leva les mains vers eux d'un air implorant en disant: «Pour l'amour du ciel, reprends-la avec toi!» «Pas question, tu peux la garder!» répondit le sacristain, et ils repartirent. Un peu plus loin, ils virent au bord de la route un homme qui conduisait un attelage de bœufs, qu'il avait extorqué au sacristain grâce à ses ruses et ses tromperies des années auparavant, et il demanda au sacristain d'un air implorant: «Pour l'amour du ciel, reprends ton attelage!» Mais le sacristain ne voulut pas davantage reprendre ses bœufs.

Finalement, ils descendirent de voiture et entrèrent dans une pièce propre et claire. Au milieu de cette pièce, il y avait sur une table un morceau de tissu et un nécessaire à couture. Le sacristain promit encore une fois à la jambe de terminer son habit en trois heures, et il se mit au travail. Tout à coup, une mélodie magique entra par la fenêtre et pénétra dans ses oreilles. Il leva les yeux de son ouvrage, prêta l'oreille et oublia complètement son travail.

Environ une heure après, du moins était-ce ce qu'il lui semblait, la jambe entra et lui demanda s'il avait fini. «Pas encore», répondit le sacristain, «mais maintenant, je m'y mets vraiment!» Et la jambe s'en alla. La musique retentit à nouveau; le sacristain prêta l'oreille et se mit à rêver. La jambe revint une deuxième fois et lui demanda s'il avait fini. «Cela fait seulement deux heures», dit le sacristain. «Mais ne crains rien, le tissu est déjà coupé, et dans une heure, j'aurai fini.» Il se mit en effet à coudre, mais ses pensées étaient ailleurs. Dès que la musique se faisait entendre, il l'écoutait, il l'écoutait de toute son âme. Mais quand la jambe revint pour la troisième fois, l'habit était tout de même terminé. La jambe enfila son habit, et comme l'habit fait le moine, elle avait tout à fait l'air d'un homme. Et elle agit en conséquence.

Ils remontèrent dans la voiture et s'en allèrent. Ils arrivèrent près d'un groupe de sapins – les arbres étaient dénudés, et des grues noires étaient perchées sur leurs branches. Le sacristain s'en étonna, et la jambe lui expliqua: «Ce sont les âmes des hommes qui ne croyaient à rien pendant leur vie et qui ne faisaient confiance à personne. Désormais, ils expient leurs péchés.» Ils continuèrent leur route, jusqu'à ce qu'ils arrivent près d'une pelouse où deux boucs se livraient un farouche combat. Ils fonçaient l'un sur l'autre tête baissée, et leurs cornes s'entrechoquaient. La jambe dit alors: «Ce sont deux grippe-sous qui n'ont jamais cessé d'amasser de l'argent pendant leur vie. Et maintenant, ils sont condamnés pour l'éternité à se bagarrer pour la moindre bouchée.»

Ils continuèrent, jusqu'à ce que la jambe demande enfin au sacristain s'il ne voulait pas rentrer chez lui. «C'est ce que je souhaite le plus au monde!» s'écria le sacristain d'un air joyeux.

Ils s'arrêtèrent sous le cimetière et le sacristain revint sur terre en passant par la tombe. La messe venait juste de finir, et les gens sortaient de l'église, mais tous les visages qu'il voyait défiler lui étaient inconnus. Il alla voir le curé pour lui demander des explications, mais ce n'était pas le curé qu'il connaissait. Le sacristain lui raconta alors son histoire, qu'il s'était absenté pendant trois heures et que pendant cette période, tout avait changé. Le curé feuilleta avec lui dans les vieux livres de l'église, et ils trouvèrent enfin une inscription très ancienne, qui mentionnait qu'un sacristain avait disparu un jour sans laisser de traces. Ils allèrent ensuite devant le presbytère et le curé dit: «Regarde, mon fils, devant toi, c'est la tour où tu sonnais les cloches, chaque matin. Mais elle est toute penchée et ravagée par les ans. Et là-bas, là où quelques pierres sortent de la terre, se trouvait l'auberge.»

Le sacristain se regarda dans la vitre d'une fenêtre du presbytère, et il vit qu'il avait une longue barbe blanche.

«Ton absence n'a pas duré trois heures, mais trois cents ans», dit le curé. Et le sacristain tomba mort à ses pieds.

LE LAPIN
EN OR

Il était une fois un shah dont le fils s'appelait Ismaël. Il n'y avait pas jeune homme plus intelligent, plus beau ni plus courageux au monde. Un jour, Ismaël partit à la chasse, mais de quelque côté qu'il tournât la tête, il ne voyait ni oiseau ni gibier, comme si le diable s'en était mêlé. Jusqu'à ce qu'il découvre soudain, dans un buisson, un splendide lapin à la fourrure d'or et aux pattes de satin. Il descendit de cheval, car il voulait capturer vivant ce spécimen rare. Mais le lapin était plus rapide que lui, et lui échappait sans cesse. Il décida finalement de monter à nouveau sur son cheval, mais cela ne lui servit pas davantage. Le lapin courait aussi vite que le jour clair, aussi vite que la nuit sombre. Son cheval finit par s'écrouler, épuisé, et Ismaël continua à pied, jusqu'à ce qu'il tombe de fatigue, lui aussi. Il s'assit sous un arbre et s'endormit.

Tout à coup, des cris le réveillèrent. C'était trois méchants djinns, des monstres gigantesques et incroyablement laids, avec des cornes, des queues de vache et des ailes de chauves-souris. Ismaël se frotta les yeux et se demanda s'il rêvait. Les trois djinns s'étaient approchés de lui et beuglaient comme un troupeau d'aurochs: «Ver de terre, tu es plus intelligent que nous tous, alors sois l'arbitre de notre dispute.» «De quoi s'agit-il?» leur demanda Ismaël. «Nous avons deux objets, et nous ne savons pas comment nous les partager.» «De quels objets s'a-git-il donc? «Le premier objet est un tapis volant, qui vous emmène en un ins-tant à l'endroit de vos souhaits», lui dit un des djinns. «Le deuxième objet est une cape qui vous rend invisible quand vous la mettez, et personne ne peut vous voir, ni homme ni djinn», lui dit un autre.

«Votre problème peut facilement être résolu», dit Ismaël. «Je vais lancer deux flèches. Celui qui rapportera la première aura le tapis, et celui qui rapportera la seconde aura la cape.» Il tendit son arc et lança une première flèche qui disparut à l'horizon, puis une deuxième. Ces idiots de djinns hurlaient d'un air ravi: «Ah, comme il est intelligent!» et ils partirent en courant.

A peine étaient-ils partis que le shah enfila la cape et disparut. Puis il monta sur le tapis volant et lui demanda de l'emmener là où le lapin en or habitait. Le tapis s'envola dans les airs en l'emportant avec lui, aussi rapide que la lumière du jour et que l'obscurité de la nuit, par-delà les vastes champs, par-delà les hautes montagnes, par-delà les forêts ténébreuses, par-delà les fleuves rapides et la mer profonde, jusqu'à ce qu'il arrive près d'une petite grotte au flanc d'une montagne. Ismaël se posa près de la grotte sur son tapis volant. Avec son poi-gnard, il élargit l'ouverture de la grotte juste assez pour s'y faufiler.

Il vit devant lui un escalier en or qui reposait sur des colonnes de marbre et qui conduisait à un jardin paradisiaque, parsemé de fleurs parfumées, peuplé d'oiseaux multicolores et de fontaines chantantes, au milieu duquel se dressait un palais aussi resplendissant que le soleil.

Il entra dans le palais et pénétra dans une grande salle. Dans cette salle se trouvait un divan en or et, sur ce divan, une jeune fille était endormie. Elle était d'une telle beauté et d'une telle grâce que la flamme de l'amour éternel s'alluma dans son cœur. Il s'agenouilla près d'elle et l'embrassa. Alors, elle ouvrit les yeux, mais comme elle était aveugle, elle demanda d'une voix douce: «Qui est là? Vous ne me voulez pas de mal, au moins?» «Comment pourrais-je te vouloir du mal, alors que je t'aime! Promets-moi de devenir ma femme, et tu retrouveras la vue», lui dit Ismaël en l'embrassant à nouveau. Elle lui donna sa parole, et quand elle le vit, elle sentit elle aussi son cœur s'enflammer d'amour pour lui. Ils vécurent éperdument leur amour pendant quelques jours, puis le regard de la jeune fille perdit de son éclat, et ses joues pâlirent.

«Mon père, le Lama Kelaj, est le seigneur des mers», lui raconta-t-elle, quand il lui demanda la raison de son inquiétude. «Son pire ennemi, un méchant djinn, m'a enlevée dans le palais de la mer et me tient prisonnière ici, sous la terre. Je ne peux me promener à la surface de la terre que sous la forme d'un lapin en or, car ainsi je ne peux me cacher nulle part. Il veut m'épouser mais je préférerais mourir. Et il doit revenir demain.»

«Ne pleure pas, mon étoile, nous réussirons ensemble à venir à bout de lui. Fais comme si tu acceptais de devenir sa femme, et essaie de savoir où il a caché son âme», lui dit le jeune shah.

Le lendemain, le palais se mit soudain à trembler sur ses fondations, les pla-

204

fonds se courbèrent, les murs vibrèrent, et des éclairs tombèrent du ciel dans un bruit de tonnerre. A peine Ismaël avait-il enfilé sa cape qu'un djinn immense entrait dans le palais. Sa bouche crachait des flammes, et ses yeux lançaient des éclairs.

«Ça sent la chair humaine! Où se cache le bonhomme?» hurla-t-il. La jeune fille sourit d'un air innocent et lui dit d'un ton flatteur: «Personne n'oserait se cacher en ta présence. Mais si tu le crois, alors cherche!» Le djinn ne trouva personne et il finit par abandonner ses recherches. Il posa son horrible tête sur les genoux de la jeune fille pour qu'elle lui caresse les cheveux.

Elle dit alors de sa voix la plus tendre: «Qu'as-tu fait pendant tout ce temps? J'ai eu si peur pour toi que cela m'a presque rendue malade, et mon cœur saigne à l'idée qu'il t'arrive quelque chose et que je ne puisse pas t'aider, car j'ignore où tu as caché ton âme.» Et dans son abandon le djinn lui révéla son secret: «Derrière les hautes montagnes, derrière les sombres forêts, derrière la mer profonde, là où se dresse une montagne si haute qu'elle touche le ciel. Sur cette montagne, il y a un château, et dans ce château, une pièce sombre au plafond de laquelle est suspendue une épée noire. Mon âme se trouve dans la lame de cette épée. Si tu me frappes de cette épée, je meurs. Et si tu m'en frappes une seconde fois, je revis.» Il bâilla bruyamment et s'endormit.

Le jeune shah sauta aussitôt sur son tapis volant et s'envola, aussi rapide que la lumière du jour et que l'obscurité de la nuit. En un instant, il fut dans le château, s'empara de l'épée et s'en retourna tout aussi rapidement. Il courut jusque dans la salle, brandit le sabre et trancha la tête du djinn. «Frappe encore une fois, Ismaël, ne me torture pas!» implora la tête, mais le shah se garda bien de lui obéir, et il remit l'épée dans son fourreau.

Mais tous les maléfices n'étaient pas brisés pour autant. «Il faut maintenant que je m'endorme pour quarante jours et quarante nuits», lui dit la jeune fille. «C'est la seule façon pour moi de briser tous les charmes par lesquels le djinn me tient en son pouvoir. Pour que le temps passe plus vite pour toi, tu peux visiter pendant ce temps le château et tous ses trésors. Tiens, voilà quarante clés. Mais je te demande une chose: n'ouvre que trente-neuf portes, tu n'as pas le droit d'ouvrir la dernière, la quarantième, sinon tu ferais notre malheur à tous deux.»

Le premier jour, Ismaël ouvrit la première porte, et ce qu'il vit surpassa tout ce dont il avait jamais rêvé. Les murs étaient incrustés d'agates, d'émeraudes et de diamants, et, au milieu de cette splendeur, un arbre en or pur étincelait. Ses feuilles tintinnabulaient doucement et leur musique ravissante semblait irréelle. Le deuxième jour, il découvrit, dans la deuxième salle, des fontaines et des bassins, dont jaillissait une eau claire comme le cristal qui éparpillait en l'air des pierres précieuses aux mille couleurs. Le troisième jour, il ouvrit la troisième salle et se promena toute la journée dans un jardin fabuleux, où des oiseaux de paradis sifflaient des chants merveilleux. Trente-neuf jours passèrent ainsi. Il allait de pièce en pièce, comme enivré par toutes ces merveilles. Il ne se lassait pas de cette magnificence, et s'attendait toujours à découvrir quelque chose de nouveau. Et dans cet étrange état d'esprit, il oublia complètement la recommandation que lui avait faite sa bien-aimée. Le quarantième jour, il ouvrit aussi la quarantième porte.

Ah, quelle différence avec tout ce qu'il avait vu! Elle était sale, avec un sol en terre battue et des murs nus. Dans un coin de la pièce était enchaîné un monstre immense et horrible. Il respirait avec peine et fixait avec convoitise un gobelet de

cuivre rempli d'eau situé de l'autre côté de la pièce. Sans même adresser un regard à Ismaël, le djinn gémit: «Si tu as un peu de pitié dans le cœur, apporte-moi le gobelet d'eau, que je puisse au moins y rafraîchir mes lèvres.» Comme dans un rêve, Ismaël saisit le gobelet et le porta aux lèvres du djinn. Le djinn trempa ses lèvres avec avidité dans l'eau, et une lueur verte traversa ses yeux. Mais Ismaël ne s'en rendit pas compte. Le djinn lui demanda à nouveau: «Encore une gorgée, une seule, je t'en supplie!» Ismaël lui tendit à nouveau le gobelet; le djinn le saisit avec ses dents et avala tout d'un trait. Alors, il se mit à grandir, à grandir démesurément, il brisa ses chaînes, écarta Ismaël de son chemin d'un geste de la main et courut vers la jeune fille endormie. Il la prit dans ses bras et s'envola avec elle jusqu'aux nuages blancs et noirs, puis il disparut.

Ismaël s'arrachait les cheveux de désespoir. Il quitta le château où il avait rencontré l'amour et s'en alla là où ses pas le conduisaient. Il marcha pendant longtemps, jusqu'à ce qu'il arrive enfin à une grotte devant laquelle était atta-chée une affreuse vieille femme: son nez tombait jusqu'à ses genoux, ses cheveux étaient comme de l'amadou, ses dents du bas remontaient jusque sur sa tête et celles du haut descendaient jusqu'à ses pieds, elle avait un seul œil au milieu de front. Quand elle pleurait, ses larmes ruisselaient dans toutes les directions;

quand elle riait, c'était comme un coup de tonnerre; quand elle parlait, les montagnes se mettaient à trembler. Sa bouche et son nez crachaient des flammes. Elle savait sautiller sur ses talons, manger des montagnes et boire des ruisseaux. Mais là, elle était attachée à un rocher devant la grotte par une chaîne faite de ses propres cheveux.

Ismaël s'avança vers la vieille et lui dit: «La paix soit avec toi, petite grand-mère.» «Que le prophète te protège, mon fils. Où t'en vas-tu ainsi?» Ismaël lui raconta les choses telles qu'elles s'étaient passées. «Brise mes chaînes, mon fils, peut-être pourrai-je t'aider.» Le shah brisa la chaîne et délivra la vieille. Et celle-ci lui dit: «Va toujours tout droit, traverse les montagnes, le fleuve et la mer, jusqu'à ce que tu voies un château devant lequel deux lions montent la garde. Tu leur jetteras le pain que je vais te donner, et ils te laisseront entrer dans le château. C'est là que ta bien-aimée est enfermée, elle passe son temps à pleurer et à se languir de toi. Le djinn a posé sa tête sur ses genoux et il dort. Et il continuera de dormir pendant trois jours après ton arrivée.» Elle lui donna du pain, un peigne, une aiguille et un œuf en lui disant qu'il pourrait aussi en avoir besoin. «Et prends le cheval blanc, il est aussi rapide que le vent», lui cria-t-elle tandis qu'il s'en allait.

Ismaël marcha longtemps, il ne savait plus depuis combien temps il marchait, ni où il se trouvait. Il traversa les montagnes, le fleuve et la mer profonde, jusqu'à ce qu'il arrive enfin au château d'or du méchant djinn. Les lions devant la porte poussaient des rugissements terribles et ne laissaient entrer ni les djinns ni les bêtes, encore moins un homme. Mais Ismaël leur jeta le pain et ils le laissèrent entrer.

Sa bien-aimée était assise sur un divan en or et pleurait des larmes amères. Le djinn avait posé sa tête sur ses genoux et dormait à poings fermés. Mais, par sécurité, il avait solidement attaché les poignets et les chevilles de la jeune fille avec sa longue barbe et sa longue chevelure, si bien qu'elle pouvait à peine bouger. Elle ne put exprimer sa joie de revoir Ismaël qu'en souriant d'un air heureux et, au même instant, des roses fleurirent autour d'eux, et les oiseaux se mirent à chanter. Quand elle vit qu'il s'apprêtait à saisir son épée, elle lui désigna sans un mot l'épée qui était suspendue au plafond et murmura: «Elle ne le tuera point, mais elle nous aidera.»

Ismaël s'empara donc de l'épée qui était suspendue au plafond et libéra sa bien-aimée de ses liens en coupant les cheveux et la barbe du djinn. Ils sortirent dans la cour; Ismaël enfourcha le cheval blanc et hissa la fille du Lama Kelaj, seigneur des mers, sur la selle, devant lui, et le cheval s'enfuit en galopant, aussi rapide que la lumière du jour et que l'obscurité de la nuit.

Le troisième jour, le djinn se réveilla, et lorsqu'il vit que la jeune fille avait disparu, il sauta sur son cochon caparaçonné d'or et se lança à leur poursuite. Le cochon était plus rapide que le vent, plus véloce que l'éclair, et peu de temps après, il avait presque rattrapé le cheval blanc. Celui-ci reconnut la voix de son maître et s'arrêta. Déjà, le djinn tirait son épée et se jetait sur le shah. Celui-ci se souvint alors des cadeaux de la vieille, et il laissa tomber le peigne par terre.

Au même instant, une immense montagne poussa sous leurs pieds, tellement haute que son sommet touchait les nuages. Ismaël éperonna son cheval blanc, et celui-ci s'élança, plus rapide que la lumière du jour et que l'obscurité de la nuit. Mais le djinn, lui aussi, enfonça ses éperons dans les flancs de son cochon, et il escalada la montagne jusqu'au sommet, jusqu'à ce qu'il rattrape le cavalier et la fille du seigneur des mers. Le cheval blanc reconnut à nouveau la voix de son maître et s'arrêta.

Ismaël jeta alors l'aiguille derrière lui et, au même instant, une forêt vierge sortit de la terre, avec d'innombrables arbres géants, tellement serrés les uns contre les autres qu'il était impossible d'y pénétrer. Le djinn poussa un hurlement, éperonna son cochon, et le cochon se précipita contre le mur d'arbres, y ouvrit une brèche et rattrapa bientôt le cheval blanc. A la dernière seconde, Ismaël jeta l'œuf par-dessus son épaule et une mer immense et profonde surgit aussitôt derrière lui.

Le djinn poussa un hurlement et planta les talons dans les flancs de son cochon pour le forcer à se jeter dans la mer, et celui-ci eut tellement peur qu'il se mit réellement à nager. Mais la mer commençait à s'agiter et à mugir, des vagues grosses comme des maisons s'élevaient et s'écrasaient dans un jaillissement d'écume, et le Lama Kelaj apparut au milieu des tourbillons. Il agita son sceptre de corail rouge, et la mer s'ouvrit devant lui et se referma sur le cochon géant et sur le méchant djinn. Puis il agita son sceptre de corail blanc, et un bateau blanc sortit des profondeurs de la mer. Il navigua dans le bateau blanc jusqu'au rivage, où se trouvaient sa fille et le shah Ismaël. Le shah se tenait prêt à défendre sa bien-aimée, un poignard à la main.

Il les emmena tous deux dans son royaume marin, où ils oublièrent tous leurs malheurs et purent enfin vivre leur amour.

Un jour, le Lama des mers leur dit: «Vous avez le choix: tous les palais et toutes les richesses qui m'appartiennent ici, dans les profondeurs des mers, sont à vous. Là-haut, sur la terre, le père d'Ismaël est prêt à céder son royaume à son fils. Et dans le jardin paradisiaque, le château d'or du djinn vous attend. Où voulez-vous aller?»

«Nous connaissons tous ces endroits. Ne nous demande pas où nous voulons aller, Père, mais comment nous voulons y aller. Nous voulons y aller ensemble, nous voulons vivre.»

Puis ils s'en allèrent et vécurent ensemble comme le jour clair et la nuit sombre. Et partout où ils allaient, ils apportaient avec eux leur amour partagé, cette activité incessante, cette quête perpétuelle de nouveaux buts qui sont le propre de la vie.

Et c'est ainsi qu'aujourd'hui encore, ils vivent dans la mémoire des hommes.

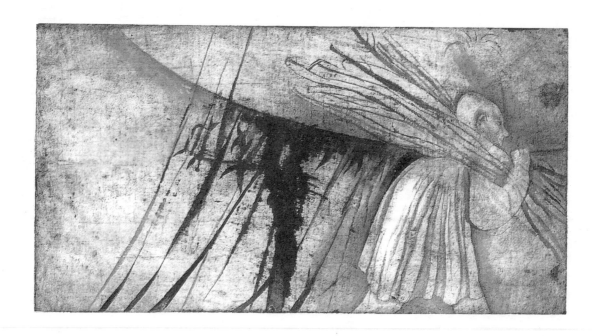